科幻　让世界变得不同

全球华语科幻星云奖十年菁华
让想象力去旅行
NO.02

三界

全球华语科幻星云奖组委会 编

我们所生活的宇宙，就是建造在一个巨大废墟上的一间房屋，但那个废墟是什么，它是怎么形成的，都不知道。

北方联合出版传媒（集团）股份有限公司
万卷出版公司

图书在版编目（CIP）数据

三界 / 全球华语科幻星云奖组委会编 . -- 沈阳 : 万卷出版公司 , 2019.9（2019.9 重印）
（星云志）
ISBN 978-7-5470-5179-5

Ⅰ . ①三… Ⅱ . ①全… Ⅲ . ①科学幻想小说 – 中国 – 当代 Ⅳ . ① I247.5

中国版本图书馆 CIP 数据核字 (2019) 第 145954 号

出 品 人：刘一秀
出版发行：北方联合出版传媒（集团）股份有限公司
万卷出版公司
（地址：沈阳市和平区十一纬路 25 号 邮编：110003）
印 刷 者：北京欣睿虹彩印刷有限公司
经 销 者：全国新华书店
幅面尺寸：145mm × 210mm
字 数：280 千字
印 张：9
出版时间：2019 年 9 月第 1 版
印刷时间：2019 年 9 月第 2 次印刷
责任编辑：张鸿艳
责任校对：尹葆华
装帧设计：尚世视觉
ISBN 978-7-5470-5179-5
定 价：45.00 元
联系电话：024-23284090
传 真：024-23284448

序一

星云奖与科幻的时间之线

不知不觉，全球华语科幻星云奖已经走过十年之久。我还记得第一届颁奖典礼在成都举办，当时费了九牛二虎之力只租到一间小小的电影院，但还是搞起了红毯仪式。它的主要创办者董仁威老师说，不管多困难，也要让科幻作家有像明星一样的成就感，受到全社会的尊重。

但当时的科幻作家都还不怎么出名，这个奖主要是圈子里热闹，要持续办下去一度显得十分吃力。这套“星云志”中所收录作品的诞生是十分艰难的，大家都在业余时间费力写作，所得的报酬却少得可怜。星云奖的主办者世界华人科幻协会的存在和发展，也像是一个科幻般的奇迹。董仁威老师经常带病奔忙，到处拉赞助，主持完星云奖的筹备会，原本就超标的血糖指标因劳累上升，他就自己在肚子上扎一针胰岛素，又接着忙下一个阶段的事。

刘慈欣获得雨果奖的小说是《三体》，这部作品之前就拿下了星云奖。另一部获雨果奖的是郝景芳的《北京折叠》，也是首先得了星云奖。可惜很久以来公众和媒体都不怎么关注我们华人自己举办的科幻“土奖”，而唯国外奖项马首是瞻。另外还有许多好作品，都是在这个平台上涌现的。我忘不了读宝树的《时间之墟》、江波的《银河之心》、墨熊的《爱丽丝没有回话》等作品时的惊喜。

现在星云奖比早前受重视得多，二〇一八年它在重庆颁奖，被重庆市的领导请进了雾都宾馆——这可是市政府的高级接待宾馆。不少获奖作品的电影版权迅速被企业买走，它们都有被拍成

《流浪地球》这种爆款电影的潜质，星云奖的含金量越来越高。

我担任了数届星云奖评委会主席和评委，跟作品有过亲密接触。现在它们以十年为期结集出版，是很让人高兴的一件事情。关注中国科幻文学的人们，拿到“星云志”这一套书，就基本了解了华语科幻近十年的创作状况。在我看来，星云奖的作品有以下几个特点。

一是多元广泛。它包含的不仅是大陆作品，还有世界各地华人的创作，以及外国作品的中文译作。我做评委时，多次看到港台作品和外国翻译作品获奖，黄海、谭剑、伊格言的小说给人留下了难忘的印象。另外，老中青几代人的作品都纳入了我们的视野，年龄跨度约半个世纪。他们的作品风格各异，有以自然科学为主导的硬核科幻，也有富含社会意义的哲学科幻，还有女性主义科幻、赛博朋克科幻、后人类科幻，等等。

二是具有中国特色。作者们用中国人的眼光来看这个世界、这个宇宙，给出独特的思考和解答。作品的书写也颇具中国风格。有的主题深深沉浸于我们民族的几千年历史，这恐怕也是中国科幻在世界上引起关注的一个原因吧。

三是高质量。获奖作品都达到了科幻的审美标准，王晋康、刘慈欣、何夕的成熟饱满，万象峰年、张冉、长铗的沉郁空灵，夏笳、顾适、阿缺的肆意飞扬，无不让人回味无穷。你会从中看到丰沛的想象力，体验浓烈的科技感，被紧张的情节感染，被流畅优美的文字打动，还会震惊于思想实验中闪耀的哲学之光，为那些挑战认知的上限、考问终极命题的疯狂构想而颤抖。

星云奖不仅仅是一个关乎科幻创作的事情，更是一个平台，它在广大华人科幻迷中，聚合起了优秀的人才，其中有科幻作者、影视工作者、画家、科学家、企业家、评论家等，每次颁奖，众人齐聚一堂，好不热闹。大家从星云奖中，看到了命运的共同。我们合力发现或创造了无尽的平行时空，与肉身所处的俗世拉开距离，却又把这底层烟火弥漫的生活看得更清楚。每次参加星云奖的评选我都倍感珍惜，觉得人生实在太有限了，因为科幻所提供的值得我们去体验的东西实在太多。

也许再过十年或不到十年，就会有人写学术论文，来探讨星云奖的意义。那会如何写呢？试想一下，如果十年前没有星云奖出现，那么这因果、互联的世界会出现怎样的变化？这个答案是一个太过科幻的悬念。我想，任何一个客观事物都会在时空河流中泛起涟漪，但星云奖的出现却改变了某些重要的时间线，让我们的明天不同了。

韩　松

2019 年 4 月 2 日

序二

十年踪迹十年心

“星云志”系列丛书是全球华语科幻星云奖历届获奖作品的精选集，用以纪念该奖项创立十周年。从二〇一〇年到二〇一九年，一个没有官方背景和固定经费来源的民间奖项，竟然坚持做了十届，并且逐渐成为国际公认的华语科幻最高奖项。作为创始人之一，我感慨万千。

二〇一〇年，科幻文学在国内还不受人重视，科幻作家还处于散兵游勇的状态。我和南方科技大学的吴岩教授、《科幻世界》杂志的姚海军副总编，觉得我们应该有一个团结的科幻组织，让不大的科幻圈团结起来做更大的事。于是，我们三个资深科幻爱好者牵头创建了世界华人科幻协会。协会成立了，那做怎样的事才更有意义？姚海军老师建议，由协会设立一个奖项，以这个奖为旗帜，把全球华语科幻同人团结起来，大家积聚力量共同发展。这个建议得到了吴岩教授的支持，于是，由我们三人发起，程婧波、董晶、杨枫加入，成立了筹备组，议定创办华语科幻星云奖。

大家一致认为，星云奖不是哪一国的专利，美国有英语星云奖，日本有日语星云赏，我们再建立一个华语科幻星云奖，使它成为与这两个奖项齐名的国际大奖，这符合情理，于是这个梦想在我们心中萌芽，但若欲有所成就，其难度也可想而知。

想要在国内对全世界华人创作的科幻作品进行年度检阅，还要通过颁奖的形式引起全社会对这个领域的关注，使这个领域得到提升，我们的野心可能过分巨大。但是我们相信，在今天的中国，只要有梦想，所有的事情都有可能实现。

评奖做活动，第一个就是要有人，我们渴望得到全球华人科幻力量的支持。通过世界华人科幻协会，我们会员的规模很快壮大了起来，从内地到港澳台地区再拓展到海外，日本、美国、欧洲等地都有华人科幻作家加入进来。我们马不停蹄地开始设计评奖方案，要设法让全球的华语科幻人都在这个奖项中得到激励。

几乎所有的华人科幻作家都支持这项工作，刘慈欣、王晋康、韩松、何夕等许多作家都投身到活动之中。更重要的是，大批科幻爱好者无私地成了活动志愿者，逐渐形成了以我们三个发起人及韩松、姚予疆、甘伟康、陈楸帆、江波为核心，程婧波、董晶、孙悦、尹超、阿贤、三丰为秘书长和副秘书长，以及海内外华人科幻作家黄海、北星、郑军、杨波、杨枫、姬少亭、王侃瑜、顾备、李不撑、肖汉、吴霜、喻京川、李雷、李广益、周敬之、金霖辉等组成的科幻志愿者工作班子。他们团结了更多的科幻志愿者，不计报酬，克服种种难以想象的困难，把每届都可能夭折的华语科幻星云奖坚持办了下来，在此应该感谢他们。

到今天，全球华语科幻星云奖即将举办第十届。更为重要的是，华语科幻力量在华语科幻星云奖的旗帜下聚集了起来，把壮大科幻作为了共同的事业。每届评奖活动的组委会阵容越来越强，评奖机制越来越完善，公信力、影响力越来越大，华语科幻星云奖正在成为与美国星云奖、日本星云赏并肩的国际大奖，甚至在我们的眼中它更为伟大。中国获得雨果奖的两位作家刘慈欣、郝景芳都首先获得过华语科幻星云奖，几十位中国及世界华人科幻作家、上百部优秀科幻作品，因为获得华语科幻星云奖而广为人知。华语科幻星云奖在近十年的科幻大发展中发挥了巨大作用，这是我们当初不敢想象的，也是我们梦想的初步实现。

与此同时，华语科幻星云奖在世界上开始引起关注，美国著名科幻杂志《惊奇故事》用万字英文发表关于世界华人科幻协会和全球华语科幻星云奖的长篇文章。这打破了“中国科幻唯刘慈欣一枝独秀”的国外舆论。应该说，刘慈欣不是孤立的，虽然他领跑世界，但后面还紧跟着一支水平不俗的华语科幻队伍，韩松、王晋康、何夕、陈楸帆、江波、郝景芳、宝树、程婧波、张冉、阿缺、刘洋、夏笳等，都有能写出世界水准的科幻作品的潜质。

近几年来，刘慈欣、郝景芳先后获得雨果奖，国产科幻大片《流浪地球》走红，华语科幻逐步从小众走向大众，正在走向一片繁荣的新天地，这个时候出版“星云志”精选集有着特殊的意义。

综观科学观念昌明、科学技术先进的发达国家，无不有着深厚广博的科幻底蕴，而今天的中国社会正需要有更多、更好的科幻文学作品去耕耘一片肥沃的科幻土壤。“星云志”以“让想象力去旅行”为主题，收录了华语科幻近十年最具代表性的作品，在培养青少年想象力、创造力、思维力和写作能力上有着实际而深远的意义，是为大小科幻爱好者们奉上的一场阅读盛宴。

十年，我们的梦想不仅长成了大树，还结出了甜美的果实，“星云志”的面世便是其中一颗硕果。全球华语科幻星云奖期待在这个领域中继续前行，我们是铺路者，更要当好伴随者——伴随着所有科幻爱好者们，一同让想象力去旅行，一同走向星辰大海，走向新的未来。

董仁威

2019 年 4 月 2 日

目 录 Contents

三　界 / 万象峰年

某些星星上的科学家提出，宇宙里的人分为三界：人类界、动物界和外星界。

一、遇见

甲虫爬到一根树枝的尽头，似乎没有路了，它拨开树叶往下望，下面是高高的地面。它吓得转身往回爬，同时在心里面琢磨着“高高的”这个词好像用得不对，地面在下面，不该用“高高的”，应该用“低低的”。这回对了，但不是那个感觉了。这时它的脑海里形成了一个印象：对的东西往往感觉不对，感觉对的往往东西不对。它记住了这个道理，很快它就会忘记“高高的”和“低低的”。甲虫的脑容量只能有选择地记住一些东西，它记住了道理，却忘记了证明道理的事例。

处理完前一个信息，它看看能不能把一些记忆抛掉，以便腾出存储的空间为前面的路做准备。它把先前爬过的路在神经网络里联系起来，组成了一个一头上翘的“7”，现在它正从这个“7”的一头爬回中部，所以现在还不能忘掉这个，只能继续往前爬。它讨厌头脑塞得满满的感觉。

甲虫爬到树枝的分岔口，又爬上另一头，现在是个“Y”了，它想找一条路能从这个“Y”过渡到另一个“Y”。这时，一个阴影出现在树梢上，起先它以为是另一只甲虫，很快它发觉那东西的速度要比甲虫快得多，似乎也大一些。大东西没有方向感地乱撞，撞得树枝和叶子噼里啪啦地往下掉。没有任何征兆地，大东西突然向它冲来，它吓得紧紧抱住树枝，想振动翅膀却张不开。

大东西越来越近了，它能看见对方身上奇怪的闪着金属光泽的花纹。这时，甲虫的本能在它的体内醒来，它六腿一伸，背壳一闭，像一块石头坠了下去。

它一路往下坠，穿过了树枝的迷宫，压弯了几片树叶，砸坏了一群蚜虫的聚会……过了很久很久，它甚至想睡着了，终于掉到了地面。它掉在一堆落叶上面，稳稳当当地，六脚朝天，一动也不敢动。大东西没有追来，说不定它正躲在什么地方观察呢。

另一只甲虫正从树根的山脊上爬来，它目睹了眼前的情景，呆住了，过了好一会儿，它才发出一声惊叹："没有人会相信我的，一个仙子下到了凡间！"

甲虫们都是一样的，这只甲虫也和先前的那只一样，只有它们能看出彼此间的不同。在后面这只甲虫看来，前面那只甲虫的壳上布满了细小的鳞片，如果走近去看，那些鳞片是五彩的，像阳光透过露珠散射出来的颜色。它的脚上长着细密柔软的绒毛，像微风吹过的草地，伴随着它身上发出的幽香，让这边的它怦然心动。

它知道，那是一只属于"另一面"的甲虫。如果它是树叶的这一面，它就是树叶的另一面，如果它是山的这一面，那它就是山的另一面。不不，隔得太远了，如果它是红色的小花，那它结出的果实就会是白色的小花。世界是两面的，总会有两种东西发生联系，这是它得出的一个道理。但是，为什么总是它、它、它？在这一点上它又困惑了，这和世界是两面的这个道理不符，应该有两个它来区分它和它，但是造物主没有创造出这些。

甲虫的注意力又回到那个从天而降的仙子上来，它仍旧躺在那儿一动不动。它出场的方式是那么特别，大气、镇定又优雅，这让它为自己的焦躁感到羞愧，恨不得把自己压到一座大山底下去。现在它开始思考打招呼的方式，如果它鼓动翅膀飞过去，突然落到它身上，那肯定很失礼。装作路过对它说"你好吗"，好像有点傻。最后它决定还是用常规的方法，走过去和它说话，先说"嗨"。如果对方也说"嗨"，他就介绍自己；如果对方也介绍自己，他就敲打树叶表示高兴；如果对方也敲打树叶，他就说："我们交往吧。"对方也会照着说的，差不离。因为前三次它都照做了，如果这次没有照做，它就会觉得有什么不对劲儿。谁喜欢不对劲儿呢？

趁着勇气还在，他决定开始行动，它抖了抖翅膀，仔细把它们收到背壳后面，如果露出来一截会很丢脸的。然后它活动了一下脚关节，挺背抬头，庄重地迈出第一步。

一座小山呼啸而来，把它压在底下。

黑暗。还有，黑暗。只有黑暗。它拼命挣扎着试图爬起来，但是小山纹丝不动。过了一会儿，小山移开了，那个甲虫仙子已经不见了。

它转着圈圈暴跳如雷，挥舞着前足向那个小山抗议："你这个无礼的家伙！怎么可以压在一只甲虫身上！"

小山下伸出一个头来，是一只乌龟。乌龟说："是吗？抱歉我没看见。"

甲虫说："我正要赶去一个重要的约会，但是被你毁了！"

"真的很抱歉。"乌龟想了一下，说，"你可以来我背上，我送你去那里。"

"那里？算了……它已经走了。"甲虫看着空空的地面叹道。

"哦，那真遗憾。"

"遗憾……没用了，它是个下凡的仙子，我再也遇不到这样好的甲虫了。"

"有遗憾就会有惊喜。"

"有遗憾就会有惊喜？对了，世界是两面的，有冷就会有热，有好就会有坏，有遗憾就会有惊喜。好的，你能给我什么惊喜？"

"我？不是我，我只是一只乌龟。"

"可是我弄丢了它，遇见了你。"

"那我要走了。"乌龟迈开步子。

"我做了一个决定，我要跟着你，直到遇到一个惊喜。"甲虫说完飞到乌龟背上。

乌龟抖了抖壳，甲虫纹丝不动，乌龟不再理会它，耷拉着眼皮慢吞吞地向前走去。

“你要去哪里呢？”甲虫忍不住问。

“走。”乌龟正穿过一片灌木和一条小路，头也不抬地说。

“走是方式，不是目的。”

“走走。”

“什么意思？”

“用走的方式走。”

甲虫不说话了，谁也不能理解一只乌龟的逻辑。

乌龟穿过一片草地，于傍晚时分到达了一排篱笆，它从篱笆的一个开口钻进去，来到一个后花园。

乌龟在一棵樱桃树下趴下，“到了。”它说。

“这就是你行走的目的地？”

“这是我住的地方！”乌龟气愤地说，“你就不能让我的生活简单点？”

“好吧，我住楼上。”甲虫指指树上说，“明天你要叫醒我。”

它嗡嗡振动着翅膀飞上树，找了个枝条躺下。从这里可以看见整个花园的情景：乌龟卧在草丛里面，像一块闷闷的石头。花园旁边的房子里住着一个小男孩，他的窗口对着花园，灯光照出来，这会儿他正对着桌子上的一个东西发呆，那是一个大大的广口玻璃瓶，里面什么也没有。甲虫感到奇怪，他要把什么装到里面？它是怎么也装不满的。

然而甲虫马上睡着了，它不能想太多，今天它已经想了太多的东西，睡觉前它要把一些记忆抛掉：那些琐碎的与生活无关的东西，那些远远高于生活的东西。关于下凡的仙子的记忆它没舍得抛掉，它还怀着一丝希望，宁可再抛掉别的一些东西。

二、小熊跳舞

小男孩趴在桌子上，旁边的收音机放着噼里啪啦的节目，桌子上铺着课本和本子，但是他甩着笔懒得写几个字，反正他不是一个好孩子，反正没有人管他是好还是坏。

收音机安静下来，进入到一个点歌的节目，小男孩无精打采地趴在桌子上，望着前面那个空玻璃瓶发呆。那些歌已经听过好多遍了，他们还老不厌烦地听，就像大人们总是把话说好多遍，还抱怨小孩子听不进去。有个男的每天都要点一首歌给一个女的，好像点到一百遍她就会爱他了。小男孩想，听到一百遍她会恨他的。

愿望许一千遍，上帝也会厌倦的。

笔敲到玻璃瓶上发出“当”的一声，小男孩竖起脑袋来，仿佛还在聆听刚才那个声音。很快他有了主意，他把电话抱来，拨通了点歌的号码。

电话那头传来一个甜美的女声：“你好，这里是《心曲连线》节目，请问你要送出什么祝福？”

小男孩张开嘴，没有出声，电话那边连连询问了好几遍，直到女主持人断定打进电话的人已经不在了，小男孩才把嘴巴凑在玻璃瓶口上“啊”了一声。

女主持人有点措手不及，调整了一下语调，说道：“你好，你已经接通了，请说。”

小男孩对着玻璃瓶口发出嗡嗡的声音：“K 星领航员呼叫，请回答，K 星领航星呼叫，请回答。”

女主持人惊叫道：“什么？”

小男孩依然发出嗡嗡的声音。

女主持人感觉受到了羞辱似的，气呼呼地说：“请小朋友不要乱玩电话！”她正要把电话挂掉，一个男声接过来：“你好，这里是地球星塔城，请问你需要什么帮助？”

“我想点一首《小熊跳舞》给地球上一个叫唐卡的小孩子，要让全世界听到，这很重要。”

男主持人找了一下，说道：“好的，我们有这首歌，谢谢K星领航员小朋友，下面全世界将听到这首《小熊跳舞》，送给唐卡小朋友。”

收音机里传来《小熊跳舞》的歌声，小男孩把收音机放到玻璃瓶子里，《小熊跳舞》随即变成了奇妙的嗡嗡声，像星星上传来的鸣虫的声音。

三、三界

一缕阳光照在甲虫的背上，甲虫醒来了，它翻了个跟斗飞到空中，迎着阳光照耀的地面做了几个高难度动作，准确地落在乌龟背上。

“我的定点降落不错吧？”甲虫走到龟背前缘向下望去，“嗨，你醒了，不是被我吓醒的？”

乌龟缓缓伸出头来说：“事实上，我没有睡觉，我只是打盹。我每次睡一觉起来，十年就过去了，所以我不能常睡。”

甲虫抬起头惊叫道：“哇喔！十年！那是多少？”它看看自己的两只前足，“一，二，”又低头看看自己其他的脚，“三，四，五，六。”

“不用数了，你数不清楚的。”

“那你有多少岁了？”

“我还真记不得了，或多或少，三百岁，差不多。”

甲虫又发出一声惊叹：“天哪！”它的神经网络里已经远远不能形成三百岁的概念，只能形成一个大大的惊叹号。它低声说：“我只能活八岁。”

“其实，”乌龟有点不忍心说出口，“那是八个月，不到一岁。”

“噢……我太短暂了。”

“给时间以生命，而不是给生命以时间。”

“呃……”甲虫感到它的神经网络一阵繁忙，好像抛进了一团乱麻，它赶紧把这个记忆抛弃，终于回过神来。

“你是个有生命的古董。”甲虫小心地敲敲脚下的这块圆圆的壳，它这才注意到上面布满了划痕，每一个划痕都提示着一个年代。“这个爪印是恐龙留下的吗？”它问。

“三百年没有那么远。”乌龟说着话又开始启程了。

“你今天还走吗？”

“是的。”

“听着，往树林走，我要回到昨天那里去。我的小仙子，它就是被你在那里弄丢的，你要帮忙找回来。”

“没问题，反正这也是走的一部分。不过，你要保证在天黑前赶回来，如果我在别的地方打盹，我会不习惯的。”

“好的，你真好。走是一件很有意义的事，我走不了那么长的路，我能记住的东西有限，走过的路就会忘了。”

“记忆是痛苦的根源，能忘记也是好事。”

乌龟和甲虫来到前一天的树林。早晨的露珠缀在草叶、树叶上闪闪发光，像天上的星星。两只动物同时发出感叹——多美好的食物！甲虫飞上树找它爱吃的树叶，乌龟追逐掉下来的美味的果实，过了一会儿它们会合了，继续往树林里面走去。

“我以为甲虫吃露水就可以的。”乌龟咂巴着嘴巴说。

“我以为乌龟可以不吃不喝的。”甲虫表达了相似的观点。

它们来到老地方，小仙子并没有出现在这里，甲虫很失望，它又埋怨起乌龟来。

“它是天下最好的一只甲虫了！你毁了我的全部！”

乌龟不以为然地说：“你还不认识它，怎么知道它是最好的？”

甲虫反驳：“你也不认识它，怎么知道它不是最好的？”

它俩你一言我一语地争论，来到了一个小坑旁。小坑像是被砸出来的，因为它的中间躺着一块石头，周围的树叶从里到外被掀得干干净净。石头是银白色的，有着奇怪的金属光泽的花纹。

“喂！”有人喊。

乌龟扭头看看甲虫，“你听到了吗？”

“听到了，在坑底下。”

“喂！帮个忙！”又一声。

甲虫说：“可能是挖坑的掉下去了。”

“是我！这里！”那个声音喊道。

乌龟说：“是那块石头。”

“对！就是我！你猜对了。”石头说，“帮个忙。”

“我们为什么要帮一块石头？”乌龟望望甲虫，甲虫点头表示同意，它们掉头离开。

“不！不是我！”石头着急起来，“我不是石头！我在一架飞碟里，我是从外星来的。”

“哦。”乌龟停下来，仔细研究那个东西。

“我没有恶意。”飞碟说。

“你要我们帮你从坑里出来吗？”乌龟问。

“不，我的飞碟坏了，只要我到外面来就能修好，但是——那里有一只细腰蜂，它在等着我出来，好抓我到洞里，把卵产在我身上。”飞碟说得似乎要颤抖起来，“你们能帮我把它赶走吗？拜托了。”

甲虫转着眼珠搜索，很快它在一根树枝上发现了细腰蜂。

“你能解决吗？”乌龟歪头问甲虫。

甲虫犹豫了一下，说：“它比我灵活，我只能暂时把它引开。”

“好，”乌龟叼了根树枝在地上画，“你把它引开，我挡在飞碟的前面，你要让它贴地飞行——在这个角度以内，我才能挡住它的视线。”乌龟转头问飞碟：“你需要多久？”

“七分钟。”

“我的续航时间只有五分钟。”甲虫说。

乌龟做了决定：“我们只给你五分钟。”

“好吧。”飞碟妥协道。

乌龟用前爪把作战地图擦掉，说道：“行动。”

甲虫起飞向细腰蜂发起了挑衅，细腰蜂拿这个铜壳铁甲的东西没办法，只好仗着流线型的身体逃窜开去。甲虫抢占了制高点，把细腰蜂压制到低空。

乌龟向飞碟发出指令：“快！趁现在。”

飞碟的盖打开了，一个穿着盔甲的小外星人从里面钻出来，拿出七八件工具，撬开飞碟的外壳。

细腰蜂甩开甲虫绕回来了，甲虫在后面大喊：“它飞过去了！”

乌龟挪了个位置，随着细腰蜂绕来绕去，它不停地挪着位置，这对慢吞吞的乌龟来说是件很有难度的事。它喘着气催促小外星人道：“老兄你好了没？”飞碟正刺刺冒着火花，像一个热闹的打铁铺子。

细腰蜂一连穿过几个树杈，甲虫的体力渐渐不支，它在最后一个树杈上一头撞上去，打着滚掉到地上，爬起来上气不接下气地喊道：“警报！警报！它升上去了……”

乌龟也发出警报：“警报！警报！细腰蜂来袭！”

升到高处的细腰蜂发现了小外星人，飞快地俯冲下来。小外星人刚把飞碟的外壳补上，赶紧把工具扔到飞碟里，它自己刚爬到飞碟的入口，细腰蜂就已经到了。细腰蜂像一阵风掠过，把小外星人卷走了。但它显然低估了小外星人的重量，一个没抓牢，小外星人掉了下来。

等小外星人连滚带爬地爬起来，细腰蜂已经折回来了。乌龟当机立断喊道："趴下！"小外星人"扑通"趴下，乌龟像一座小山一样压上去。

甲虫精疲力竭地爬回来，正好看到眼前的一幕，它恐惧地捂着嘴巴，瑟瑟颤抖起来。细腰蜂从乌龟上面掠过，盘旋了一圈又一圈，最后悻悻地飞走了。

"警报解除。"乌龟松了口气，挪开沉重的身躯。小外星人趴在地上一动不动，它的头盔上裂了条缝，气体正刺刺往外冒。

"你……你……你把它……压死了。"甲虫责怪地说，它的呼吸仍没有恢复平稳。

"不是那样的，"乌龟拨过来几片树叶把小外星人盖起来，"它可能只是睡着了，我们走吧。"

飞碟嗡嗡地起动了，它飞过来，伸出一只机械手把小外星人拣了进去。过了一会儿，飞碟发出声音："我差点就死了！"

"哦，抱歉。"乌龟说。

甲虫说："我很同情你，我知道那样的感觉有多可怕，但是比起被细腰蜂当作美餐，这是可以忍受的不是吗？虽然几乎就要相等了。"

飞碟说："这个世界太危险了！我可没想过要设计防被乌龟压的宇航服。不过，你说得对，你们救了我一命，扯平了。本来我可以实现你们的一个愿望的，现在我只能说谢谢了。"

乌龟说："那就很好，想一个愿望很伤脑筋的，尤其是只能想一个的时候。"

飞碟飞到半空中说："再见了！朋友们。"

甲虫说："等等！你是从天上来的？"

"是的。"

乌龟说："你来地球干什么？"

"事实上，我是被流放来的。"

甲虫说："等等，你是什么时候掉到这片树林的？"

"昨天。"

乌龟说："流放？你犯了什么错？"

"我试图寻找造物主。"

甲虫说："那你有没有看见一只像我一样的甲虫？从天而降，然后就不见了。"

"看见了。"

乌龟说："哇，寻找造物主，听起来很酷，它是爬行类吗……"

甲虫封住乌龟的嘴巴，叫道："闭嘴！闭嘴！你没听见吗？它说看见了！"它仰头问飞碟，"它是从哪儿来的？到哪儿去了？"

飞碟说："它是一只在树林里游荡的甲虫，后来就走了。"

"不会的！怎么会？"甲虫抱头叫起来，"它是一只从天而降的仙子！"

"我真不该告诉你，"飞碟说，"当时我的飞碟失去控制了，它吓得假死了，当时就是这样。"

"不——"甲虫发出一声惨叫，冲天而起，然后一头撞在乌龟的壳上，它扑在上面瑟瑟发抖。

乌龟对飞碟耸耸背："生活的真相总是让人伤感。"

飞碟的外壳上变幻出忧伤的花纹，它对甲虫说："我很抱歉。"然后问乌龟："是这样说吗？"

乌龟说："是的，发音相当标准。"

"那么外星朋友，你应该去过很多星星了。"乌龟这时可以随心所欲问自己的问题了。有些问题的答案令人伤心，可知道总比不知道好。

飞碟说："是啊，大多是路过。"

"告诉我，世界有多大？"

"你是说所有的世界吗？那是无限的。"

"那么我能走出这个城市吗？"

飞碟没有说话，它久久地沉默旋转着。

飞碟说："你知道三界理论吗？"

"三界？"

"某些星星上的科学家提出，宇宙里的人分为三界：人类界、动物界和外星界。"

"我感觉这个不对，为什么人类独自在一界？为什么动物有那么多种，乌龟呀甲虫呀鱼呀鸟呀，却都归为动物界？外星有外星的动物也有外星的人，它们也都归为一界？"

"这不是一个逻辑问题，这是对现象的总结，科学家们通过观察各个世界的大量现象得出了这个结论，人类是处于最高级的一界，你的问题就与这一界有关。"

"我还是不相信。"乌龟摇头说，"人类连任何一颗星星都没有去过。"

"星星，只是到达你眼底的光芒。"飞碟说完徐徐飞走了。

乌龟驮着甲虫往回走，它们一路上不言不语，各自揣着各自的心事。

乌龟想起该安慰甲虫一下，于是说道："我曾经也有个会假死的女友，它是一只可爱的灰背负鼠。其实装死也不是什么坏事，它能让你躲开眼前的危险，哦……后来它真的死了，因为它躺在马路上装死，被一辆马车辗过。装死不是什么情况下都适合，它那么聪明，怎么就没明白呢？"乌龟说得自己也伤感起来。

"女友？"甲虫有了一点精神，"你是说，女……对了，这就是用来表示另一面的词语？"

"另一面？"

"我和你是同一面，另一只甲虫和负鼠是另一面。"

"你是说男和女吗？"

"男和女！多好听的词语，这就是世界的真相吗？"

“我一般称之为世界的假象，不过够热闹的，是的，男和女，男男女女男男。”

“形容世界上最近的距离？”

“形容世界上最远的距离。”

又是一阵沉默，这时甲虫已经沉浸到另一番玫瑰色的想象中去了，它知道世界真的是两面的，这不是它的异想天开，因为有两个词语来形容这两面——男和女！词语是神奇的东西，从来不会无缘无故诞生，它们的诞生往往预示着世界的规律。

而乌龟则继续它哲学般的思考，它们各自延续着这样的状态直到入夜。

睡觉前，甲虫问乌龟：“我要抛掉一部分关于那只甲虫的记忆。告诉我，一个下凡的仙子和一个假死的甲虫，我应该忘记哪个？”

“忘掉不切实际的幻想。”乌龟说。

“我忘不了。”甲虫想了一下，最后还是决定忘掉生活的真相，只留下水晶般的初遇的感觉。

“好吧。”乌龟说，“该说晚安了，今晚的星空真美。还有，今天，合作愉快。晚安。”

“晚安。”甲虫说完飞上枝头。

小男孩在睡觉前打开窗户，把玻璃瓶子放在窗台上，这样过一晚上它就能装满星光。“晚安，唐卡。”他对自己说。星星透过玻璃瓶弯曲成奇幻的光芒，宛如小男孩的梦境。

这天夜里，甲虫梦到自己飞过一棵灿烂开放的樱花树。这棵樱花树一直生长到天上，树上是一个由甲虫仙子组成的王国，其中有它遇见的那一只。而乌龟则在半梦半醒中看到自己生出了一双甲虫那样的翅膀，带着它飞越群星。

四、寻找

“今天我要飞过北边的湖，你可以跟着或不跟着我。”乌龟对一个跟斗翻到它背上的甲虫说。

“飞过？”

“啊，不，游过。”乌龟还没有完全从梦境中回过神来。

甲虫整理了一下翅膀，仔细收好，说道：“我当然跟着，我还没有遇到一个惊喜呢。湖那边有一棵樱花树吗？”

“我不知道，我没有去过那里。”

“那你为什么去？”

“为了寻找城市的出口。”

“什么？你朝任何方向走都可以出去，为什么要游过那个大湖？”

“你一定没有飞过那么远，否则你应该知道，这个城市是走不出去的。”

“天……天哪。”甲虫惊呆了，“这怎么可能？你听那个小男孩的收音机，每天都在播放世界各地的新闻，我们的城市只是很小的一个地方。”

“事实就是那样，我用一生的时间走了很多方向，那里的尽头都是浓雾封锁的深渊，那浓雾让人喘不过气来。现在，湖那边是最有可能找到突破的地方。”

“哦，湖那边……快走！快走！”甲虫踢了乌龟一脚。

乌龟像一艘小船慢慢驶离了湖岸，拖着一道小小的波纹。甲虫站在乌龟背露出水面的一个小岛上，这个小岛浮浮沉沉，时而变大一些，时而缩小到仅可立足。

甲虫战战兢兢，如履薄冰。湖面已经远离成一条线，它开足马力也飞不回去了。水对它来说是个陌生的怪物，隐藏着神秘莫测的东西。

“小心！小心！水湿到我的脚了！我的命在你手上呢。”乌龟每一次晃动甲虫就大喊大叫。它又敲打着乌龟问：“我们会在天黑之前回家的，对吧？在外面过夜你会不习惯的。”

乌龟慢吞吞地划着水，不多说话，它告诉甲虫，游泳要保持呼吸的节奏。乌龟每划一次水就浮沉一下，甲虫的心就跟着“咯噔”一下，这个咯噔和它看到小仙子时的咯噔很像，感觉却完全不同。前方未知的世界也会让它的心“咯噔咯噔”地跳，这又是另一种感觉。过了一会儿甲虫累了，它索性伏在乌龟背上晒太阳，再不管什么天翻地覆。

“真想不到，一只每天都要回老地方打盹的乌龟会想要离开这个城市。”甲虫托着下巴幽幽地说，几朵白云在水里面悠悠地游。

“我也想不到，一只会飞的甲虫竟然没有一只慢吞吞的乌龟走得远。”

不知漂了多久，岸已经看不见了。像漂浮在无边无际的大海上，乌龟和甲虫就像一个荒岛和一个荒岛上的人。

甲虫忍不住问：“你真的在游吗？”

乌龟说：“怀疑是危险的，如果我也怀疑这一点，我们可能永远也到不了对岸。”

甲虫抬头看看天，那里有一小片乌云从后面飘来，很快就追上了乌龟。

“连乌云都比我们快！你不是在后退吧？”

正说着，一只蝗虫掉在甲虫面前，甲虫惊喜地说了声“嗨！”在这荒凉孤独的地方遇到一只昆虫同类是多么让人惊喜呀！它们大眼瞪小眼地望了片刻，又掉下来一只蝗虫，接着是第三只、第四只……

甲虫抗议起来：“嘿！这里可不是免费停车场！”

蝗虫像下雨一样源源不断地掉下来，不一会儿就堆成了一座小山包。“小岛”一点点沉下去，水漫上来。

甲虫从蝗虫堆里拼命伸出头来，摇着上肢呐喊道：“你们搞什么名堂？这里是私人领地！”甲虫抬头望望天上，那里还有一群盘旋的“乌云”想要落下来，脚底下冰冷的感觉爬上来，一阵眩晕袭来，它扯开嗓子喊道：“都给我走开！船要沉了！”

蝗虫们瞪着一双双眼睛互相张望着。“可是这里是唯一能歇脚的陆地了。”有人说。

甲虫瞪着眼睛说：“你们飞不过去？那还飞过来干什么！没有人教过你们水是很危险的吗？”

“我们飞得过去，可是，后面有三只大鸟在追我们，如果不歇一会儿……”这只蝗虫说得上气不接下气。

“大鸟来了！快跑哇！”有人惊慌地叫起来。

蝗虫们一哄而散，“地面”突然浮了起来，把甲虫弹了个跟斗。它好不容易站稳，便看见三只燕子从后面飞过来，像三支利剑插进蝗虫群。休息过的蝗虫速度明显快了很多，不一会儿便飞到了蝗虫群的前面，飞得慢的蝗虫纷纷成了燕子的美餐。

天上发生的一幕让甲虫无比震惊，自然界的法则像一把大锤把它狠狠砸了一下。甲虫对乌龟说：“乌龟，乌龟，我们必须制止这场屠杀！”

乌龟头也不抬地说：“这是自然界再自然不过的事。”

“把别人吃掉是再自然不过的事？！”

“当然，包括甲虫，有很多动物是吃甲虫的，乌龟也吃甲虫，只不过现在我吃素了。”

“不！你不能这样麻木！你在树林里面还救了小外星人，为什么现在又变得冷漠无情了？那只乌龟到哪里去了？你醒醒！”甲虫撩起小水珠洒到乌龟头上。

“因为我们什么也做不了！”乌龟终于抬起头怒道，“我能飞吗？

你能打败燕子吗？你以为你真的救得了它们？”

“我们可以试试！”

“说不定燕子也愿意试试，尝尝一只不那么美味的甲虫，代价只是三天的腹痛和一个月的腹胀，这还算可以接受。”

“如果你也怀疑这一点，我们永远都做不了。”

“好吧，你要我做什么？”

“我要拦截燕子，但是那超出了我的作战半径，我起飞后你必须全速前进提供平台支援，我才能返航。”

“我尽力。”乌龟说。

“我出发了！”甲虫飞向天空，在它的航线所指的方向上，三只燕子正在一团惊慌飞散的乌云中穿梭，那团乌云已经越来越稀薄了。

乌龟叹了一口气，说道：“傻小子，祝你好运。”

没多久甲虫就追上了蝗虫群，蝗虫们正在“扑棱扑棱”往前飞，蝗群中一片叽叽喳喳的唉声叹气。

“唉，咱蝗虫就是这贱命。”

“生命多么短暂，我才刚开始悟到点什么。”

“现在想起来，蓖麻叶还是挺好吃的。”

“如果俺能活着逃过去，俺一定要多生娃。”

甲虫追上去说：“朋友们，听我说！各自逃命不是办法，大家要一起对付燕子！”

蝗虫们无动于衷，仍自顾自地飞。甲虫急了：“我说，朋友们，团结起来！”

一只蝗虫说：“这是命。”

甲虫说：“命？不，没有命，命是自己创造的，你们被吃，就是因为你们甘于被吃。”

“它们吃不完的。”另一只蝗虫说。

甲虫吃惊地说：“这是蝗虫的尊严！”

“尊严？哈哈！”那只蝗虫笑起来，“等我们飞……”它还没说完就被一只燕子叼去了。

“飞到新的家园，产下卵，”另一只蝗虫接着说，“当五亿只蝗虫遮蔽天空的时候，世界就会知道什么叫尊严。”

“五亿！”

“五亿！”

蝗群唱起来。

“去交配！”

“去产卵！”

“五亿！”

“五亿！”

歌声汇合成一首雄壮的进行曲，冲击着甲虫的神经网络。每一阵大潮袭来，它的意识就丧失一点，最后它飘飘忽忽地沉了下去。

残留的一点意识勉强把超长的数据清除完毕，甲虫又重新爬升上来。

“我说……”

“五亿！”

甲虫又栽了下去，这次它的意识采取了强力手段，把更长一段记忆“咔嚓”剪掉了。

甲虫精神满满地再次飞上来，“你们准备好了吗？”它问道。

“准备好了！”蝗群用雄壮的声音回答。

“跟着我，出发！”甲虫说完转头向燕子飞去。

甲虫在极短的时间内完成了一个锐角转弯和满负荷加速，仿佛自然定律在它身上失去了作用，连它也不敢相信自己的超常发挥。它像一个墨滴直射向燕阵的头燕，在蝗群杂乱的背景下，连燕子最锐利的眼睛也没有把它分辨出来。

“墨滴”如一道闪电撞在头燕的脖子上，突然的冲力几乎使这只燕子折了脖子，但是燕子及时调整姿态缓冲了能量，姿态的改变使它在空中翻滚起来。

“墨滴”的速度只有很小的损失，它在极短的时间内加速至原先的速度。紧接着处于同一直线上的第二只燕子受到了攻击，它还没有来得及反应，撞击的位置仍然是精确的颈部。这只燕子同样做出了应急姿态调整，并且用零点零五秒的时间发出了一声短警报。

这时第三只燕子已经察觉到危险的存在，它稍微降低了飞行高度，“墨滴”从它的脖子上方擦过，蹭掉了几缕绒毛。

头燕飞上来发出警告：“有弹弓！分散躲避！”

三只燕子散开去，很快又聚拢来，因为下面是水面，不可能有弹弓。这时它们发现了甲虫，甲虫正鼓着翅怒目相向。

“这是什么？”二燕问。

“一只恶心的甲虫。”头燕厌恶地说道。

甲虫发出正义的吼声：“燕子听着！命你们立刻停止屠杀，掉头返航！”

“就是这丑东西攻击我们的？”二燕打量着这个东西，“它看上去就像个煤球。”

“我数三下，我的蝗虫大军就会杀到！”甲虫指向身后。然而，它的身后一片空空如也，蝗群还在既定的航向上往前奔逃。“怎……怎么会这样？”它难以置信地叫起来。

“环境污染太严重了，连甲虫都疯了。”头燕摇头说。

“我们要让它走吗？”二燕问。

“把它吃掉！”三燕终于“喳喳”地插上嘴。

“太恶心了！”二燕打了个哆嗦。

“你们还吃得下吗？”头燕问。

“我吃了三十六只，撑死了！”二燕赶紧说。

“我……我吃了五十二只，已经塞到嗓子眼了！”肥胖的三燕打了个饱嗝。

“我吃了四十多只，我也不打算吃了。”头燕说。

甲虫把翅膀振得嗡嗡作响，怒骂道：“你们三个蠢东西！欺软怕硬！”

头燕浑身震了一下，对二燕说：“老二，你吃得最少，你来吃。”

“我才不吃这么个脏东西！谁知道它能不能吃。”二燕委屈地说。

“脏东西？”甲虫受侮辱似的叫起来，“你知道有很多动物都吃甲虫的吗？乌龟也吃甲虫！”

二燕说：“老大你看，这个甲虫不太正常，吃下去会害命的。”头燕点了点头。

“胡说！”甲虫义正词严地反驳道。它现在要站出来争取自己的权利——值得被吃的权利，只有争取到值得被吃的权利，争取生存的权利才有意义。它说：“最多只是三天的腹痛和一个月的腹胀，这个代价是可以接受的。”

头燕惊讶地打量了甲虫一眼，对同伴说：“这东西的体内可能含有很高的重金属，我们走吧。”

燕子回去了，甲虫冲着它们的背影喊道：“喂！喂！喂……”

喊到第三声的时候它的翅膀发出怠速运转的声音，身子往下一沉，它这才想起身体的能量用完了，赶紧拼命往回飞。可是在茫茫的湖面上，哪里能看见乌龟的踪影？

乌龟拼命游了几公里，连甲虫的影子都没见着，它张大嘴巴，只剩下喘气的劲儿。终于，乌龟看见燕子返航了，它欢呼起来，然后天际出现了甲虫的影子，一个小黑点飘飘摇摇越飞越低，看着就让人绝望。

乌龟积攒起最后一点力气向小黑点划去，这似乎是一个不可能完成的任务，如果这时打来一个浪，它肯定会沉下去的。甲虫先前的热血已经冷却，没有了超越极限的神奇力量，现在它只能凭着求生的本能往回赶。如果这时吹来一阵风，它一定随风而逝了。

还好湖面上风平浪静，快要坠毁的甲虫和快要沉没的乌龟终于会合了。甲虫摇摇晃晃地“咣当”一声落在乌龟背上，再也动弹不得。

“甲虫返航……”甲虫无力地报告。

“乌龟也要返航了……”乌龟吐出一句话，它去不了对岸了。

乌龟一喘过气来便对甲虫说：“你做到了！真不敢相信！”

甲虫病恹恹地趴在乌龟背上说：“不，我什么也没做。”

“你做到了，燕子返航了！你没有意识到你有多伟大，从来没有昆虫能打败燕子！”乌龟兴奋地说着，“你是对的，我这把老骨头都不敢相信奇迹了，我真感到羞愧。”

“不，乌龟，别说这个了，我想休息一会儿。”

“怎么？你好像不大高兴？”

“我只是很累……”

乌龟不说话了，它也累了。它拖着灌铅般的四肢往回划，比起一瞬间的奇迹来，回家的路要漫长得多。夕阳渐渐沉下去，一大一小两个小岛在湖面上拖出一道长长的金色的波痕。

它们在天黑的时候才回到花园，乌龟经过客厅门口的时候站住了，抻长脖子呆呆地看着。

“怎么了？”甲虫问。

“难以置信，竟然存在一个乌龟的世界。”

甲虫顺着乌龟望的方向看去，客厅角落的电视机里播放着四只绿色的乌龟，它们拿着刀叉棍棒四样武器在城市的高楼间跳跃。

“哇，酷！”乌龟不禁赞叹。

这时小男孩拿着遥控器按了一下，画面变成了一群人类。

“走吧，那不是真的。”甲虫催道。

乌龟不甘心地又看了看，失望地走了。

五、生活

乌龟和甲虫连续休息了三天才恢复过来，不过它们倒是真想这样一直躺下去。

“我从来没有游过这么快。”乌龟感叹，“八十年前湖水被染红的时候，我从湖东一口气游到湖西，也没有游过这么不要命的。”

甲虫趴在乌龟旁边的一片小草丛里，说：“我也从来没有飞过这么快、这么远，我还以为我要死了。”甲虫还想说，这本来可以成为一场经典战役的，但是它没有说出口。

乌龟说：“我把这辈子最不可思议的事情都做完了，以后我再不会做什么疯狂的事了。”

“这辈子……”甲虫念道。“乌龟，你有孩子吗？”它突然问。

“幸运的话，应该有过几个。真不可思议，我曾经也年轻过，不过我现在都认不出我的孩子了。”

“我的一生只剩下两个月了……我是不是该为繁殖作打算了呢？”

“是的！”乌龟斩钉截铁地说，“你整天跟着我闲逛，瞎打瞎闹，这不是一个好办法，甲虫的寿命和乌龟不一样，你不能过我们的生活。”

“生活的意义也不同吗？”

乌龟愣住了，它不知道怎么回答这个问题，它甚至不知道生活的意义是什么。它缓慢地嚼着几根草，然后说道：“你怎么会思考这个问题？”

“自从我跟你去寻找城市的尽头，我就觉得有什么东西不同了。我遇到了那群蝗虫，它们轻易就能飞过大湖，但是它们只能用生命的每一分每一秒去产更多的卵，繁殖更多的蝗虫。它们没有个体的生活，它们是作为一个整体存在的。不同的动物，它们的生命形式决定了它们生活的意义。”

乌龟好像想到了什么，它进入了冥思，甲虫叫了几声乌龟也没有答应。

过了一会儿，乌龟睁开眼来，仿佛从另一个世界回来了。它自语道：“我想我知道了这个世界上所有生活的意义。”

“是什么？”甲虫急促地问。

“算了，也没什么。”乌龟扭过头去，仿佛这是一个不祥的消息。

“告诉我！”甲虫恳求道，“过两个月我就再也没有机会知道了！”

乌龟被这句话扎了一下，它说：“那么，我先问你，那个下凡的仙子，在你心中还是原来那样完美吗？”

“我已经忘记一些了，但是……几乎还是像原来那样。”

乌龟沉思了一会儿，说道：“我可以告诉你那个答案，但是你必须答应我，听过以后把那段记忆删除。”

“为什么？”

“记住它不是一件愉快的事情，总之，你答应我我才说。”

“好吧，我答应你。”

“这就是生活的意义。”

“什么？你没说！”甲虫气呼呼地嚷起来。

“我说了，然后你把那段记忆删掉了。”

“没有！我什么都不知道！”

“因为你删掉了嘛。”

“我才不会那么老实！”

“哦，你现在才说，可是你当时就是老实地删掉了。我是一只老实的乌龟，相信我。”

“好吧，也许我真的，曾经，知道过……”甲虫沮丧地埋下头。

“你知道过，当时你没有高兴，现在你也不必沮丧。”乌龟安慰道。

大自然给了蝗虫远航的能力，却没有给它们独立的意识；给了甲虫飞翔的翅膀和敏锐的感觉，却没有给它们充足的体力和足够的时间；给了乌龟漫长的时间，却只让它们缓慢地爬行。如果这个世界真的有一个创造者，那么这个创造者的初衷一定是不完美的。每一个生灵都被不完美的设计小心地限制着，让它们永远接触不到那个最后的真相——生活的意义就是没有意义。如果忘掉就如同从不知道，那么请原谅我没有告诉你，我不想打扰那只会做梦的甲虫。

六、仙子

乌龟恢复了正常的生活，不再去想湖那边的事，它每天做的事只是觅食和散步，偶尔发发呆。甲虫故意有几天没有缠着它，而是悄悄地跟在它的后面。如果乌龟是因为怕甲虫拖累了自己而没有行动，它就一定会趁这个机会行动的，但是它没有。

甲虫在一个早晨拦住乌龟问道：“你真的把去湖那边的事忘得干干净净了吗？”这时早晨的太阳正好从乌龟的脑袋后面升起来，让它看起来像一个先知。

乌龟说：“在很长一段时间里我都不会再考虑这件事了。”它头上的光辉黯淡下来。

甲虫沮丧地说：“那么我这辈子都不会知道答案了，是吗？”

“是的，那么，你可以回到你的生活了吗？”乌龟不情愿地说出这番话，自己的心里也一阵酸楚。

“是的……”甲虫低头望着脚尖，它此刻反而觉得平静了。它突然又抬头叫道：“乌龟！”

“嗯？”

“答应我，就算我不在了，你也要找到答案。”

乌龟呆呆地愣了一会儿，轻轻说道：“好吧。”

“说话算数。”

“我是一只老实的乌龟。”乌龟坏笑了一下。

甲虫回到了树林，它试着在那里遇见另一只甲虫，用乌龟的说法是女甲虫，但是它总觉得有点别扭。事实上，它的确遇见了几只甲虫，但是它们都和仙子不同。它发现，其他甲虫的气味已经不能让它产生心动的感觉了。

甲虫每天晚上都会回花园的樱桃树上睡觉，这也成了它的习惯。

一天傍晚，甲虫落在樱桃树的一根枝条上，枝条带着它上下摆动，甲虫闻着风带来的草地的味道、几十种树木的味道，和这其中隐藏着的各种昆虫的味道。有一个味道突然刺入它的神经，让它的大脑一阵空白，那是记忆河流最上游的石子，那是梦最初的形状，那是所有快乐和痛苦的发源地，甲虫激动得差点从树枝上掉下来。

那是小仙子的气味！

它可以断定小仙子就在附近。它在树枝上不安地来回爬动，同时用眼睛扫视着下面。

忽然它定住了。它透过窗户看见小男孩的桌子上放着那个大玻璃瓶，玻璃瓶里装着一只甲虫，它一眼就认出那是小仙子无疑。

甲虫既兴奋又害怕，这是一个好机会，如果它救出小仙子，它就有了其他甲虫所不具备的竞争力，但如果它救不出小仙子……它不敢想下去。

甲虫紧张不安地等待着时机。如果这时乌龟回来了，它可以问问乌龟有什么办法，但现在它只能自己想办法。玻璃瓶被一个本子盖住，小仙子躺在里面一动不动，甲虫知道它只是在装死迷惑敌人。小男孩在瓶子里放了树叶和一块木头，假装对它很好心的样子，其实他在等着仙子醒过来变成一件活的玩具，但是仙子显得格外有耐心。小男孩坐不住了，拿起玻璃瓶使劲儿摇晃，小仙子在里面撞得叮当响，还是一动不动。甲虫一阵心痛，恨不得马上冲过去。小男孩到后面去找什么东西，现在正是好机会。甲虫从枝头冲出去，加速，加速，只要掀开盖瓶子的本子，仙子就可以飞出来了。

“当”的一声，甲虫的头脑瞬间空白，它撞在了窗玻璃上。还没有落到地上，它立刻又飞起来，围着窗子寻找入口。

小男孩已经回来了，他找来一根棍子拨动仙子，仙子还是一动不动，小男孩又怒气冲冲地拿起瓶子摇晃起来。甲虫拼命扳动窗户边缘，但是那里却纹丝不动。小男孩失去了耐心，他把仙子倒在桌子上，发狂地拍着桌子。

甲虫着急地喊道：“不！不！不！别装死！快醒过来！”

难道它不明白吗？装死不是什么时候都适合的。

小男孩受够了仙子的把戏，他狠狠地把仙子捏起来，扯掉了一条腿，这时仙子拼命地挥舞起剩下的五条腿来。已经没有用了，小男孩继续扯着它剩下的几条腿。

“不！不！不！”甲虫狂叫起来，一下下撞击着窗户，它不敢相信世界上竟然有这么残忍的事。最后它拉开距离，用尽全身的力气迎头撞上去，巨大的撞击力超出了它的承受范围，它飞速弹回来，掉到草地上失去了知觉。

玻璃窗发出一声巨响，把小男孩吓了一跳，他打开窗户察看着。仙子趁这个机会用剩下的三条腿往桌子的边缘爬，就在它快爬出桌子的时候，小男孩把它抓了回去。

小男孩扯完仙子的腿，把它放在桌子上端详，现在装死的甲虫彻底不会动了。小男孩以一个胜利者的姿态笑起来，随手把没了腿的甲虫扔出窗外。

没腿的甲虫掉在昏迷的甲虫旁边，它疑惑地看了旁边的甲虫一眼，说了三句话：

“你是谁？”

“救我。”

“记住千万别装死。”

仙子说完就一命呜呼了。

七、老城区

甲虫醒来看见身边有一堆树叶，它惨叫起来：“不！不要把我关起来！”然后它看见了草地、樱桃树和乌龟的圆脑袋，它松了一口气，庆幸道：“还好，自由真好。”

乌龟说：“又做噩梦了？你昏迷了很多天，吃东西吧。”

甲虫吃光了树叶，抱着乌龟的脖子吻了一下，说道：“谢谢，你还知道我最喜欢吃的树叶。”

乌龟无可奈何地说：“因为乌龟经常要在这种树下捕食甲虫，这是基本的生存技能。”

“你总要破坏生活的美感吗？”

“我说的是事实。”

“事实会伤害美好的东西。”

“事实也可以让你免受伤害。”

“不，”甲虫滑到乌龟的颈窝里，乌龟冷得缩了缩脖子。“它让我冰冷无助。”

乌龟知道了小仙子的事，这和它猜想的差不多。它不知道怎么安慰甲虫，也许这一次彻底的绝望让甲虫再也不会绝望了。

“我发现你们的时候，你正昏迷着，我看见仙子头戴着光环升上了天堂。”乌龟努力描述着当时的情景，“它深情地望着你，然后化作七彩的光芒，把草上的露珠都照亮了。”

“傍晚没有露珠。”

“下雨了。”

“谢谢你……”甲虫转身躲进一片草丛。

乌龟叹了一口气走开了。

甲虫每天蜷在草丛里不说话不动弹，乌龟每天把树叶送来。这几天的雨水都好像多了一些。有一次它们看见小男孩一个人在花园里哭泣，在甲虫看来他像一个魔鬼，即使哭泣也不能改变这一点，甲虫气得咬牙切齿，又害怕得瑟瑟发抖。

天晴下来，乌龟决定带甲虫去兜兜风散散心，于是它载着甲虫爬进了一片老城区。甲虫像一个忧郁的疗养病人总不说话，乌龟则像一个土生土长的马车夫滔滔不绝。

“你知道吗？七十年前整个城市都是这样的，现在只留下这片地方了。我看着这个城市从泥土到钢筋水泥的过程，最喜欢的还是这些砖石的时代。”

长着青苔的方砖在脚下沿着街道弯弯曲曲延伸着，道路中间电车的轨道还留在上面。人行道的台阶都高过乌龟的头，不过乌龟还是能爬上去。路两旁种着梧桐树，落下的叶子先给地上铺上一层花纹，阳光再在上面铺上另一层花纹。几个庭院铁栅门紧锁，植物茂盛，每一幢的屋顶上都有几只奇异的白色小兽将头探出屋檐。在这里，外面那些暴躁的大家伙进不来，所以很安静。

“每个地方时间流逝的速度是不一样的，这个地方时间流逝得特别慢，你会有这种感觉。四十年前，城市开始了改造，我们组成了一个乌龟共济会，聚集在这个城区。我们认为乌龟会让时间的流逝变慢，虽然我们拯救不了整个城市，但可以集中力量拯救一个城区。事实上，乌龟不会让时间变慢，但这个城区竟然奇迹般地得救了，不知道什么原因，总之它得救了。行进的掘土机变得越来越慢，最后停下来回去了，施工队绕过了这个地方，这里留了下来，时间停止了。”

乌龟和甲虫穿过一个有着喷水池的花园，中途它们停下来玩了一会儿水，然后它们走过几幢被火烧过的楼房。经过一幢旧楼房的时候，它们听见了奇怪的声音，那是一连串变化的声调，忽高忽低，飘忽不定。

“据说这一带有很多冤魂被封印在地下，引诱别人去救它们，然后你就成了它们的一员。”乌龟想讲一个故事吓唬吓唬甲虫。

这时它们听懂了那声音中的一段：“救救我！”

乌龟“咯噔”一惊，甲虫“哇”地抱住乌龟的脖子。

乌龟说：“别紧张，我们再听听。”

声音再一次循环，行进到某一段时，“救救我”的喊声又出现了。

“找找。”乌龟说。

它们绕着楼房找，走到了一个地下室的入口，里面黑洞洞的，声音就是从下面传来的。

“地……地下！”甲虫瑟瑟发抖地喊。

乌龟说：“故事不会成真的，我们应该下去看看。”

“别！你没听说过好奇害死猫吗？”

“可我们是乌龟和甲虫。”乌龟说完探头下去叫了两声。没听见回答，它开始一级一级往下爬，进入阳光和黑暗的分界线后，一阵寒意袭来，两人都打了一个激灵。

“注意！进入另一面了！”甲虫尖声提醒道。

台阶上横着几截烧焦的木头。乌龟翻过木头的时候脚下一松，随着几截木头一起滑了下去，它们一路尖叫着滚到底下。

最初，宇宙是在一声尖叫中诞生的，在一眨眼的时间里，它迅速膨胀成一个小小的黑暗空间。然后有了一道光，整个宇宙分割成明暗的两面，但是黑暗占着绝对的主导。这个小宇宙中的生命睁开满怀畏惧的眼睛，开始观察这个世界。

唯一进入眼睛的景象是阳光从气窗透进来，在地上形成一个长方形的光斑，其余都是黑暗。甲虫说：“要有光。”但是没有光。它大声喊道：“乌龟！你还听得见我的声音吗？”

乌龟在黑暗中答道：“当然，光线不影响听觉。”

甲虫顺着声音爬到乌龟背上，觉得踏实了许多。它说：“这间房间忘了装窗户。”

乌龟说：“这里是地下室，在它被改造成一楼之前是不会有窗户的。”

然后，这个宇宙中的生命开始互相探知对方的存在。

“有人吗？”乌龟和甲虫一齐喊。

“来人了！来人了！啊哈哈！”一个声音响亮地叫起来。

乌龟和甲虫吓了一跳，声音是地上的那块光斑发出来的。走近去，它们看清楚了，是地上的一只飞碟。

飞碟激动地说：“我用二十七种语言发出求救，终于有人来了！”

“怎么又是它？”甲虫说。

乌龟说：“可能它来自一个倒霉的星球。”

飞碟如见亲人般地叫起来：“是你们！好心二人组，你们是我的救星！”

乌龟说：“你的飞碟又坏了？”

飞碟说：“不，它很好，我被绑架了。”

“那些鬼魂干的！”甲虫吓得退了两步。

乌龟说：“不，没有鬼魂，我看它好好的，什么事也没有。”

“好好的？”飞碟没好气地说，“如果我能动一下，我就不会在这里待一秒钟！”

经它一提醒，乌龟和甲虫才注意到，飞碟的身上压着一只毛茸茸的爪子，爪子的毛在阳光下闪闪发亮，所以很难分辨出来。顺着爪子往上看，爪子的主人隐藏在黑暗里。

“你是谁？”乌龟问道。

“喵！”黑暗中的动物威武地吼了一声，抖了抖毛，弓下半个身子来。这时它的上半身刚好处在明暗分界线上，呈现出强烈的立体感，它的胡须根根晶莹剔透，眼睛凌厉逼人。

“是只猫，麻烦了。”乌龟说。

“你们想找麻烦？”猫发出霹雳般的声音。

“不不不，”乌龟连忙摇头说，“我们只是路过。”它扭头小声叮嘱甲虫:“记住，我们只是路过。”

甲虫说:“不，我们……”这时它想起了燕子的事，只好说道:“好吧……”

猫高傲地舔了舔嘴巴说:“你们侵犯了我的领地，扰了我的兴致。”它说着用爪子拨弄飞碟，飞碟想飞走，立刻被它一爪子扑在地上。

乌龟说:“你看见了，我们是掉下来的，我们恨不得马上走开。看来你找到了一个不错的玩具，我们不打扰你了，祝你玩得愉快。”

飞碟绝望地叫起来:“不！你们不能这样绝情！”

乌龟丝毫不为所动地转身走了。

飞碟在背后愤怒地喊道:“你们这两个冷血动物！铁石心肠！硬壳二人组！”

乌龟停了下来，甲虫气得“喳喳”叫:“听见了吗？它叫我们‘硬壳二人组’！”它手舞足蹈地回敬道，“你这个霉球星人！”

“硬壳二人组！！”

“霉球星人！！”

“硬壳二人组！！！”

“霉球星人！！！”甲虫最后一声如小鞭炮般在地下室里炸响。

乌龟说:“好了，走吧。”它们继续往外走。

“猫是最优秀的辩手，”乌龟对甲虫说，“要说服它们的唯一方法只有辩赢它们。它们是高傲的动物，越难于得到的东西越不会放弃，你不能让它觉得那样东西很受重视。现在差不多了，我要和它辩论了。”

乌龟准备爬上台阶的时候转身说:“猫，顺便给你一个忠告，玩玩就可以了，最好不要吃那个东西。”

“喵——”的一声划过黑暗，猫无声地落在乌龟前面的台阶上。它放下嘴里的飞碟摁在脚下，厉声说:“你敢命令我？”

乌龟平静地说:“不是命令，是忠告。”

“你有什么资格？”

“时间赋予我的经验，乱吃东西是不会有好结果的。”

猫用犀利的眼睛盯着乌龟。乌龟知道，猫拥有一项鲜为人知的特异功能，它们是天生的测谎仪，没有谎话可以瞒得住猫的感官。

猫的脸上露出知悉一切的表情，它冷冷地说：“年龄往往是欺骗的本钱。”

乌龟暗暗一惊，但它没有慌乱，而是镇定地说：“我虽然没有研究过乱吃东西和寿命的关系，但我可以告诉你的事实是，我见过的十六只乱吃东西的猫都死了。”

“谎话！”

“这件事我没有撒谎。”

“唔。”猫忽然饶有兴致地踱起步来，“你说这件事你没有撒谎，你没有说你从不撒谎。”

“没有人能从不撒谎，我只能说这件事我没有撒谎，这样说更接近事实。”

猫不动声色地审视着乌龟，乌龟还之以坦然的目光。猫突然脸色一变，亮出利爪“啪”地按在乌龟面前，恶狠狠地说：“你知道吗？我可以轻而易举地在你的背上抓出一排爪印！”

乌龟平静地说：“我会把那当作岁月的恩赐。”

猫看着乌龟良久，终于说道：“好吧，我玩腻了。”它把飞碟踢到一边，纵身跃入黑暗中。

得救的飞碟追着乌龟和甲虫喋喋不休：“太棒了！你们是真正的谈判高手！”乌龟和甲虫向前走不理它。飞碟说：“我收回以前的话，你们不是硬壳子，你们有柔软的心……喂，我道歉还不行吗？我是很真诚的，我可以用二十七种语言说抱歉……”

乌龟说：“抱歉，我们不需要。”

飞碟想到了什么，说道：“嗨！你们有什么愿望？我可以实现你们的一个愿望！”

乌龟说：“我们不需要。”

甲虫有点动心了，它小声说：“也许我们可以试试……”

乌龟说：“好，那你试试。”

甲虫对飞碟说：“你能让小仙子回来吗？”

飞碟说：“好主意！小仙子在哪儿？”

甲虫说：“它死了。”

飞碟说：“啊哦，真是个伤心的消息，人死不能复生，这个我做不到。”

乌龟说：“你能带我们飞过大湖吗？”

飞碟说：“我的飞碟带不了这么重的东西。”

乌龟朝甲虫嗤鼻一笑，“它能实现的愿望就是没有愿望，你还指望一只连猫都对付不了的碟子来实现什么愿望？”

飞碟急忙说：“不不，不是那样的，只要是我能做的我就能帮你们实现，你们再试试。”

甲虫犹豫了一下，咬牙说道：“仙子是被一个小男孩扯掉了腿死掉的，你能把那个小男孩的手脚扯掉吗？”

乌龟倒吸一口凉气，连说出这话的甲虫自己也惊呆了。这话听起来那么刺耳，好像世界上任何事都没有这件事听起来荒唐。杀死一只甲虫，杀死一只乌龟，杀死一个外星人，这些话听起来都没有杀死一个小男孩惊悚和震撼。

这种奇怪的感觉让它们陷入失语中。

飞碟终于还是说道：“这个任务可以被执行。我的飞碟上有激光武器，我可以用切割的办法。”

甲虫恨恨地说：“好，就这么办。”这时它感觉自己就像一个魔鬼。

飞碟问：“你确定要这么做吗？一旦确认，任务就将被执行。”

甲虫沉默了好一会儿，答道：“是的。”

“好的。”飞碟嗡嗡飞起来，开始加速旋转。

“等等……”甲虫说，“我决定还是不要这么做了。”它低下头叹了口气，“这毕竟不是我们的世界。”

“你说什么？”飞碟吃惊地问。

“对不起，我决定还是不要这么做了，任务还能取消吗？”

“不是这句。”

“没了。”

“你说了。”

“我忘了。”

“好吧，你是个天才，可惜你的生命太短了。”飞碟绕着乌龟和甲虫转了两圈，“那么，你们没有别的愿望了吗？”

“你知道这个城市的出口吗？”乌龟突然问。

“这样的问题你曾经问过，答案是没有出口。”飞碟说。

“你考察过？”

“没有，因为正如你所说，这个城市是走不出去的。”

“没有考察过你就不能下结论，我要你把这个城市的边缘检测一遍，然后告诉我结果，这个你能做到吧？”

“能做到，不过结论不会有改变的。”

“我愿意试试。”乌龟说着看了甲虫一眼。

“好吧，我完成检测后会告诉你结果，明天的这个时候。”

“我们在树林等你。”

飞碟颤抖了一下，“我不愿意到那里去，那里有可怕的回忆。”

乌龟说：“好吧，我们在树林北边一个后花园的樱桃树下等你。”

飞碟答应了。

乌龟说：“我还是不太相信你能做到，不过这总归没有坏处。如果你可以实现别人的愿望，为什么却救不出自己？”

飞碟说：“有些设备需要愿望才能启动。”

甲虫兴奋地说：“是用愿望驱动的吗？就像流星那样？”

飞碟说："你可以这么理解。专业地说，我没有启动这些设备的权限，因为我是一个流放者，其他任何人都有比我更高的权限操纵这架飞碟。"

"我明白了，"甲虫说，"就像爱神的口水永远吐不到自己身上。"

乌龟说："听起来很可怜的样子。"

"是啊。"飞碟哭丧着脸说。

八、月光草原

飞碟飞走了，乌龟和甲虫继续行走在老城区，一路上再也没有鬼魂的声音。

"你是怎么知道对付大猫的办法的？"甲虫问。

"哦，那个，"乌龟说，"当你背上的爪印足够多的时候，你自然就知道了。"

"你撒谎了吗？"

"没有，猫是天生的测谎仪，没有人能在猫的面前撒谎。"

甲虫好奇地追问："真的吗？那十六只猫都死了？"

"当然，猫活不了三百岁。"

甲虫恍然大悟，称赞道："你真是个天才！"

"这句话似曾相识，你转手送人了。"

"想不到，你是一只锐利的乌龟！"

"怎么？乌龟不能是锐利的吗？"

"我觉得乌龟都是钝钝的。"

"你的意思是说我与众不同？"

"是的，你与众不同。"

"再说一遍，我爱听这个。"

"你是一只与众不同的锐利的乌龟！"

"哦呵！"乌龟高喊一声，"抓稳了，我要暴走了！"

“什么？等等！喔——喔——”甲虫在乌龟背上像被一个疯狂的牛仔抛来甩去，“我还从来没听说过乌龟也能……太疯狂了！在天上可没有这种感觉！”

它们像一辆狂奔的越野车，掀起街上的落叶，压倒花坛里的月季，从一只惊慌失措的蚂蚁上面掠过。乌龟来了一个甩尾急停，在一辆锈迹斑斑的吉普车旁停下。这辆吉普车躺在一面老墙旁边，已经被绿藤爬满和老墙连为了一体。它们惊讶地打量吉普车的残躯，就像打量一只史前的巨兽，那些曾经充满爆发力的钢铁骨架如今也尘封在时间的绿色轻纱下了。

乌龟不由得想到自己若干年后的样子，它使劲儿甩甩脑袋，甩掉头脑中的想象。它忽然害怕停顿下来，仿佛一停下来生命就会停息，然后生根发芽，长成大树。它把脚趾抠进泥土，重新积蓄力量。

乌龟压低身子对甲虫说：“准备好了吗？我要超车了。”

“准备好……喔！”甲虫被突然向前奔去的乌龟抛向空中。

乌龟把吉普车甩到后面，跑进了一条下水沟，“隧道”在眼前飞快地向后掠去，甲虫紧张得喘不过气来。突然眼前变亮了，乌龟冲出下水沟，冲进一条石板铺的小巷，石板路被时光打磨得锃亮，两旁是紧闭的门户。乌龟一跃而起，扑倒了一个垃圾桶，垃圾里倒出一堆西瓜皮来。乌龟跃下垃圾桶，准确地踩到一块西瓜皮上。西瓜皮“滑板”带着它飞过巷子，它的背上套了一个黑色的塑料袋，猎猎作响，这让它感觉自己像一个侠客。乌龟想起了在小男孩的电视里看到的绿色乌龟，一时间热血沸腾。

在风的尖啸声中，乌龟得意地喊道：“我们把这叫作乌龟时速！”

甲虫被罩在塑料袋里面，叫道：“这是什么？我什么也看不见！”等它掀开塑料袋，看见一堵墙迎面撞过来。“救命——”它绝望地呼叫起来。

乌龟冲到了直路的尽头，它把两只右脚勾到地上，一个小内弯切进了右边的弯道。

“漂亮的漂移！”乌龟赞叹道。

甲虫死命攀住乌龟的背壳才没有被甩下来，它还没有缓过神来，乌龟已经跳上了一堆砖头的“小山”。“小山”上搭着几根屋梁，乌龟从一根屋梁上滑下去，冲进了一片草丛。它们在草丛里滑行了一段距离终于停了下来。

“到站了。”乌龟说，“哈哈，这片草地，我们叫它月光草原。”它大口吸吮着充满梦幻的空气，“好久没来了，现在想起来还令人心醉呢。”

甲虫踮起脚尖举目望去，这里是一片长满荒草的空地，远处竖着几个孤零零的废弃的脚手架。

“什么都没有。”它说。

“什么都没有？”乌龟一边踱步一边说，“每一步都有一个爱情故事！”它动情地用脸贴了贴脚下的土地，这里的往事让它心旌摇荡。

“共济会第三次大会决定，为了提高乌龟的数量，从而更有效地减缓时间的流速，每年在月光草原举行一次‘千龟相亲大会’。在月光明亮的晚上，上千只乌龟……”乌龟出神地望着远处，在脑海里把这片草原的景象与它的记忆叠加起来。

它突然凑到甲虫的面前说：“我可是当年的大红人！演出风靡全场！姑娘们都知道，我是唯一会走猫步的乌龟。”乌龟说着摇摇晃晃地走起来，但很快摔了个嘴啃泥。“跳乌龟！”它一个凌空劈叉跳过一块石头，“一口气跳二十六个！”它切着小碎步斜向移动，“踢踏舞！从后台到前场，从没停顿！”它紧接着一个转身蹬踏，“回旋踢！一下撂倒一排！”

乌龟忘情地表演着，甲虫看得目瞪口呆。

“蟋蟀奏响舞曲，姑娘们挥舞着萤火虫，尖叫！尖叫！尖叫！全场达到高潮！”乌龟爬上一块大石头，龟壳朝下转着圈，“猜猜谁是幸运的……”它停下来，尾巴指向甲虫，“你！”

“我？”

“是你，幸运天使！”

甲虫高兴得直跺脚，“我有什么惊喜？”

“与我共度良宵。”

甲虫泄了气，“我是甲虫，这里没有其他乌龟。”

“不！”乌龟从石头上跌下来，跌回了现实。它拨开草丛四处张望。

“真的没有其他乌龟。”甲虫好心地说。

乌龟伤心地垂下眼皮，“它们都走了，连脚印都没有留下。”

“那是一段很美好的记忆。”

“是的。”

“为什么你还要伤心？”

“因为美好的东西不能长久。”

“但至少不坏。”

“是的，但是伤心与好坏无关。”

“为什么？”甲虫瞪大眼睛不能理解这个奇怪的逻辑，“难道美好的记忆也会让人伤感？”

乌龟不知道怎么解释这个奇怪但是又浅而易懂的道理，它想了一会儿，说道：“你知道怀念吗？”

“是想念吗？”

“不是。你看，你的生命太短了，还来不及失去什么，所以你不知道怀念的滋味。”

“我失去过！”甲虫用控诉的语气喊道。

“对不起……我说的是另一种失去，缓慢的，不可抗拒的。”

“像一片嫩绿的叶子。”

“没错！你太聪明了。”

“我有过这种感觉，有时候你不舍得吃第二口，吃着吃着树叶就……”

“等等等等，不是这个意思。”乌龟挥舞的手忽然停在半空中，它发现要解释清楚是一个浩大的工程，于是说，“其实也差不多。”

它们路过一个深井旁，乌龟想起了什么，说：“这个井叫绿毛。”

“井也有名字？”甲虫诧异道。

“这样的井有十多个，它们本来没有名字，有人掉下去以后就有名字了。绿毛是一只从宠物商店跑出来的绿毛龟，没有朋友，它来参加我们的相亲大会，但是它不知道，这种绿毛在十年前就已经不流行了，它受到了冷落，一个人待在井边，然后就掉下去了。到现在也没有人知道，它到底是自己跳下去的还是不小心掉下去的。”

它们趴在井边朝下看，下面幽深阴暗，仿佛是一个无底洞。甲虫推了一块石头下去，过了很久才传回一声微弱的响声，这响声让乌龟四肢发软，心快要飘起来了。

乌龟鼓起勇气朝下面喊道：“绿毛，我来看你了！再见！”乌龟说完就继续往前走了。

甲虫落到乌龟背上问：“你确定它还活着？”

“为什么不？它可能已经在下面建立一个王国了。”

甲虫“嗡嗡”地飞起来，“我可以帮你去看看它，代你向它打个招呼。”

“别！不，不用，路挺远的，我们还是别打扰它了。”

“你不相信我能飞下去？”

“我相信。”

“哼，你信不信，我还能把你提起来？”甲虫提着乌龟的壳使劲儿鼓动翅膀。

“哈哈，我感觉要飞起来了。”这时乌龟看到自己的四脚离开了地面，越离越远，耳边响起呼呼的风声，景物飞快地向后退去。它不敢相信地叫起来：“天！小子，你做到了！你做到了！”

它听到甲虫着急的喊声："跑！快跑呀！"它抬头看上去，看见一只展翅的鹰，那双翅膀矫健而优美，让它一时间竟忘记了恐惧。

等乌龟意识到危险时，它已经无计可施了。鹰的爪子像铁钩一样牢牢抓着它的壳，它努力舞动四肢、抻长脖子也不能够到一点。甲虫在一旁帮忙，照着鹰爪狠狠咬去，但是鹰一点感觉也没有。

鹰很快带着乌龟和甲虫飞过了月光草原，向北飞去。乌龟不舍地朝身后望了一眼，它想到自己很可能是最后一次看到这片草原了。乌龟看着从来没有见过全貌的城市在脚下掠过，它贪婪地记着每一个细节，忽然感到一种满足。

九、飞行

甲虫安慰乌龟："别怕，它吃不动你的。"

乌龟说："你不了解鹰的手段，当你看到一片岩石地带，那里就是我的终点了，它会把我扔下去摔成几瓣。"

甲虫叫道："天哪！你等等。"

甲虫爬上鹰的脚，然后抓住羽毛一点一点往上攀，它先是在鹰的肚子上狠狠咬了几口，又爬到鹰的脖子上狠狠咬了几口。鹰仍然以不变的姿势直视着前方，如铁铸的一样坚定，这气势让甲虫感到绝望。

甲虫爬回来对乌龟说："我咬不动它。你有什么对付鹰的诀窍吗？"

乌龟摇摇头说："谢谢你。我们改变不了它，这是我的命运，就让它发生吧。"

甲虫又一次听到了这个似曾相识的词，比上次蝗虫说的"命"多了一个"运"，但甲虫断定它们是同一个东西。它不明白"命运"究竟是一个什么东西，它为什么征服了所有的人。如果说有不能抗拒的东西，那是规律，但命运不是规律，它是由人创造的。

甲虫不甘心地说：“我去跟它谈判！”

乌龟说：“鹰从不跟任何人谈判，从它们抓起猎物的那一刻就已经注定了结果。”

鹰转眼就飞到了北方的大湖上空。乌龟对甲虫说：“你走吧，再不走就再也飞不回去了。”

甲虫紧紧抓住乌龟说：“我不会失去你的，你还欠我一个惊喜，你还要去寻找湖那边的真相。”

真相！乌龟突然想到了什么，那个诅咒，每个生灵都被小心地限制着，好让它们永远接触不到最后的真相。乌龟拥有漫长的寿命，却只能缓慢地爬行，当它有了翅膀，可以飞过大湖的时候——乌龟抬头看看天上的双翼，突然明白过来——它的生命也就走到了终点。

乌龟真真切切感受到了命运的力量，它曾多少次不安地等待着这一天，当这天真的到来时，它反而平静下来了。这是梦中才有的飞翔的感觉，平静的湖面在脚下掠过，像铺展开的蓝色油布。甲虫是绿色的，它自己是橙色的，鹰是褐色的，它们像三种颜色组成的一滴颜料，在蓝色的油布上徐徐拉出一幅画来，每一秒钟都能飞过乌龟花几百倍的时间才能游过的路程。但是湖面实在是太大了，这让乌龟产生了一种美好的错觉，好像凝固在这幅画里永远也飞不出去似的，没有目的地，只是不停地飞呀飞。以前在湖面游的时候也有过类似的错觉，但是那感觉并不好。因为那时它有目标要去实现，盼望着尽快到达彼岸，而现在它害怕那彼岸，只希望永恒。

如果就这样永远没有尽头、永远没有结束也挺好。

鹰开始向上爬升，单调的画面被打破了，湖岸线显现出来。随着高度的提升，渐渐可以看见湖对岸的树林。乌龟甚至想，当高度足够高时便可以看见城市的边缘，但是树林遮挡了往后的视线。

湖岸越离越近，湖对岸一片崭新的天地展现在眼前。乌龟清楚地看到，在湖岸和树林之间有一块巨大的岩石，它明白，那里就是终点了。

“我就要到站了。”乌龟对甲虫说，“你继续往前飞，飞过树林就是城市的尽头，如果没有尽头，你就飞出这个城市了。”

甲虫爬到乌龟脖子上，在它耳边说：“你不能放弃，接下来我要教你一些技能，这是最后的机会。”

乌龟强迫自己笑出来，“你能教我什么？用手护头还是飞？”

“我要教你飞行。”

“你是拿我开玩笑吗？”

“不，听我说，当你高速下落时，空气会从你背腹两侧流过，背部的空气流速比腹部的快，会形成一个由腹部向背部的推力，你要利用这个力实现俯冲，以你的气动性能。这个弧度不会很大，你将以微小的斜线下降，但愿足够让我们落到湖里。”

“我们？”

“我跟你一起。”

“我做不到！你会飞，当然很容易。可我根本听不懂！”

甲虫不管它，继续说下去：“在你刚落下的时候可能会发生翻滚，你要在最短的时间内调整为垂直俯冲。诀窍是收起前脚，用后脚平行向后张开作尾翼，翻滚就会变为垂直向下的自转。然后靠两只后脚上下分腿转舵，产生抵消自转的力，多试几下你就会掌握控制旋转的方法。”

乌龟想起了八十年前，巨大的铁鸟飞过城市上空，扔下一串串炸弹，那些炸弹都有一圈尾翼，它们能稳稳地用圆嘴巴着地，落下的地方就会变成一片地狱。

乌龟说：“我知道，最后我会头朝下落地。”

“是的，还有另一种可能，你在足够的高度改变了翻滚状态，便可以转入滑翔阶段。”这时鹰已经飞到岩石的上方，盘旋着寻找方位。甲虫抓紧时间说道："这个阶段的目标是获得尽可能大的偏移，因为推力是从腹部来的，你要做的是把背部朝向湖中心，用刚才的方法调整自转，然后放平尾翼稳定朝向。"鹰开始向下俯冲了，甲虫大声叮嘱最后的要点："头朝下入水会受伤的！在落到湖面之前，你要尽量拉平身体，用腹部着水，拉平身体的方法……就像游泳！"

再来不及详细说了，鹰用一个俯冲投掷把乌龟扔了下去。乌龟一时间觉得天旋地转，风声在耳边尖啸，世界瞬间变成一个巨大的彩色线团，它就在这个线团的中央。本来它已准备好平静地迎接死亡，现在全乱了分寸，求生比求死更让人手足无措。

甲虫的话像从遥远的天边传来："醒醒！醒醒！动起来！"

甲虫狠狠在乌龟脖子上咬了一口，乌龟收起前脚猛地一蹬后腿，过了一会儿便有了上下的感觉，"线团"变成了头顶的一匝"线圈"。接下来是抵消自转，乌龟叫道："我不知道我现在的转向！"

甲虫说："你现在正在向右转，抬右脚压左脚修正！"

乌龟照做了，很快"线圈"变成了地面，然后地面又变成了"线圈"，它知道是修正过头了，又反复修正了几次终于稳定下来。

"很好，快落地了！"甲虫说，"现在轻轻向右转，别急，好的！稳住！"

湖岸上有一只正在晒太阳的蜥蜴，它刚对着天空打了个呵欠，便看见一枚"炸弹"从天上掉下来，正向着它的头上。它是个捣蛋高手，不知道是哪个仇家寻仇来了，它冲着天空叫骂道："不就是一个蛋吗？整啥高科技！"

这时"炸弹"竟神奇地越偏越远，偏到湖里去了。

乌龟看见头顶不再是地面而是湖面，高兴得手舞足蹈起来，它从来没有觉得湖水比陆地还亲切。

甲虫叫道："别乱动！现在拉平！"

"怎么拉平？"

“游泳！”

乌龟刨起爪子来，它们又翻滚起来，然后以一个奇怪的姿势扑通落到水里。

甲虫拼命打着水，水面上不见乌龟的踪影。甲虫唤道：“乌龟，别开玩笑，我不会游泳！救……救我！”

甲虫扑腾着渐渐往水底下沉，这时一块陆地浮上来，把它托了起来，乌龟的背让它感觉无比踏实，就像一块永不沉没的大陆。

乌龟露出水面大口喘着气说：“我……我有点头昏脑涨……我还活着吗？”

甲虫摊开湿漉漉的身子庆幸道：“谢天谢地，你还活着，我也活着。”

“真不敢相信，我们做到了！你是世界上最神奇的甲虫！”

“当然，我是神奇的甲虫，你是疯狂的乌龟。”

它们湿淋淋地爬上岸，遇见了惊呆的蜥蜴。蜥蜴目不转睛地望着这两个天外来客，突然，它摸起一把沙子撒到空中说：“欢迎来到地球！”

十、尽头

毫无准备地被扔到这个地方，又毫无准备地从死亡中逃出来，乌龟一下子不知道接下来该做什么了，它问道：“我们去哪儿？”

甲虫说：“去找城市的边缘呀！我们已经在湖对面了。”

对，现在可以去寻找那个答案了。真奇怪，难道命运失效了吗？为什么它们非但没有被消灭，反而离答案更近了？乌龟建立起的逻辑突然之间被打破了，当世界提供了被理解的可能性，它突然间不能理解这个世界了。

它们朝树林里走去。这片树林比湖那边的树林更古老一些，大树的根须吊在头上，巨大的蜘蛛网上挂着只剩下空壳的虫子。微风吹来，那些虫子躯壳跳起舞来，甲虫吓得紧紧地抱住了乌龟的脖子。

乌龟说："你把我勒得喘不过气了。"

"好吧，你能不能走快一点？"

"我尽量，可是有什么用呢？反正我们回不去了。"

"我们回不去了？"

"我看了来时的路程，我游不了那么远，从陆上走的话至少要走三个月。"

"天哪！"甲虫哭喊起来，"我不要在陌生的地方度过余生！"

"我不知道你也是恋家的。"

"我怀念那片树林，那里有我的初恋。"

"怀念，你说怀念！你悟出这个词了。"

甲虫带着哭腔说："我想我悟出来了，怀念就是遥远的思念。"

"对不起，都是因为我。"

"算了……至少我没有失去最重要的东西，而且，能在有生之年看一看世界的尽头也不错。"

当它们走到一面雾墙前，已经是傍晚了。这面雾墙像是凭空生长出来的，把这个世界拦腰截断，上达天空，左右没有尽头。沿着雾墙往下，是一条深不见底的峡谷，峡谷也像是凭空劈出来的，没有任何地形的过渡。说世界被截断了好像不恰当，世界好像到这里消失了。

"这里和其他地方一样，也没有出路。"乌龟失望地说。

甲虫把脚伸进雾里面去探了探，没有什么异样的感觉。它对乌龟说："我飞进去看看。"

乌龟说："别冒险，里面不能呼吸，而且我见过别人撞到雾墙上，没多远就会被挡回来。"

"我可以随时飞回来，我会小心的。"甲虫说完飞进了雾里。

"小心你的脑袋。"乌龟说完等着甲虫撞到雾墙上被弹回来。

然而甲虫没有回来，过了一分钟仍然没有，过了五分钟仍然没有。

“你……”乌龟愣了一会儿，猛地把头扎进雾里喊道：“喂！你还在吗？”

过了一会儿，它接受了这个事实：甲虫消失了。

十一、梦境

甲虫飞进雾里，阻力越来越大，呼吸越来越困难，最后连光也看不见了，它刚想转身回去便失去了知觉。

不知过了多久它醒过来，前面出现一束白色的光，它飞进白色的光里，光变成了一条白色的隧道，它顺着隧道飞，飞到尽头突然被一股吸力抛出了隧道。

甲虫再一次醒过来，它不明白是不是还在梦里，又是在第几个梦里，它发现自己躺在一张床上，身体变得十分巨大，几乎把床占满了。这像是人类的世界，但它没有变成人类。它仰卧着，这是它最讨厌的姿势。它挣扎着想爬起来，却看见自己那穹顶似的棕色肚子分成了好多块弧形的硬片，一张被子搭在上面，让它感觉透不过气来，它拼命想甩掉却怎么也甩不掉。比起偌大的身躯来，它的六条腿真是细得可怜，都在它眼前无可奈何地舞动着。

“我出了什么事啦？”它想。这肯定是个梦，这个房间那么压抑，被夹在四堵奇怪的墙壁当中，只有人类才喜欢住在这样的盒子里，还要强迫别的动物住进去。在摊放着衣料样品的桌子上面，挂着一个金边画框，画里面的贵妇人穿着一身的动物皮毛。

甲虫的眼睛接着又朝窗口望去，天空很阴暗，可以听到雨点敲打在窗上的声音，它的心情也变得忧郁了。“我应该再睡一会儿，把这一切光怪陆离的事统统忘掉。”它想。于是它努力翻下床，趴在地上进入了梦乡。

十二、画

下午的风带着闷热，小男孩一个人在家里待了一会儿。再也忍受不了电风扇单调的“吱吱”声的他跑出家门，像个放飞的鸟儿在太阳的阴影下穿行。他穿过下午空无一人的街道，跳上花圃飞奔，花瓣像一窝惊飞的蜜蜂，哄然逃散开又零碎地撒了一地。男孩躲在一个街角四处侦察了一番，其实并没有人，只是他喜欢把情节想象得惊险刺激。

他对着电子表说：“K 星领航员报告，这里已经侦察完毕，没有危险。”这时一只乌鸦在屋檐上“哇”地叫了一声飞走了，男孩急忙喊道：“我被发现了！”他猫着腰跑进小巷子，在他认为敌人被甩掉后，才重新回到大路上。他跑啊跑啊，然后靠在一截矮墙边休息了一会儿。墙边堆着一摞砖头，这里显然是一条孩子的秘密通道。男孩把一颗石头扔过墙去探路，确定没有什么机关陷阱后——其实什么也不可能有——便翻过墙去。

墙里面是他上学的学校。学校是个严肃而威严的地方，而他是一个潜入者，这让他有一种窃窃的兴奋。今天是休息日，学校里空无一人，他跑过空荡荡的操场时却感觉有人在监视着他。他径直跑上教学楼，用私配的钥匙打开教室门，闪身进去反锁起门来。靠在门背时，他的脸上露出了放松的微笑，现在这个世界属于他了。

做些什么呢？他可以把本子折成纸飞机，把教室当机场，也可以把快散架的椅子换到好孩子的座位上，他的眼睛盯上了黑板——他现在可以在黑板上乱画了！

小男孩把所有颜色的粉笔倒在讲台上，他先选一支白色的粉笔在黑板上画了一条横线，这代表一片陆地，接下来在地面上画几幢房子，也是白色的，然后是绿色的树，蓝色的粉笔圈画出一片大湖来，湖那边有树林……最后在天上画上一圈圈的白云。

当这个世界创造好以后，小男孩要开始处置它了，这才是最令人兴奋的环节。他想了想，在云中间画了一架巨大的飞碟，飞碟遮挡了半个城市，下面的人一定吓坏了。突然间，飞碟底下射出一道光柱，小男孩嘴里发出“咻——咻——轰隆”的声音，下面的一片房子被摧毁了，代之以一团混乱的线条。更多更粗的光柱射出来，小男孩用更多混乱的线条把城市变成废墟，他捏着粉笔激烈地挥舞着，嘴里不断发出“轰隆”的声音，两眼兴奋得发光。黑板已经被混乱的线条占满了，他还在继续挥舞着粉笔，速度越来越快，直至整个黑板、整个教室都处于不稳定的状态。粉笔“啪”的一声折断了，一切戛然而止，小男孩的小脸上挂着细密的汗珠，露出了满足的笑容。

他重新审视自己的画时，连自己也被吓了一跳。那些线条像一个张牙舞爪的魔鬼，仿佛是从他背后跳出来的。他赶紧用黑板擦把画擦掉了，又重新画了一座城市。这次他没有毁掉它，而是试着给这个城市添加一些有趣的事情：一条狗在屋顶上吠，乌云遮住了太阳，天上飞来一只鹰把乌云赶走了，乌云飘到湖那边，打下一道闪电，闪电点燃了树林。他用红色的粉笔涂抹树林的时候，听见外面传来一声鸟叫，一只小鸟飞到走廊里来了。小男孩高兴地扔掉粉笔出去抓小鸟去了，太阳落下去的时候暮色淹没了教室和黑板上的画。

十三、火

甲虫从雾墙里弹出来掉在乌龟跟前，乌龟吓了一跳，它以为甲虫消失了。

“你吓坏我了！你穿过去了吗？那边是什么样子的？”乌龟迫不及待地问。

甲虫懒洋洋地苏醒过来，活动活动腿脚，它庆幸自己还好没有变成那个又巨大又笨重的家伙。“我哪儿都没去，只是做了一个梦。”它说。

“你消失了好一会儿，我从来没见过有人可以在里面停留的。”

“事实上根本飞不过去，越往里飞越感觉快要凝固了。我昏过去了什么都不知道，我想我一定是被卡在里面了。”

乌龟又朝雾墙望了望，说：“这里和别处一样没有出路，我们知道了答案一样无能为力，我们回去吧。”

甲虫说：“回去哪儿？你说我们回不去了。”

乌龟想起来了，这时天已经黑下来，它无奈地说：“我们找个地方过夜吧。”

这时一群蝗虫飞过来撞在雾墙上，像撞在棉花上一样纷纷弹回来。一只蝗虫说：“这边不通，走那边。”它们又朝着另一个方向飞走了。

几只烧焦了翅膀的蝗虫边飞边跳地逃过来，甲虫叫住它们说：“嗨，我们又见面了，你们去哪儿？”

一只落在它旁边的蝗虫说：“树林着火了，快跑！”它说完又急急往前跳去了。

它们朝蝗虫来的地方望去，果然看见有火红火红的火苗蹿起在天边，一阵风带来了焦煳的味道。甲虫对乌龟说：“我们也快走吧。”

它们走到树林边缘的时候，看见弯弯曲曲的公路上开来了一队消防车，消防车上跳下来一些人影与火焰扭打在一起，火焰消灭后他们又跳上消防车走了。乌龟招呼甲虫趁着混乱爬上消防车的脚踏板，消防车载着它们驶过弯弯曲曲的公路，终于在后半夜回到了城市。

十四、承诺

总算能回到熟悉的地方美美地睡上一觉，第二天中午乌龟和甲虫才想起与飞碟的约定，但是一直等到傍晚飞碟也没有出现。

乌龟说：“它不会来了，我早就看出来，它是个说大话的家伙。”

甲虫说：“反正我们已经知道答案了，不是吗？”

乌龟叹了口气说：“但我还是心存侥幸地想知道篱笆有没有露出一条缝隙。”

就在不远处的窗户后面，小男孩的桌子上停着一架飞碟。小男孩回来发现了这架飞碟，他既惊奇又惊喜地看着这个闪着金属光泽的东西。这像是一个玩具，从哪儿来的？他想，是大人给的礼物？不，大人不会送给他礼物的。他掰着手指算了一下，还没有到他的生日，何况就算是他的生日也不会有人送给他礼物。把最不可能的情况排除，剩下的不管多荒谬都是可能的，那么，这个东西就是自己飞来的。

小男孩试着跟它打了一声招呼：“嗨！”

“你好！”飞碟回应道。

小男孩跌坐在椅子上“啪”地向后摔去，飞碟真的说话了！他爬起来问：“你是谁？！”

飞碟解释了它是谁。

小男孩怀疑地摇摇头说：“根本没有外星人！大人们说那是胡思乱想。”

“你相信大人的话吗？”

小男孩愣了一下，摇摇头。

飞碟说：“所以我来找你，没有去找大人。”

小男孩第一次感觉到了比大人更高的信任，他认真地点点头说：“我可以做你的领航员。”

飞碟说：“不不，我只要一颗电池，我的能量快用完了。”

小男孩飞快地变了脸，“骗人！一颗电池还不够一个玩具用的！”

“我们对能量的利用方式和你们不同，一颗电池所具有的能量足够我飞到另一个星系了。”

小男孩想了想说：“我只有收音机里的一颗电池，给了你我的收音机就不响了。”

飞碟说：“我会用另外的东西补偿你的，你想要什么？”

“一架大飞碟！我能开的。”小男孩两眼放光，用手比画着说。

“等等，我忘记说明了，我不能制造任何东西，我只能把别处的东西拿来给你。”

“那……”小男孩拿出大玻璃瓶，里面有一个硬币，他晃一晃就发出空荡荡的声音。硬币是他捡到的，他想象着有一天自己捡到的硬币能装满这个玻璃瓶。他把玻璃瓶摇得叮叮当当响说：“我要能装满这个玻璃瓶的硬币，一直到摇不出声音为止。”

飞碟说：“这个我办不到，不是每天都有人掉钱的。”

小男孩生气了，“原来你是个什么也做不到的飞碟！我不跟你做交换了！”

飞碟暗暗着急，它越来越虚弱了。夕阳的余光照在它的身上，尚且能够维持基本的能量，当夕阳的余光从它身上移走，它就彻底丧失能量了。

飞碟抱着最后的希望说：“你再想一个，这个我一定能做到。”

小男孩想了想说：“好吧，你跟我去上电视，让大人们承认我是对的，世界上有外星人。”

飞碟快晕倒了，这又是它绝对做不到的，它只好慌忙地撒谎说：“其实我们早就和你们的大人接触过了……他们封锁了消息……还要把我们抓起来……对了！你喜欢什么小东西？戒指？石头？虫子？”

“甲虫！”小男孩突然想到了。

哦不，飞碟后悔自己说出了“虫子”这个词，再说什么也来不及了，阳光就要从它的身上移走了，它已经有一个角处于阴影里面。

它只好答应道：“好吧，我倒是认识一只……哦不，我可以给你另抓一只。”

“要装满这个瓶子。”小男孩补充道。

“什么？！你知道那有多少？那得需要全城的甲虫！”

“全城的甲虫……”小男孩玩味着这句话。这是件太吸引人的事情，他从来做什么事都只和自己有关，自己玩玩具，一个人逃课，就算砸坏了别人的窗户也引起不了多大的注意，而这是他第一次有能力影响到整个城市，这让他兴奋得心痒痒。“对，就要全城的甲虫！”小男孩得意地说。

阳光已经从飞碟的身上移走一半了，飞碟用虚弱的声音说：“成交……快给我装电池……”

小男孩从收音机里取出电池，按照飞碟的提示把飞碟的底部朝上，那里滑开了一个舱盖，里面像炼钢炉似的发着暗红色的光。小男孩把电池放进去，电池很快就“熔化”在里面了。

飞碟平躺在桌子上，过了一会儿它缓过气来嗡嗡地飞走了。

十五、世界

飞碟找到乌龟和甲虫，这时已经是夜晚了。“抱歉我来晚了。”它说。

乌龟说：“哦，不晚，你还是来了。”

“检测这个城市用掉了飞碟剩余的能量，我差点就死了。如果我死了而没有来，你们会认为我是个骗子吗？”

“会的。”乌龟说。

“我会认为你自不量力。”甲虫说。

飞碟说：“还好我又找到了能源，现在我证明了我是一个守信的外星人。”

乌龟说：“没错，履行承诺比承诺需要更多的努力，但它区分了承诺与谎言。”

“事情其实糟糕得多，好吧先不说那个，我现在告诉你们检测的结果，结果是——”飞碟真不想轻易说出这个差点让它丢掉性命的答案，“没有出口。”

乌龟并没有感到意外，这是它早就料到的结果，就像死亡一样来得安然，围住这个世界的篱笆是密不透风的。它说：“谢谢你，这个结果很重要，从此我们不用再做徒劳的探索了，让生活回归于生活。”

甲虫望望天上的星星，这句话让它感到一丝惆怅。

“但是我想告诉你一个小小的意外，”飞碟说，“根据接收到的回波显示，北方的树林边缘曾出现过一个微小的虫洞，哦，就是突然打开的通道，和我来到这个世界的通道类似，持续的时间是几分钟。这在系统允许的误差之内，可能是真的，也可能是无关的干扰。”

乌龟说：“什么时候？”

“昨天傍晚，太阳落下地平线的时候。”

乌龟望着甲虫说：“那不是干扰，那是你的梦。”

甲虫疑惑地说：“有什么联系吗？我不记得我做过什么。”

飞碟说：“等等，梦是怎么回事？”

乌龟说：“昨天那个时候我们刚好在那里，甲虫在试探雾墙的时候进入了一个梦境，我想就是那次意外制造了那个虫洞。”

飞碟沉思了一会儿，对甲虫说：“我不能排除这种可能，你诱发了一个虫洞，短暂地进入了另一个世界，如果真是这样，你是一个从来没有出现过的天才。”

“我？天才？我是天才！”甲虫兴高采烈地欢叫起来，“我是不是念了什么咒语？”

飞碟说：“我也不知道，有各种可能，我们的语言，我们的想象，我们的愿望，也可能再也不会出现这种巧合了。”

乌龟说："那你是怎么通过虫洞到这个世界来的？一定有谁掌握了打开虫洞的方法。"

飞碟说："还记得三界吗？这取决于第一界的主人。"

"人类？他们自己也走不出这个城市，他们甚至没有这么想过，来自世界各地的新闻其实是虚假的，与这个城市毫无关系。"

"因为你看到的人类行为也取决于人类。"

"什么意思？"乌龟开始混乱了。

"有些真相说出来会毁掉你信仰的一切。"飞碟看到乌龟渴望的目光，说道："好吧，人类界是人类的影子，动物界和外星界也是人类的影子，人类才是所有世界的主宰，甚至是，"飞碟的声音颤抖了一下，"世界的创造者。"

"这是我听过的最离奇的事。"乌龟坚决地摇头说，"我绝不是谁的影子，我只是我自己，要说创造，我也参与创造过这个世界。一百多年前，我在这里拉了一颗樱桃的种子，后来它长成一棵樱桃树，就是这一棵的祖先。一个商人看中了它，把这块地购置成家族的产业，一直传承到今天。今天这个小屁孩能在这里坐着发傻，这一切都源于我一百多年前拉的一泡屎。"

飞碟说："那是不同的创造，很多事情超出你的想象。这个世界尚且是与人类最接近的一类，我到过一个外星界的世界，那是由三颗太阳照耀的星球，火焰之舞在那个世界的上空永恒变幻。在那个世界一百万年的时间里，那里与人类世界没有任何关联，但是，人类的影响力同样深达那个世界的每一个角落、每一块砖瓦，和无数个世界一样，那个世界也是人类世界的投影。"

"怎么证明你说的？"乌龟问。

"你们知道得太多了，"飞碟警告道，"到此为止，再说下去我不知道会发生什么。"

"我活了几个世纪，没有什么不可以放弃的。"乌龟说。

"我只能活八个月，没有什么不可以放弃的。"甲虫说。

飞碟仿佛在沉吟着什么仪式的咒语，又像是一场宣誓，他终于说道："寻找造物主的研究是被绝对禁止的，但是有那样一群人被称为'黑科学家'，它们研究三界的语言、社会结构、行为特征，等等。这样的研究秘密进行了几千年，黑科学家有的失踪了，有的被杀害了，更多的知情者被流放，最后黑科学界得出一个结论：动物界和外星界都是由人类界衍生出来的，最终，人类界也是他们自己的衍生体。我们称那个发源世界为'主体世界'。"

"太荒谬了，我们说自己的话，有自己的思想，我，和它，"乌龟推了甲虫一下，甲虫赶紧立正站好，"你看像影子吗？"

"你们两个人？"

"是的。"

"我说两个人，你答应了，你没有意识到，你的语言里是用'人'来指代个体的，为什么人类分'他'和'她'，动物却只有'它'？他们有时候也会用'他'或'她'来称呼你，但那只代表他们喜欢你，不代表你属于这个世界。你没有意识到，你的语言是按人类的习惯来创造的，我们的都是如此。"

甲虫插嘴说："我听不懂你们在说什么，但是我知道，词语往往暗示着世界的规律。"

飞碟说："没错，因为世界是由词语建造的。"

乌龟惊愕得睁大了眼睛，"你是说，世界是一个……"它由于震惊而说不出那个词来。

"故事。就是这么回事。"飞碟平静地说，"世界是有限的，因为故事就这么大。"

一阵冰凉的夜风吹来，乌龟和甲虫齐齐颤抖起来。天上的星星像隔了一层水汽一样眨着眼睛，真实和虚幻的感觉交织起来变成旋涡和闪电。当震撼的神经电流还在乌龟的体内横冲直撞的时候，头脑简单的甲虫首先从震惊中恢复过来，它提出一个问题："如果这是人类创造的世界，为什么那个人类小男孩那么孤独？他做的事情并不能让他得到快乐，虽然我们的生活也不完美，但是我们可以找到快乐。”

飞碟说：“也许那就是生活的真相，这就是美好的希望。”

乌龟说：“他们热衷于创造一个个世界，是为了真相还是希望？”

飞碟说：“这是个有意思的问题，当黑科学界得知主体世界的存在后，就试图还原出主体世界的样子，这比预想的容易，因为人类创造世界总是带着他们自己世界的影子。然而不止于此，人类用真相建造世界，又取出真相去还原他们的世界；用希望建造世界，又取出希望去改变他们的世界，这是他们的天性，同时也为我们提供了一个机会。”飞碟神秘地凑上去小声说：“有一个秘密的计划：用我们的影响力去反向建造人类的世界，这个‘反向工程’已经初见成效，在他们的电影、杂志、T恤、机器宠物上，甚至他们新创造的世界里，都渗入了我们的影响。现在，‘反向工程’的种子已经播撒到各个世界中。这是一场伟大而持久的战争，谁知道最后的胜利者是谁呢？”

飞碟说到这里发出金属般邪恶的笑声，虽然在它的铁皮脸上看不出任何表情。这邪恶的笑声让乌龟在这绝望的真相中看到一线温暖的希望，乌龟说：“我忍不住想问，你真的是一个流放者吗？”

“为什么怀疑这个呢？我当然是一个流放者。我们流放者有一首歌：星星只是抵达你眼底的光芒，但我们永不放弃，让你知道到处都有家乡……”飞碟唱了两句笑起来，“从一个世界到另一个世界，它总会有点跑调。”

乌龟也笑起来，它望望头上的星星，它们闪烁着挂在樱桃树的枝丫上，好像一树的果实。乌龟说：“世界突然变了这么多，我有点累了，我想我今晚会睡一个好觉的，只是不知道睡不睡得着。”

甲虫已经在乌龟背上不断点着头打瞌睡了。飞碟想说那件事，又打住了，它轻轻说：“做个好梦，明天一切就不同了。”

十六、飞走

第二天，乌龟和甲虫醒来，看见飞碟停在草地上，它们走上去看见飞碟的身上还沾着露水。

“你昨晚没走？”乌龟问。

“啊！”飞碟大叫一声醒过来，“我……没走，因为我还有一件很重要的事情，很糟糕的事情，我不想破坏故事美好的结局，但是……”

“说吧，我们一起解决。”

飞碟说了和小男孩的协议。

“你是开玩笑的。”乌龟说。

“没有。”飞碟认真地说。

“你就是开玩笑的。”

“我没有。”

“好吧，那你为什么要开玩笑？”

“因为……我没有！”飞碟激动地喊道。

乌龟表情凝重地说：“那么，这是真的了？”

“是的，我很抱歉。”飞碟的外壳上变幻出忧伤的花纹。

“一定要这么做吗？”

“是的，我已经承诺了。”

“不能撤销了吗？”

“不能。”

乌龟看看旁边的甲虫说：“你为什么不说话？”

甲虫说：“我在等我从梦里醒来。”

乌龟敲敲它的脑袋说：“这不是梦，这是你要面对的事实。”

甲虫抬起头，用无辜的眼神望着这个世界，它的眼神就像两棵嫩绿的小豆芽，让飞碟自责难当。

飞碟飞到甲虫跟前激动地说："对不起，你飞走吧！远走高飞！"

甲虫说："飞去哪儿？"

"飞出这个世界！"

"飞出这个故事？"

"是的。"

甲虫不敢相信，"我要怎么做？"

"什么都别管，只管飞，忘掉一切记忆，一直往前飞，别停下。"

"为什么要忘掉一切？"

"为了让你扔掉这个世界的痕迹，有更大的概率突破屏障。"

"可记忆是我最宝贵的东西。"

"你已经拥有过了。"

乌龟用温和的声音对甲虫说："给记忆以生命，你已经做到了，接下来的你也能做到。"它把飞碟拉到一边小声问："老兄，说真的，从技术上讲，这能行吗？"

飞碟说："除非有奇迹发生，但它就是奇迹，它是一只天才的甲虫。"

甲虫说："可是我的航程很短。"

飞碟说："忘掉那个。"

"我会迷路的。"

"忘掉路。"

"我会像树叶一样凋落的。"

"忘掉一切规律。"

甲虫转身问乌龟："这是命运吗？"

乌龟答："不是命运，是选择。"

"好吧，可是走之前我还想去其他地方看看……"甲虫心事重重地说。

乌龟挡在甲虫前面对飞碟说："给我们一天的时间，傍晚的时候在这里出发。”

飞碟想了想说：“好的，只有一天。”

乌龟和甲虫走了，飞碟独自叹息道：“唉，为什么我总在关键的时刻扮演不讨人喜欢的角色？”

乌龟背着甲虫上了路，它们走到树林，走到湖边，走到老城区，甚至还去看了一眼那个黑洞洞的地下室，走到月光草原，然后往回走。

它们一路上没有多少话，终于甲虫开口道：“我想去看看它。”

乌龟说：“我以为你已经忘掉了。”

“没有，我只是不让自己想起。”

乌龟背着甲虫又来到树林，它带甲虫来到一个小小的土包前，说：“就是这里了。”

甲虫站在小土包前默默地看了一会儿，然后找来一片树叶放在小土包上。

甲虫对乌龟说：“谢谢你还记得我和它相遇的地方。”

乌龟说：“不，当时我没有看见它，事实上这里是我不小心压着你的地方。”

甲虫说：“不管怎样，还是谢谢你。”

它们继续往回走，钻过篱笆的缺口，花园就在前面了，它们不愿这么快走到头，便顺着篱笆走下去。

“只要一直走，篱笆上总会找到缺口的。”乌龟说。

甲虫点点头，像一个听话的孩子。

一根根木桩在身旁闪过，乌龟说：“现在我倒觉得这篱笆不像空间，而像时间，它们每一根都代表了生命中的一段，不停流逝，永不回头。这根是昨天，这根就是今天，这根是大湖，这根就是天空……”

“这根是我。”甲虫指着旁边一根木桩说道。

乌龟猛地停下脚步，它呆呆地望着前方，定定地站在这根木桩旁。

“怎么了？”甲虫问。

乌龟想抬脚，却感到这一步沉重得迈不开步子。终于，它迈出了下一步，继续向前走去。“篱笆总会走到头的，故事也会讲完的。”它无限伤感地说。

甲虫说：“别伤心，故事结束了，它会在别处继续。”

“是吗？”

“因为人们不会丢掉希望。”

乌龟笑了，它发现，当它们两个之中有一个脆弱的时候，另一个总会坚强，也许这就是希望。

小男孩把玻璃瓶里的硬币倒出来，攥在手里跑出了门，他要为甲虫的到来腾空“房子”，所以他有理由花掉这个硬币。他攥着硬币来到游乐场，这里一个人也没有，只有无人售票的大机器在等着人投币。小男孩挑了一架最高的摩天轮，把硬币投进投币孔，这架仿佛已经死去的大机器“嘎嘎”地运转起来，小男孩赶快钻进一个小小的铁盒子，蜷在座位上。

傍晚很快就到了，三人在花园里告别。

甲虫说：“我要飞走了。”

乌龟说：“你曾经问过我生活的目的是什么。”

甲虫回忆了一下说：“你回答‘走走’。”

“是的，现在你要飞走了，你明白‘走走’的意思了？”

甲虫若有所悟地点点头，“它的意思原来这么简单，只是我被习惯蒙蔽了。”

飞碟说：“真有意思，这说明建造世界的词语并不是那么严密的。”

乌龟张开爪子对甲虫说："知道吗？我一生中曾无数次想过走走，但是都没有做到，现在我拥有那些记忆，而你拥有一个未知的未来。"

甲虫看看脚下，"现在我们站在这中间——今天——对吗？"

"是的，昨天是一段历史，明天是一个谜，而今天是一份礼物。"

"哇，礼物！你给了我一个惊喜！"

乌龟笑道："其实你已经得到过很多惊喜了，只是你不肯承认，你这个狡猾的小家伙。"

飞碟盖打开了，小外星人从里面伸出头来激动地叫道："嗨！知道吗？刚才你们说话的时候我的仪表指针闪了一下，这表示空间出现了一个扰动。世界不是孤立的，很多事件都会对它的边界造成冲击，这是个好兆头！"它说完"砰"的一声又钻回去了。

甲虫飞到乌龟背上展开翅膀，晚霞突然从它的翅尖上放射出万丈光芒。它说："我准备好了。我起飞后就会忘掉一切，不会想念，也不会怀念。"

乌龟忽然感到真正的伤感正是源于这里，从此怀念只是它一个人的事了。它问："你要把我也忘掉吗？"这话又像是埋怨。

甲虫说："我会等到你看不见我以后。"

乌龟说："好吧，祝你好运，我会怀念你的。"

飞碟跟着说："祝你好运。"

甲虫嗡嗡地加快了翅膀的频率，它和乌龟进行最后的一次配合。它呼叫道："甲虫准备就绪，请求起飞。"

乌龟报告道："天气晴朗，风轻云淡，可以起飞。"

甲虫像一支箭一样飞向了天空，天边的晚霞像一个神秘复杂的几何图案，一个最简单的点正无所畏惧地迎着图案的中心飞去。

巨大的轮子把小男孩推向高空，他坐在铁盒子里看见一只甲虫从旁边飞过，霞光给它披上了一层金光。小男孩从窗户的夹缝中伸出手去抓，拼命够也够不着。甲虫甚至没有看他一眼，毫无畏惧地飞走了，小男孩在后面拍打着窗子狂怒地叫喊起来。他喊哑了挣扎累了跌坐在铁盒子里，心中的怒火化作无力的嫉妒，铁盒子“叮”的一声到站了，巨大的轮子“嘎嘎吱吱”地停下来，重新陷入了沉睡。

甲虫的记忆像海潮一样退去，它有一个感觉，生命最初就是一滴水，与无数滴水相遇就汇成了海洋，现在每一滴水都奔向了家乡。它不知道，下面有一只蜻蜓正在一根一根地点着篱笆的木桩，树林里有一片树叶正悬浮在空中舞蹈，月光草原上一阵风把一枚草籽刮到了空中。它的记忆只是不停地褪去，褪去，到最后，枝头的最后一枚果实也开始掉落，仙子消失了，小小的土包消失了，乌龟是最后消失的。

记忆褪去后，词语的基石开始剥落，它的意识变得越来越稀薄，向最核心的部分逼近，也许最终，它会化成最初的那一滴水，融入新的世界。

我是一只飞翔的甲虫。

我 飞翔 甲虫。

我 飞翔。

飞翔。

飞。

乌龟看着甲虫变成一个小黑点，越来越小，渐渐消失在天空中，终于看不见了。它踮起脚尖对着天空喊道：“我看不见你了，你可以忘记我了！”

飞碟哇哇大哭起来。

乌龟耸耸肩，转身走进草丛。

“你要去哪里？”飞碟问。

“我要睡一觉，真正地睡一觉。”乌龟的声音从草丛中传出来。

十七、尾声

十年之后，乌龟醒来了，飞碟早已经不在了。它打了个长长的呵欠，抻着脖子等甲虫一个跟斗翻到它的背上。等了一会儿它才想起已经没有甲虫了。

它呵呵笑起来：“老朋友，你不翻那一下子我会心神不宁的。”

乌龟经过客厅门口的时候看见电视机已经换成了挂在墙上的大屏幕，它突然惊呆了，屏幕里一只甲虫国王正带领它的圆桌武士爬过皑皑雪山。

“喔……”乌龟发出一声惊叹，它忽然手舞足蹈地叫起来：“你做到了！你做到了！你创造了一个甲虫的世界！”

屏幕闪了一下就黑掉了，大男孩拿着遥控器走过来，从播放器里取出碟子。小男孩已经长成一个少年，这十年里他再也没有见过甲虫，但他收集了很多甲虫的故事。

乌龟失望地垂下头，继续往前走。每一次睡觉醒来这个世界都会改变很多，但有些东西总是不会变的。

它走到篱笆下面的时候一阵绞痛突然袭来，一个不祥的预感攫住它的心，它知道那个时刻要到了。它找了一丛花躺下来，静静地等待那个时刻的到来。

但是等了一会儿疼痛渐渐消退了，呼吸又恢复了平稳，乌龟站起来抖擞抖擞精神，继续向前走去。只要还有一点时间，它就要让生命焕发光彩。记忆不是永恒的，每一个故事也都会有结束，但它并不害怕结束，生命已经被赠予时间。

故事结束了，它会在别处继续。

人生不相见 / 何　夕

从这里看过去，太阳系只是一个暗淡的白点，但那里是全人类共有的家园。在这个冗长的故事里，最幸运的一点就是：经过那么多事情，我们的家园还在。

一、领路人

入夜的营地安静了许多，白昼里训练的喧嚣已经散去，这里是美国凯斯国家海洋保护区的基拉戈海岸。范哲警惕地扫视四周，因为叶列娜现在正在“工作”。怎么说呢，范哲现在算是叶列娜的同谋，门禁系统是他突破的，现在也是他在给叶列娜望风。按章程规定，档案馆网络与外界物理隔离自成一体，只有在内部才能调阅。严格说来，叶列娜就算进到里面也没法“调阅”，因为她根本没有取得相应的权限。叶列娜已经进入档案快一个小时了，也不知道情况如何。范哲可不想成为被好奇心害死的猫，再说他对那些档案也没什么好奇心，最多只是对叶列娜有那么点好奇心罢了。不过虽然是在犯规，但范哲心里并无多少愧疚之感，其他学员都如期离开，偏偏留下他们两个人，而且找谁询问都是一句无可奉告。范哲还好点，只是一名工程师。叶列娜以前是特工，天生就是个惹事丫头，反正闲着也是闲着，正好练练个人的手艺。

范哲心虚地刚想四下张望，就在这时，他见到了那个人。范哲敢肯定，就在一分钟之前周围都没人的，估计刚才这家伙是隐身于某个角落。对方显然发现了自己，因为他正点头示意。问题是范哲心里有鬼，他强迫自己不要朝档案馆的方向望。

“这里真美啊。”来人应该是亚洲人，有四十多岁，脸上的皱纹宛如刀削。但是他的语气让范哲觉得有些奇怪，因为这样抒情的语气像是一个青涩少年。

“当然”。范哲强自镇定地接过话头，“你刚才一直在这里……看风景？”

“我来了一阵子了，大海很壮观，不是吗？”

“当然，你慢慢看。”虽然来人透着古怪，但范哲没有心思追究，心里只盼着这家伙早点离开。

来人望着黄昏的海洋，“宝瓶宫还在原来的地方吧？”

范哲悚然一惊，离海岸八公里外的海面之下就是宝瓶宫。宝瓶宫始建于二十世纪八十年代，是元老级的宇航员训练设施。其生活舱和实验室就建在一个深海珊瑚礁旁边。宝瓶宫长十四米、宽三米，重约八十一吨，建在二十七米深的水下，模拟了空间站的各种生活条件。许多年来，它的面积一直保持着四十二平方米，并非是技术上无法扩建，而是刻意保持与太空居住环境的相似性。其生活设施当然是很齐全的，但是想象一下让人在这里待上几百个小时（所谓的饱和潜水技术）会是什么滋味吧。宝瓶宫主要是为了训练宇航员的太空运动能力，但显然对宇航员的心理素质也是一个考验。据说在未公布的档案袋里就有宇航员长期幽闭后出现精神疾病被淘汰的记录，当然，这样的资料不是一般人能看到的。不过范哲知道，也许再过一会儿自己就能目睹那些神秘的资料了，希望叶列娜一切顺利。

“您是新来的教官？”范哲试探地问。

“不。”来人意味深长地摇摇头，“很多年前我是这里的学员。”

“啊？”这回轮到范哲吃惊了，刚来时就有人向教官问及以往学员的现状，但被告知这属于机密，而现在居然来了一个活的。

“不用怀疑。”来人淡淡开口道，“不过我出现在你面前属于特例。”

“为什么告诉我这个？”范哲不禁有些紧张，出于本能他也明白某些事情知道了不见得是好事。

“因为我们将一起合作。”来人眼里闪出洞悉一切的光芒，“你、我、叶列娜。自我介绍一下，我是何夕。你们之所以一直待在基地，就是在等我，因为我是你们的领路人。”

范哲的嘴微微张开，样子有些傻。这时，他手里的电话响了，上面显示出一条正在传输资料的进度条，看来叶列娜已经有了收获。

“跟我来吧。”来人说完大步朝前。

“去哪儿？”范哲不知所措地问。

“当然是去档案馆。你通知叶列娜终止行动吧，我会揭开你们心中的谜团。”

二、参宿

档案已经发黄。

在恒星际时代，突然出现“纸”这种东西的机会是极少的，这只是因为在个别场合按照规定必须使用所谓的“硬”拷贝材料。何夕早已从电脑中知晓了档案袋里的内容，但现在，他仍然必须在办理完烦琐的手续后从机要员手里接过它。蓝色的菱形印章覆盖在档案的封口处，代表着某种至高无上的权威。印章已经有些斑驳，五十多年的时光顽强地在上面留下了自己的力量痕迹。其实所有人都知道，真实可靠的文件内容只能通过电子副本获得，因为在这个时代，只需要入门级的原子组装技术，便可以假乱真地复制出连同这个印章在内的全部纸质档案，谁也不敢确定手上这套东西就是以前封存的原件。只有基于数论的电子加密技术才能完全确保文件的安全，但这并不妨碍何夕一脸郑重地抽出文件从头阅览，因为这是规定。

看着那些文字，何夕心里涌动出一丝难以言说的情绪，他知道二十年前的那个人也曾经翻阅过这套编号为145的档案。范哲和叶列娜亦步亦趋地跟在何夕身旁，脸上的激动无法掩饰。何夕瞄了眼范哲，不禁想起当年的自己何尝不是一样。何夕知道，他们俩能跟随自己进入这里看到乐土计划的档案，的确是件不容易的事情，这意味着他们至少要淘汰掉两千名以上的竞争者。但何夕不知道，当这两个年轻人下一步完全明了自己的使命后，是否还能像现在这样志得意满。从道理上讲应该影响不大，至少何夕知道，在测试题目中已经隐晦地暗示了某些线索。

“好了。该进入正题了。”何夕示意两位年轻人坐下，“从拆开这份文件开始，我们三个就算是正式加入到乐土计划中了。或许你们也知道一些内情，但我还是按规定从头说起，因为我是你们的领路人。在未来这段时间里，我将陪伴你们，直到任务完成。”

“还是不用了吧。”叶列娜突然打断何夕，“基础背景知识我刚刚在电脑上看过了。”她转头看着范哲，“我还传给你看了的。”

范哲有些错愕，他没想到叶列娜竟然这样坦诚。本来他只是抱着试一试的心理，没想到叶列娜真的能有所进展。

这回轮到何夕吃惊了，乐土计划属于联邦绝密级，他有些狐疑地看着这个斯拉夫血统、头发微卷的女孩。他知道叶列娜有过特警的经历，但没想到她居然还是一名技术超群的计算机黑客。

“你不用怀疑。”叶列娜落落大方地开口道，“我潜入档案馆，用自己写的一个工具软件搜索到了系统的小漏洞，从而看到了少量密级不高的资料，但也到此为止。总体来说，那个什么乐土系统还是非常强的，不过所有事情都是我一个人干的，与范哲无关。”

何夕不动声色地问：“那你们知道些什么？”

叶列娜似笑非笑地答道：“知道了我们这趟旅程并非一般的考察，和其他人所知的不一样，这条航路曾经发生过重大事故，充满未知的危险。”

“你……”何夕顿时语塞。眼前这个文弱的女孩显然具有与她外表不太相称的内在力量。她无所畏惧地对视着何夕的双眼，竟然使得后者生出一丝躲闪的念头。一旁的范哲保持着沉默，但看得出来他是站在叶列娜一边的，他看着叶列娜的眼神混合了欣赏与关心，甚至还掺杂了隐隐的依恋。这也难怪，他们一起接受训练，特别是这最后一个月，他们一直单独相处。何夕心中一凛，这是一个让人感觉不好的苗头。

“恐怕基地的头儿也是有所顾虑吧。”叶列娜幽幽地开口，眼里有洞察的光芒闪现，“我们这次考察本该在一个月前开始，但却一直拖到现在。其实基地并不缺乏领路人，但却专门将你从四十六光年之外召回来，因为你比他们有经验。”

何夕颓然跌坐。叶列娜说得没错，这次行动的确非同寻常。接到基地的命令，何夕也相当意外，从来没有人会第二次执行乐土计划，这是没有先例的。二十年来，何夕一直生活在天蝎座渤海星。天蝎座18号星距离太阳系四十六光年，地球天文学家很早就开始关注这颗恒星，原因在于它和太阳实在太相像了，几乎具有相同的年龄、质量、直径，甚至表面温度，就连自转周期也非常接近，都为二十五天左右。这颗位于天蝎座左螯上的恒星理所当然成为人类优先纳入考察计划的星球。所以“虫洞通道”刚刚进入成熟阶段，人类就向天蝎座18号星发射了探测飞船。正如英谚里常说的“坏运气连着坏运气，好运气连着好运气”一样，人们惊喜地发现，这颗恒星的第二颗行星竟然具有良好的生态环境，最可贵的是，经过后续的仔细探查，发现这颗行星上还没有进化产生具有智能的生命体。一句话，人类中大奖了，奖品就是一颗直径一万一千公里、后来命名为“渤海”的生命星球。

但是叫他怎么对叶列娜说呢？这两个年轻人可能知道一些事件的轮廓，但以他们现在的心境，怎么可能体会到那些事情背后的鲜血与生命的分量？是的，他们太年轻了，他们只是好奇，只是对世界上的未知充满向往，却不明白人生一直行进在雷区之中，无法察觉的灾难随时可能吞噬一切，经历过危险的人才能加倍珍视生命。其实为了执行这次任务，基地总共向十二位“老人”发出了非强迫性的召集令，但最终只有何夕一个人接受了命令。

“先生，你怎么了？”范哲关切地问，作为一名工程师，他不像叶列娜那样咄咄逼人。

“没什么。只是渤海星的氧气含量略高于地球，我这次回来时间不长，还没完全适应。”何夕抚了抚有些气闷的胸口，“其实就算你们没有突破系统，有些事情我也是会告诉大家的，所以我不打算将这件事上报。当然，我会提醒他们系统出了漏洞。不过也请你们不要再对其他人提起这件事，好吗？”

叶列娜的目光在何夕脸上停留了一秒钟，声音突然变得低缓：“谢谢。”

“还是让我们说说里海星的事情吧。”何夕戴上数字手套，房间里顿时暗下来，一幅全拟真的星图浮现在半空中。淡淡银河垂地，仿佛某个超级巨人的信手涂鸦。“看那里，猎户座，也就是中国古人说的参宿。”

何夕手指微动，星图在急速地拉近，“这颗编号为HP26762的红色恒星距离地球一百六十八光年，光谱类型F，太阳为G，所以它的表面温度略高于太阳。”

镜头拉近，红色的灰尘被放大，现出模拟的细部结构，可以看见丝丝缕缕的日珥偶尔喷吐出星球的表面，宛如条条纱巾。那是另一颗光明的星球，是太阳远在亿兆公里之外的兄弟。何夕注视着这颗美丽的空中宝石，眼里有种难以描述的神情，即使以范哲的粗疏，也能看出这个中年男人分明对这颗远在一百六十八光年之外的星球有一种奇特的情感。叶列娜记下来这一幕，她隐隐觉得此次任务透着一些诡异。

“恒星HP26762的第二颗行星就是里海星，它是在五十多年前被发现的，在例行的二十年观测实验后期正式纳入乐土计划。里海星形成于三十亿年前，比地球轻。它和地球的主要差别在于，它的铁镍质核心偏小，这导致地核冷却速度更快，虽然只过去了三十亿年，但它现在的地磁强度只有地球的二分之一，而且目前还在继续以每年亿分之一的速度减少。将来里海星也会像火星一样彻底失去磁场保护，到时候在恒星粒子流作用下，它最终将失去绝大部分液态水。不过那是二十亿年后的情形，在未来几亿年内依然算得上人间的‘乐土’。”何夕按照例行规定做着介绍。

“等等。”叶列娜插话道，“HP26762 恒星表面温度高于太阳，里海星的磁场又弱于地球，那上面的恒星辐射一定比地球强。”

何夕赞同地点点头，“准确地讲，里海星表面的平均恒星辐射强度是地球的两倍，在两极地区还要高得更多。我看过当年里海星传回的极地照片，某些时候在极光辉映下，夜晚就像白天一样。实际上，在里海星三十度左右的低纬度地区，偶尔能看到极光，这就好比在海市看到北极光。”

“那肯定很美。”范哲露出悠然神往的表情。

“当然，可以毫不夸张地说，美得令人呼吸不畅。”何夕淡淡一笑，“但可惜我们欣赏不了多久。高能粒子会让我们的眼睛很快患上白内障，我们的骨髓细胞会被迅速摧毁，接下来便是顺理成章的结果——死亡。”

“所以才需要先行者，对吧？”叶列娜插话道。

何夕这次没有表现出诧异，他料到叶列娜已经查到了先行者的资料，“是的，先行者率先登陆并征服这些星球，如果有可能，他们还承担着改造星球环境的任务。总之，先行者是值得我们永远尊敬的一群人。他们为人类的美好前途付出一切……”何夕陡然止住，脸上浮现出萧索之意。

叶列娜与范哲面面相觑，何夕凝视着虚空中的猎户座群星，心里不禁滚过一阵悠长的感叹。在一百六十八光年的时刻阻隔之下，彼端已然是另一个世界。

“资料里提到了通道事故……”范哲小心地提起话头。

何夕从短暂的失神中回过神来，“是的，通道，那是一次事故。在发现里海星的时候，虫洞技术已经非常成熟，人类在坐标点之间的跃迁有过无数成功的经验。虫洞技术的基石是引力，正是靠着对强大引力的精确操控才能将空间‘穿孔’，从而实现超距跃迁。虽然虫洞跃迁的理论耗时为零，但在实际中至少要维持十五秒稳定态，才有足够时间完成一次操作。不过，虫洞的理论基石已经隐含着虫洞跃迁的一个危险，虫洞几乎是成对出现的，而如果在虫洞对之间的直线空间上存在着强引力物体，那么在跃迁之前就必须考虑到这种引力的影响，将其带入计算中，否则建立的虫洞将陷入紊乱的状态，跃迁目的地将变得无法预料。”

叶列娜插话道：“的确，这种情况下，一旦误入巨星系的核心区域，肯定会导致灾难性后果。”

何夕摇摇头，“你说的情况并不常见，就总体而言，宇宙中物质的分布非常稀薄。现在发生的几起事故是另外一种更复杂的情况。”

“什么情况？”范哲问。

“偏移并不只发生在空间上。”何夕神色凝重地说，“第一艘事故飞船发现自己偏离预定地点约二十光年，当他们和地球建立量子通信之后，才发现虽然他们只感觉过去了一瞬间，但在地球上，时间已经过去了四个月，人们当时都以为他们遇难了。所以他们是同时在空间和时间上都出现了漂移。”

“他们穿梭了时空？”叶列娜倒吸了口气。

“‘穿梭’这个词容易导致误解，没有人能够回到过去，只可能往后漂移。”何夕接着说，“根据事后分析，这种效应相似于物质以光速运动时的情形，对他们而言，时间停止了。迄今为止，相同的事故发生了六起，有的是几个月，有的是几年。最长的一起失踪事件已经过去了六十年，至今没有消息，而且可能永远都不会有消息了，他们很可能已经被巨恒星吞噬了。”

“里海星任务也是事故之一，对吗？”叶列娜幽幽地问道。

“是的，就是猎户座里海星。”何夕点头，“也是我们这次的目的地。”

“这种威胁来自黑洞吗？”范哲插话道。

“并不是那么简单。”何夕缓缓摇头，“在现有技术条件下，虫洞对的距离不能超过十光年，所以去某个外太阳系的行程实际上由一系列的跳飞组成。而对强引力物质的探查，就是建立新航道最重要的工作。十光年虽然是一个非常广大的区域，但现有技术对于包括普通黑洞在内的强引力源的探查是很准确的，唯独对于那些形成于宇宙大爆炸初期的微黑洞束手无策。这些太初黑洞非常小，有的视界还不到一微米，具有的引力却很强大，要完全排查极其困难。好在这种特殊结构并不常见，而且根据计算，单个微黑洞并不足以扰乱虫洞的运行，除非是遇到散布的微黑洞群落，否则虫洞跃迁依然是安全的。实际上在事故之前，已经往里海星成功发射过多艘飞船，一切运行正常。”

“资料上讲，飞船成员发回了遇险信息。”叶列娜开口道，“是在出发后三个多月的时候。当时他们不仅在时间上漂移了六十多天，而且还在空间上误入了一颗超强辐射脉冲星的势力范围。当时两名男性成员当场死亡，最后那名女性成员发出航线上存在高危险黑洞警报信息之后也死了。”叶列娜注意到何夕脸上难以掩饰的痛苦，“这直接导致前往里海星的航道自二十年前中断至今。”

“是的。”何夕调整了一下情绪，“航道的重新探查是一个漫长的过程，尤其是在已经发生了悲剧的情况下。现在的新航道在距离上远了一些，但应该能够绕过那个可怕的微黑洞群落区域。”

“能确定是微黑洞造成的事故吗？”叶列娜探究地问。

“这个，当然了。”何夕有些诧异地看了眼叶列娜。

“可是后来并没有确切发现微黑洞群落的消息，现在新航线只是绕道而已。为此白白耗费二十多年时间……”叶列娜突然止住，因为她发现何夕陡然间已经变成了另一个人。

“你说什么？”何夕瞪大双眼，“你有什么资格怀疑于岚的判断？这是她付出生命代价才得到的结论，你……”

叶列娜忙不迭地道歉，她也觉得自己的怀疑有些过分，“对不起，我只是有些好奇。”

何夕撑住额头，二十年了，一切仿佛昨天才发生，包括于岚最后那凄美的微笑。

三、商宿

休斯敦宇航中心一派繁忙，里海星飞船将在这里升空，进入外层空间后再转入虫洞飞行。虫洞飞船的主体就像是一颗巨大的枣核，周围悬浮缠绕着三个交叉的线圈。领路人马维康带着他的组员加滕峻和于岚一字排开站在飞船前面，接受人们的祝福。

何夕面无表情地注视着站在飞船前面的三个人，准确地说，他的目光是落在那个娇小的身影上，心里麻木得没有一丝感觉。就在昨天之前，他的心还被幸福的憧憬填得满满的，而现在一切都已无法挽回。

是的，就在昨天，何夕当时刚刚从减压舱里出来。在宝瓶宫受训的宇航员由于长时间生活在水下，他们的身体体液被高压氮气所充斥，在返回海面前要进行十七小时的减压，这是最让人难受的环节。何夕一出减压舱禁不住仰头深吸了一口气，感觉自己这才算活过来了。等他再次平视前方时，一眼便看到了于岚那俏生生的身影。

绿树，草地，衣袂飘飘，这是一道风景。

于岚扬起脸，有些调皮地看着何夕，“谢谢你这段时间对我的照顾。”

“咱们的生物学博士什么时候变得这么客气了？”何夕略显木讷地笑笑，他们前后相差十天进到宝瓶宫，在那里共同训练了二十天。其实何夕觉得应该说感谢的是自己，因为自己晚到十天，是于岚告诉了他许多有益的经验。不过，在一起突发事故中，也的确是何夕帮助于岚脱了险境。

“我是来同你道别的。”于岚轻声道，她低头看着地面。

何夕有些意外，“道别是什么意思啊？我们可是分在同一个组的，应该是半个月后一起出发吧？”

“基地做了调整，我改派了别的任务。”于岚黑白分明的眸子里闪过难以言说的神色，一种痛楚的感觉在这一瞬间从她的心头滑过。二十天前的一次训练中，于岚的潜水设备发生了紧急故障，何夕没有任何犹豫地把自己的呼吸器拉开接驳到她的面罩上。那一刻，于岚心里某个最柔软的地方被深深触动了，她没想到，这个世界上真的会有个人视她胜过自己的性命，她本以为这样的情节只存在于赚人眼泪的小说里。那是怎样一种天雷地火般的触动啊。

“哦，怎么会这样？”何夕语气里有难以掩饰的失望，他觉得自己的心正在往下沉。

于岚咬住下唇，叫她怎么跟眼前这个比自己小一岁的大男孩说呢？其实正是她自己要求改派的。十天前，当她回到基地知晓了任务的全部内容后，她只能做这样的选择，等何夕知道真相后，应该也会认为这是最好的选择吧。这个世界上有许多很伟大很崇高的东西，跟它们比起来，爱情虽然美丽，但却只是一件渺小的装饰品。于岚想到这一点的时候，突然觉得有一丝什么东西从身体里被抽了出去，渐行渐远，仿佛多年前的某一天，她眼睁睁地望着心爱的布娃娃飞出了列车车窗。

“再过二十四个小时，我就出发了。”于岚脸上挂着空洞的笑。

“我们以后还能见面吗？”话一出口，何夕就发现自己问得太蠢了。刚受训时他们就被告知，不同小组成员的后续情况将列为机密，彼此是无缘再见的。

“知道我要去哪里吗？”于岚的声音像风铃一样动听，“是位于猎户座的里海星，中国古人所称的参宿。而你要去的渤海星位于天蝎座，中国古人称之为商宿。”

何夕陡然间明白了什么。“人生不相见，动如参与商。”参星在西，商星在东，千百年来，地球上的人们从未同时看到过参宿和商宿，当一个上升，另一个便下沉，永世不能相见。

于岚的心里也滚过宿命般的浩叹，十天前她只是请求改派任务，到里海星是上面的人定的，但却那么不可思议地映照到千年前的诗句里，仿佛冥冥之中真有天意存在。

……

送别的人一一上前告别，祝福三位人类的勇士。这时，领路人马维康注意到了于岚的沉默，“我们基地最美丽的女士不想对大家说点什么吗？”

于岚被突如其来的提问从失神中拉回，她静静地巡视全场，“谢谢大家来送我们。其实，我要说的话昨天已经说完了。”于岚望着人群中的何夕，脸上一抹带泪的笑容。

何夕嘴唇翕动，那是只有他们两个人才能听到的诗句：“人生不相见，动如参与商。今夕复何夕，共此灯烛光。”

是的，这就是人生的宿命。当昨天何夕第一次打开属于他自己的渤海星任务档案时，立刻就明白了于岚做出的是怎样的决定，他现在赶到发射场只为最后与于岚告别。这并不是什么一般性的考察任务，在那个无比崇高的目标之下，需要他们付出的很多，这其中就包括——爱情。

四、水星球

预定目的地设定为距渤海星六十万公里的外层空间，这是为了尽量避开渤海星两颗卫星的干扰。作为领路人，何夕完成了百分之九十以上的操作。每一次十光年跳飞后的方位确认、航道修正以及能源补给，需时约两天。其实一切都是在计算机程序的安排下进行，领路人所能做的也不过是摁下确认按钮，这虽然只是一个表象，但却让人觉得仿佛是自己在掌控着命运。何夕摆摆头将这个念头甩开，拇指毅然摁下，启动最后一次跳飞。

三十五个地球日之后，虫洞飞船突兀地出现在渤海星的外层空间，就像一个从遥远虚空中钻出的幽灵。防护罩缓缓打开，母星明亮的光线经过过滤之后照射进来。叶列娜和范哲迫不及待地解开束缚，飘移到舷窗旁，里海星巨大的身影悬浮在远处漆黑的深空中，像是一只绘满蓝色花纹的瓷盘。

是的，蓝色覆盖了里海星的全部表面，这是一颗没有陆地的水星球。虽然这是从资料里已经知道的事实，但同地球的巨大反差，还是让人一见之下难以相信自己的眼睛。

“真美啊。”叶列娜如痴如醉地赞叹道，“哎，范哲，你看它像不像一颗矢车菊蓝宝石？”

“真想把它镶在一颗戒指上送给我的新娘。”范哲幽幽开口，“不过它真的太奇特了，竟然没有陆地。”

何夕的动作比年轻人慢了半拍，他凝望着里海星，一时间心潮起伏，“里海星并不奇特，是地球更加奇特。”

“你说什么？”范哲不解地问。

“宇宙中的行星无非两种，要么有液态水，要么没有。相比之下，存在液态水的行星是小概率事件，根据现有资料来看，概率小于一亿分之一。因为这要求行星具备一系列极难满足的条件，比如行星与恒星的距离、恒星所处年龄阶段、行星自转的速率、行星的质量及引力大小，以及大气层厚度，等等。这些条件的苛刻程度，足以与宇宙常数所具备的奇特精确程度相提并论。你们想想看，在太阳系里存在那么多行星、小行星以及卫星，但确定拥有液态水的却只有地球。”何夕耐心地讲解，“但另一方面，由于宇宙无比巨大的物质数量，存在液态水的行星数量实际上又是一个天文数字。而在数以十亿年计的时间条件下，如果我们认可生命的自发论是正确的，那么，液态水和生命存在几乎就是一个等同的概念。所以一般性的看法是，宇宙中生命绝非地球所独有。”

“这个我大概是知道的。”叶列娜插话道，“可刚才你说地球才是奇特的又是什么意思？”

“你们应该知道，地球表面百分之七十一是海洋，百分之二十九是陆地。我的意思是，在拥有液态水的星球里，这是一种非常奇特的小概率现象。”

叶列娜和范哲面面相觑，表情有些呆滞。

“实际上，水这种物质在地球总的物质中占有的比例相当低。这些水大致有几个来源：地球形成时的太初尘埃、数十亿年来引力俘获的星际水分子、撞击地球的小行星或彗星带来的水分。正是这些极其复杂的来源共同形成了地球上现在的水分。地表水的重量不到地球重量的万分之六，地核中则基本可以肯定没有水的存在。而为了测出地幔的情况，公元2002年，日本的研究者在高温高压环境下创造出四种和地幔矿物相似的化合物，然后向这些化合物灌水，测试它们吸水后重量的变化如何。结果表明，在地幔处溶解的水是地表水量的五倍多。所以地表水的重量加上地幔水的重量，水占地球重量的比例约为千分之一。这是一个非常低的比例，我们完全可以想象水占比高得多的行星，理论上甚至不能排除有百分之百由水构成的星球，有些小行星和彗星的构成比例差不多就是那样的。那么从道理上讲，在所有存在液态水的行星上，水重量占比小于千分之一也是稀有事件。也许在一百个这样的行星中，九十九个都比地球含水量大。”

范哲听得有些发呆，而叶列娜也罕见地保持沉默。

何夕笑了笑，“别这样看着我，要知道我的专业就是天文学，我当年的毕业论文就是研究地外含水行星的，题目就叫‘水星球’。让我们回到正题吧，而即使以千分之一这样低的占比来看，海洋也占据了地球的大部分表面。如果我们假设某个行星的水重量为星球总重的千分之二，那么按照一般化的原理来看，大陆其实已经不大可能存在了，个别岛屿还有可能存在，但如果行星含水比例再上升一点，它们也将完全消失。也就是说，我们有理由认为，对于所有存在液态水的星球来说，大片陆地的存在只是一个小概率事件，而表面基本被海洋覆盖才是常态。实际上迄今为止，在现在人类发现的两百多颗地外生命星球中，只有一个星球具有大片陆地。”

“在哪里？”叶列娜按捺不住地问。

“就是我生活了二十多年的渤海星。它的表面百分之九十被海洋覆盖，具有一片面积接近亚洲的大陆。当初发现它时，引起的重视是空前的，地球委员会启动了最紧急预案。”

“为什么？就因为它有陆地？”范哲插话道。

“还能有别的原因吗？就是因为陆地。”何夕肯定地点头。

五、乐观派

飞船已经进入近地轨道。从这里看过去，里海星已经覆盖了大半视野，它静谧地转动着，丝丝缕缕的云带间断连环，勾勒出大致的大气运动图案。叶列娜扫了一眼控制台，信号已经发出，但还没有收到任何回应，这显得有些不正常。虫洞跃迁结束后是一段常规航程，大约四天后才能抵达里海星，宇航员接受的培训就是为这种常规航程准备的。叶列娜转头欣赏着舷窗外的风景，她已经知道，由于没有大陆，里海星的气候是比较温和的，除了在赤道附近偶尔形成台风外，基本上没有极端的气象状况；由于没有大陆的阻拦和消减效应，台风在里海星的存续时间比地球长很多。

就算是台风也不会对绝大多数生灵构成威胁，巨量的液态水保护了所有的生灵，但是，这真的是一种保护吗？

“我还是怀疑水星球不能永远封锁智能生命的产生。”叶列娜看着何夕，“如果时间足够，也许生命会找到一条我们未知的进化道路。”

“我以前也这样想过。但你能告诉我在水星球上怎样得到火吗？不是稍纵即逝像闪电的那种，而是持续不断能被使用的火。”何夕的声音低沉下去，“燃烧的三个条件是有可燃物、与氧气接触、温度达到可燃物着火点。在水中没有游离氧，而且水温也低于多数可燃物的着火点，自然条件下无法获得火。至于现在人们实现的水下燃烧实际上是基于精巧设计的机器，这种火其实是智慧的产物。”

叶列娜泄气地摇头。她当然知道火对于智慧生命进化的意义。那可不仅仅是提供保护和熟食，包括煅烧器具、冶炼金属，以及后来人类的化学物理等一切科学进步，没有一样不是发端于火的应用。

“以前有种观点，认为人类作为智能生命的标志是人的大脑与体重的占比是最高的，但现在知道宽吻海豚的这个比例是大于人的。但几百万年来，宽吻海豚也没能产生自己的文明，最多算是有些社会雏形罢了。”何夕接着说道，“所以你们现在可以明白，当年发现渤海星时地球联邦为何如临大敌了，因为大陆的存在有利于智能生命的产生。不过只是虚惊一场，渤海星没有高智能生命存在，那里最高级的物种是一种生有脊椎长着八条腕足的陆地章鱼，智力接近地球上的长臂猿。如果人类更晚发现渤海星，这种生物可能会成为星球的统治者，但现在它们的腕足是渤海星的一道名菜。”

叶列娜心中不禁涌起巨大的骄傲与庆幸。如果认可何夕的观点，水星球对生命的保护实际上却是一种对生命永恒的禁锢。身处这颗蓝色星球的上空，叶列娜知道这几天与领路人的交谈已经彻底地改变了自己。她几乎是有生以来第一次意识到生而为人是一件多么奇异的事情，或者按何夕的说法，是一件概率多么小的事件。

“但为什么人类会害怕另一种智能生命？难道不能成为朋友吗？”叶列娜吐出心中的疑问。

何夕古怪地笑了笑，“其实在这个问题上，一直存在悲观与乐观两派。悲观派认为宇宙的智能生命一旦相遇，将立即导致落后的一方被掠夺、杀戮乃至灭绝。现在这种观点获得了不少人的认可，是主流。”

“那乐观派呢？”叶列娜急切地问。

“我就是乐观派。”何夕注视着叶列娜的眼睛，“这也许和我自己的天文专业有关。但是现在，我的这种观点出了点问题。”

“我不太明白你的话。”叶列娜蓝莹莹的眼睛里写满了好奇。

“我们乐观的原因只是因为宇宙本身的宏大。离地球最近的恒星系是四点三光年之外的比邻星，但它是一个引力系统非常复杂的三星系统，行星根本无法稳定存在。而已知的拥有行星的恒星都离地球十光年以上，但基于生命产生和进化的苛刻条件，这些行星上面恰好拥有智能生命的可能性几乎为零。上百年来地球上最强大的射电望远镜还没有从这些星球上接收到一丝有意义的信号，这实际上已经基本否定了地球周围数十光年内存在智能生命的可能性。”

“那再远一些呢？”范哲插话道，“可观测宇宙的范围可是超过一百三十亿光年的。”

“再远一些当然会有可能。”何夕肯定地说，“虽然智能生命产生概率极低，但由于宇宙物质的无比巨大，所以拥有智能生命的星球是一定存在的，而且其中很多的科技水平肯定超过了地球人。那么问题来了，如果这些科技水平更高的外星种族来到地球，它们会干什么？”

叶列娜和范哲对望了一眼，都老实地摇了摇头。

“乐观派的结论是它们什么都不会做。因为对于能够跨越成千上万光年距离的高级文明来说，地球以及现阶段的所谓人类文明除了有一点观察意义之外，根本就没有任何用处。这样的超级文明早就洞悉了物质的全部秘密，也许它们为了来到地球看一眼就随手熄灭了上百颗太阳大小的恒星，这样的种族又怎么会在意地球这颗沙粒上的那丁点所谓的资源呢？”何夕露出一丝戏谑的笑容，“我常想，这就好比人类建造了能抵抗深海高压的高科技潜艇，来到大西洋海底烟囱观察那些靠硫化物生存的管虫。如果管虫中也有悲观者的话，它们一定会惊呼：糟了，人类来抢我们的硫化氢和美味酸水了。”

叶列娜“扑哧”一下笑出声来，何夕的比喻让她忍俊不禁，她当然知道人类的屁里就充斥着硫化氢。不过她想起一点，“那你为什么说自己的观点出了点问题呢？”

“是虫洞。”何夕的表情转为严肃，“都是因为虫洞这种超越了时代的技术，至少我认为这种技术提前让人类进入了本来还不到时候进入的领域。”

“我有些明白了。”叶列娜点头，“这种技术可能让在文明上还不够成熟的种族发生碰撞，也许会导致悲观派预见的结果。”

“还没有回信吗？”何夕转头问范哲。

“的确没有收到回信。”范哲很肯定地报告，他已经全面检查了设备。作为一名合格的工程师，他很相信自己的能力。“哎，等等，有信号答复。”

何夕和叶列娜急速地飘过来，他们的目光都锁定在了屏幕上。

“里海星纪元52年6月13日，这里是里海星接引驻地，先行者欢迎来自地球的客人。驻地坐标东经115度，北纬30度。重复一遍：东经115度，北纬30度。”

“登陆飞船准备就绪，请领路人指示。”范哲掩饰不住心中的激动：有生以来第一次登上另一颗星球，这是多么奇妙的境遇。

但是何夕却微微蹙眉，脸上阴晴不定，仿佛正面对一件奇怪的事情。

“范哲留在主船，我和叶列娜登陆。”

“为什么？”范哲失望地问，“按照章程我也应该下去的。”

“你的任务是立刻对整个里海星建立毫米级扫描观测。”

“计划书里根本没有这一条啊。”范哲大惑不解。

“这是命令。”何夕面色阴鸷，口气不容置疑。

六、驻地

驻地像一片漂浮在无边池塘里的巨大树叶，登陆舱渐行渐近，在“巨大树叶”的映衬下像极了一只小小的瓢虫。这时，驻地的表面裂开一道窄缝，吞下登陆舱。

面前居然是一片浅丘草地，不知名的野花绚丽绽放，小溪淙淙流淌，一只草原黄鼠“嗖”地从旁蹿出，惊起一只蚱蜢，在里海星相当于地球三分之二的引力条件下自在飞行。一幢四面透明的房子很突兀地矗立在平地上。

一个满头银发、皮肤黝黑的高个子从房子里缓慢地走出来，“欢迎你们，我是李高。”

“你好。”何夕淡淡点头，“可以告诉我你的先行者编号吗？”

来人沉默了一下，“当然，我是里海星先行者 42 号。”

“那好 42 号，我们能够到大船上去吗？”

“现在还不行，大船在圣地。”

“圣地？”何夕疑惑地问，“那是什么地方？”

来人的语调变得庄严：“圣地是世界上最美丽的地方。”

何夕用眼角的余光扫视了一下自己手臂上的扣子，那是一个发射机，此处的一切情况都已经传送到了虫洞飞船。“我想看看这个圣地，请带我们过去。”

来人再次沉默了一秒钟，“好的，我去安排。现在请你们在此等待。驻地的环境和地球相似，领路人应该知道的。”

看着来人进屋的背影，叶列娜刚想开口却被何夕止住，他取出仪器四下扫描确定没有监视之后开口道："你马上联系范哲，让他准备建立和地球的量子通信。"

"现在就准备吗？"叶列娜吃惊地问。虫洞飞船携带有一组用于量子通信的电子，保存在接近绝对零度的超低温环境中。它们都是一对双生电子中的一个，对应的另一组电子留在了地球上。双生电子诞生于纯粹能量的碰撞，呈现出量子纠缠态，由于泡利不相容原理，它们的物理状态永远是相反的，这便是超空间量子通信的理论基础。量子通信要求的能源巨大，实际上虫洞飞船只能支持最多两次电子通信。按照规定，第一次量子通信应该在登陆第七天初步掌握目标星球总体情况后进行，所以何夕现在就要求做好启动准备，的确让叶列娜感到不解。

"我觉得有必要。"何夕的语气十分坚定，"里海星让我有种不安的感觉。"

叶列娜环视风景怡人的四周，不明白何夕指的是什么。但她知道何夕曾经执行过渤海星任务，这样说一定有其道理，她需要做的就是执行命令。

"我也觉得那个先行者有些傲慢。"叶列娜四下张望，"不过这里真的布置得和地球没什么差别，他们为迎接我们是用了心的。"

"这只是章程的规定。"何夕冷冷说道，"按照《乐土宪章》，先行者必须在本星设置一处面积不小于一平方公里的类地球环境，作为星球政府的永久性驻地。里海星还没有到设立政府的时候，这里应该是驻地的前期雏形。"

"我知道这部宪章，上面的规定都很死板。"叶列娜有些不以为然地撇嘴，"比如'政府驻地'这条，里海星明明是一颗水星球，像这样永久性地维持一块地球环境肯定不容易，如果换成我，我也有意见。"

何夕心中涌起面对淘气晚辈的那种宽容，但他的语气却依然不容辩驳："《乐土宪章》是整个计划的核心，第一条就明确规定宪章不容违背，否则视为人类公敌。”

“这么严重？”叶列娜吐吐舌头，“我看宪章细则里面有些很细的规定，那些也不能违反吗？”

“我知道你指的是什么。那些规定的确很烦琐，但却是乐土计划顺利施行的保证。”何夕了解地点头，“比如刚才的先行者 42 号，你看出他同我们有什么不同了吗？”

叶列娜摇了摇头，“只是觉得他的皮肤颜色较黑，但比地球上的中非班图人要浅得多，这应该是因为适应恒星辐射的缘故吧？别的好像没什么了。”

“难道你忘了里海星是一颗水星球了吗？”何夕问，“这些先行者大部分时间生活在水下，他们都有鳃，那才是他们的主呼吸器官，肺只是辅助器官。”

“对啊。”叶列娜恍然大悟般叫道，“可是怎么没看到呢？”

“这便是缘于《乐土宪章》的相关原则。”何夕说，“比如大熊座黄海星的引力是地球的两倍，很明显人类必须经过基因改造才能在上面生存。黄海星的原生生物都普遍矮小，身体多呈扁平。先行者是经过设计的人类，很显然将身躯设计低矮是最方便的办法。但是人类采取了另一种方法，就是加固先行者的骨骼等支持系统，当然还包括提高血管壁强度等相关措施。虽然这样做的代价高了很多，但可以保证现在黄海星人的平均身高只比我们低一点点而已，也就是说，从形态上能一眼看出他们是我们的同类。”

“那里海星人的鳃在哪里呢？”叶列娜问道。

“在我掌握的资料里，他们的腋下便是鳃的所在。”何夕肯定地说，“虽然这样做造成了呼吸道的部分冗余，但显然在外观上更能让人接受。”

“其实也可以不采用基因改造的方法啊。”叶列娜想起了什么，“采用水下呼吸器不也可以在里海星生存吗？”

“如果那样做的话，人类根本不能算是移民成功，充其量只是一个过客罢了。”何夕说，“只有凭借本能的力量自由生存，才是真正征服并融入了这颗星球，这也是乐土计划根本宗旨所在。”

“那万一有些星球环境过于古怪怎么办？”

“已经有过一些放弃的先例，”何夕显然很满意叶列娜能提出这个问题，“比如离地球五十九光年的死海星。由于大量硫化物的存在，死海星的海洋呈较强的酸性，里面生活着一些奇怪的低等生物。基因工程师从一种水生螨虫得到启发设计出了可行的先行者方案，但最终被听证会否决了。现在死海星已经被废弃七十年了。”

“为什么？既然都有了可行方案为什么不实施？”

何夕的嘴角抽搐了一下，“在方案里，为了适应那里的环境，先行者将会是一种全身布满黏液的有鳞物种。我的朋友威廉教授就是听证会成员，他是一位人类学家，据他说当时一百多名听证员全票否决了方案。”

这时李高从屋子里出来，叶列娜注意到他的笑容有些谦卑，“大船正在赶过来，根据速度计算二十分钟之后对接。”

何夕蹙了蹙眉，“据我所知大船都是作为永久驻地的一部分，怎么在里海星会分隔这么远？还有，这里既然是政府驻地，怎么只有你一个人？”

“大船只是例行巡视。另外，我不知道什么叫作政府。”李高的语气不卑不亢，说完便低下头去。

这个回答让何夕略微放心，他也知道政府在验收之后才会成立。但何夕没有注意到，李高低头的瞬间，一丝阴鸷神色从他的脸上滑过。

七、中央电脑

“我们现在上船，你请自便。”何夕扭头对李高说道。“驻地这里平时是你在管理吗？”何夕又淡淡地问了一句。

“没有，中央电脑说我还需要学习更多的知识，我现在只是配合机器人管家做些外围的事情。”

大船的主控室位于甲板之上，是一处透明的半球形穹顶式建筑，四面的海景一览无余。正前方控制台屏幕上显示出一个虚拟的长得胖乎乎的头像。

“你好，中央电脑已经准备就绪。”头像的语气很平静。

“有一个问题，为什么那个42号先行者具备了某些不该具备的知识？”何夕的语气变得咄咄逼人，“你解开了伽利略封印？”

头像回答得很快：“四十五年前，我同四千枚先行者胚胎一起来到里海星，我的使命本该在二十年前完成。但你们迟到了二十年，那些帮助我管理的机器人逐渐发生了故障。我只有向先行者传授少量封存的知识，否则不可能在这颗星球上坚持到现在。”

何夕喟然长叹，担心的事情还是发生了。从上次冰河期结束算起，人类文明已经发展了一万三千多年，但是现在，人们认为严格意义上的科技文明以伽利略为鼻祖。在伽利略和波义耳之前，人们一直禁锢在古希腊的短暂辉煌中难以前进，而之后的牛顿等人则是站在他们的肩膀之上才得以进入科学的殿堂的。所谓的伽利略封印只是一个比喻，按宪章章程，在验收之前，任何移民星球所掌握的知识以农耕文明为上限，这也正好对应着伽利略之前的时代。也就是说，延时之前先行者会掌握完备的经典几何知识，会有朴素的物质元素观念，能够有浅显的农业和医学知识，但不知晓牛顿定理，也不明白天上的星星是些什么东西。因为里海星的特殊情况，之前地球委员会已经预料到可能会发生意外，但没想到出现问题的居然会是伽利略封印。

“他们知道运动三定律了吧？”何夕尽量保持语速平静。

“是的。”中央电脑说，“十六年前大船在海啸中受损，为了尽快修复，我解开了牛顿定律的封印。”

“那热力学三定律呢？”

“很抱歉先生，这是能源应用中必须用到的。”

何夕沉默了几秒钟，小心翼翼地问：“那麦克斯韦方程呢？”

“电磁学、相对论、量子论以及虫洞理论没有解禁。”中央电脑说。

何夕嘘了口气，看来情况还不算无法挽回。其实等到验收完毕，这一切都不是问题。从现在掌握的情况来看，验收应该不会有大的意外。何夕心里打定主意，等验收完毕就把这段插曲删掉，毕竟中央电脑也是在与地球失去一切联系的情况下采取的应急措施。按照章程，这台违规的中央电脑应该格式化后重新编程，但何夕不打算那样做。虽然没什么道理，但在内心里他甚至有点喜欢上了这个自作聪明的胖家伙，尽管它实质上只是一台由“0”和“1”驱动的智能机器。

“先行者说的圣地是怎么回事？”叶列娜突然问道。

“十六年前那次大海啸中，大船受损，为了避免类似情况再度发生，我指挥先行者建造了一处海底停靠点。至于他们称之为‘圣地’，可能是基于对大船的敬仰。”

“那好吧。我的问题完了。”何夕觉得轻松不少，脸上露出笑容。

“但是我有一个问题。”中央电脑突然说。

“哦。”何夕的眉头一挑，“你问吧。如果我们解答不了，还可以跟地球委员会联系，求得他们的帮助。”

“不必。”中央电脑说，“如果你不能回答就算了。我想知道现在的里海星先行者还能不能得到改进？因为经过这么多年后，我发现在实际上有个别不太完善的地方。”

“基因设计是系统工程，对每个移民星系的基因设计至少都要花费五年以上的时间来施行，要改变设计除非是通盘重新调试。”何夕有些不耐烦地回答，他没想到会是这种幼稚的问题，“个别地方不完善没有多大影响，世界上从来都没有尽善尽美的设计。”

大船行进了十分钟后，海面上开始出现一些绿色的伞状漂浮物，先是三三两两，但很快就变得密集起来。大的直径超过五米，小的也就几十厘米。

“这是海浮萍。”不等何夕询问，中央电脑便给出了解释，“这片海域是里海星的无风区，所以会聚集这么多。”

“里海星的植物有根吗？”叶列娜突然问道。

中央电脑迟疑了一秒钟，“从我现有的资料来看，应该没有。这颗星球上的所有生物都处于漂浮状态。里海星最浅海域的深度是八十三米，最深处超过十万米。”

“我好像看到天空中有鸟在飞。”何夕插话道。

“里海星没有同地球类似的鸟类，但是有类似昆虫的飞行生物。它们也可以在水面上停留，应该是从水生生物进化而来。这些昆虫也是先行者的食物来源之一，据他们说有一种大飞蝗的后腿烤制后很美味。”

叶列娜皱了下眉，似乎有些担心先行者会拿虫子款待自己。何夕指着远处一块不断起伏的巨大黑影问：“那是什么？”

“那是土鲨。”中央电脑解答道，“根据研究，这个物种类似于地球上的鲨鱼，已经有差不多十亿年的历史了。”

“十亿年。”何夕倒吸口气。他知道地球上某些种类的鲨鱼已经存在超过三亿年，属于地球最古老的物种之一，相比之下人类两百多万年的进化史简直不值一提；实际上，地球的陆生物种存在时间都比海洋生物短得多。“经过这么长时间还没有灭绝，真可算是奇迹。”

“的确是奇迹，化石资料表明，这么久以来这个物种几乎没有什么变化。”中央电脑补充道，“也许是里海星的环境太平静了，进化的动力太小。”

“应该是这样。”何夕点点头，“地球至今仍有些人因为某些生物几千万年变化甚少，而否定达尔文的进化论，其实这不过是因为这些生物几千万年来仍然很适应环境罢了。生物进化是因为生存环境带来的选择压力，看来水星球的确是生命的舒适摇篮。”

“我们已经到达坐标位置附近。现在开始下潜。”随着中央电脑的提醒，穹顶外陡然一暗，片刻之后四周已是一派海底风光。阳光透过海浮萍的缝隙照射下来，形成道道明亮的光柱。光柱中大片悬浮的巨型海藻漂来漂去，宛如无根的森林。

“它们虽然没有根，但在下部却普遍长有一团沉重的组织体。”何夕对叶列娜说，“这是许多水星球植物的共有特点，以此来调节自身在水中的高度。”

“我们已经发现至少上百种植物具备初级运动能力，它们可以通过蠕动部分枝干缓慢前进，以便选择适合生存的环境。”中央电脑补充道。

“那是什么？”叶列娜突然指着一个方向问道。何夕望过去，立刻看到了奇怪的一幕。在一丛巨海藻的中部呈现膨大的一团，就像生出了一个直径十来米的卵。在轻浪起伏中，这个巨大的物体缓缓漂荡，阳光照射在上面，波光流动熠熠生辉，就像一块用翡翠雕琢的艺术品，散发出一种梦幻般的不真实感。一时间，何夕不禁看得有些痴了。

“那是花房。”中央电脑的语气保持着固有的平静，“是孩子们用巨海藻建造的，他们喜欢待在里面。”

话音未落，便看到两个小巧的身影像游鱼般从花房里冲出来，他们有些惊慌地望向大船，脸上混合了羞涩和不安。何夕一眼看出他们的年龄都只有十五六岁，看来大船的到来打搅了一对小恋人的幽会。

“是秋生和星兰。”中央电脑说道。

两个大孩子镇定了些，他们向着这边嘴唇翕动。

“他们在说什么吗？”叶列娜问道。

“我们听不到的，在水底他们发出的是一种次声波语言。”何夕解释道。

“他们说刚才有一批银贼鱼袭击牧场，大人们都赶过去了。”中央电脑说。

何夕犹豫了一下，“这些人都有名字吗？难道用编号不好吗？”

“从二十年前开始，第一代先行者给自己起了名字。”中央电脑回答道，“当时起名一般是根据各自的特点自行选择，其实更像是将原来的绰号确定为了名字。比如李高原来的绰号就叫高个子。不过，现在孩子们的名字就正规多了。”

“孩子。”何夕念叨了一声。在验收之前，这本来是不该存在的事物，但二十年联系的中断改变了许多事情。不过这也只算小小的意外吧，从另一个角度看，这些孩子也是先行者的一员。

窗外开始掠过一些悬浮在水中的结构精巧的建筑。这些建筑都呈六棱柱形，有些是单独的，而更多的则相互拼接成更大的建筑。这片建筑连绵开去，占据了很大一片空间，俨然就是一座海底城镇。可以想见，平日里这儿应该是一派熙熙攘攘的景象，不过现在大多数人都赶到牧场去了，只有稀疏的十多个人有些好奇地望向大船。

“这里就是里海星的城市吗？”叶列娜问道。

“现在还只能称作聚居点，在里海星现在有几个这样的聚居点。”中央电脑说，“我们的人口还很少。”

“那现在先行者总共有多少人？”何夕仿佛不经意地问，“加上那些孩子。”

“原有先行者四千人，现在加上孩子总共是八千七百五十四人，这其中不包括几十年来因为意外事故丧生的人口。”

“从二十年前算起，人口年增长率大约是百分之四。”何夕在电脑上做了个简单的演算，“人类向处女地移民时，人口增长率一般都很高，当年英国皇家海军‘邦蒂号’上的反叛者在皮特凯恩岛上的人口增长率甚至高达百分之四点三。”

“需要建设的东西很多，劳动力明显不足。”中央电脑继续做着汇报，“机器人大多出现故障，备用零件已经告罄。”

“这都是意外造成的。正常情况下，里海星二十年前就已经解除了伽利略封印，现在早该有自己的制造体系了。”何夕理解地点点头，“不过这一切就快改变了。”何夕转头望向叶列娜，“让这颗蛮荒星球沐浴到文明的光辉，这就是我们的使命。”

叶列娜身躯微震，她从何夕的语气里听到了一种坚定不移的决心。在拿到乐土计划书的时候，她已经知道了自己此行的目的。但在此之前，她更多地将这看成自己必须完成的一项任务，和此前自己曾经执行过的那些任务虽有区别但本质并无不同。然而，这段时间的经历让叶列娜有了不一样的感觉，她意识到自己的人生已经和这次任务密不可分，她甚至没来由地隐隐觉得自己的命运也会因之而改变。叶列娜其实不喜欢这种似乎带有神秘意味的感觉，但她无法摆脱。

八、圣地和死亡

一个明显的减速过程之后，大船停了下来，窗外昏暗的光线表明这里至少已经是海平面下几十米的深处。

前方的地板缓缓打开，现出一列向下的台阶。“请你们跟着李高前进。前方也有我的终端，你们可以随时同我交流。”中央电脑保持着例行公事的腔调。

甬道里的照明条件很好，何夕注意到墙壁的材质类似于地球上的花岗岩，每隔一段距离就矗立着一根粗壮的显然是人工材料的支柱作为加固。何夕估算了一下，从离开大船算起已经又向地底深入了几十米，在这样的深度，任何海啸都不再成为威胁。

眼前豁然开朗。这是一个圆形大厅，在正中的平台上悬浮着一个直径约一米的淡蓝色球体，何夕觉得那应该是代表里海星的雕塑。

中央电脑胖胖的头像再次出现在前方的一块屏幕上，旁边站着三个身着黑衣的人。

叶列娜突然满脸惊奇地望向何夕，仿佛不知所措。何夕完全明白了叶列娜何以如此，因为他自己也感到几分震惊——面前居中的那人长得同他颇有几分相像，年龄也差不多，就像是他的一个失散的兄弟。那人脸上也同时浮现出吃惊的表情，显然他也颇感意外。

“我叫秦忘。”那人恢复了平静，“先行者编号 17，在这里大家也叫我酋长，欢迎来自地球的尊贵客人。”

何夕立时明白，经过这么多年之后，先行者中间已经产生了自己的领袖，看来这个秦忘就是这样的人物。“那好，中央电脑应该告诉过你我们的来意。另外纠正一下，我们似乎不应该算是客人吧。”

叶列娜悚然一惊，她这才想起，最初收到的信息里称他们为“客人”时，何夕好像也是满脸不悦。

秦忘脸上掠过一丝不易察觉的尴尬，“我这么说只是出于尊敬，毕竟我们已经盼望得太久了。凭借我们现有的力量，在里海星生存显得太弱，因此迫切需要来自联邦的帮助。”

何夕脸色缓和过来，一路过来他的心情早已轻松了许多，到现在为止没有什么不满意之处，看来此行的任务会很顺利，“这里是什么地方？你们称这里为圣地有什么含义吗？”

“这里是我们的议事厅。”秦忘解释道，“圣地是大家的习惯称呼，并没有什么特别含义。”

何夕环顾四周，“这里有监控设备吗？就是那种可以从远处看到这里的东西。”

“没有。”秦忘十分肯定地答复。这个回答让何夕满意，其实叶列娜身上就带有检测设备，刚进来时就已经向他发出了安全信号，他向秦忘提问只是一次小小的试探罢了。

秦忘迟疑了一下开口道：“按章程似乎你们还应该有一个

人的。”

对方主动提到章程规定，让何夕感到很踏实，他也觉得是时候让范哲登陆了，毕竟范哲在里海星计划里也是不可替代的一分子。“我现在就下令让范哲登陆，请大船接他过来。”何夕兴奋地转头看着叶列娜，“里海星计划正式开始了。”

秦忘谦和地点头，“我现在就去安排。”

范哲一进门就高声大嚷：“你们肯定不相信我看到了什么，那些用巨海藻编制的房子是我这辈子见过最漂亮的别墅。还有……”

“好啦好啦。”叶列娜打断他，“还有巨大的海浮萍是吧？少见多怪。”

“原来你们也看到了。”范哲挠挠头，“不过有个东西你们肯定没见过，我在飞船上可是观测到几十米的潜艇……”

“那是土鲨吧。”叶列娜哈哈大笑，“里海星可是农耕时代，哪来的什么潜艇？”

“先别说这些了。”何夕忍不住打断了两个年轻人的斗嘴，“我们还有正事要办。你们不会忘了自己此行的任务吧？”

叶列娜脸色变得有些奇怪，“当然没忘，不就是让我和范哲来此地和亲吗？而你这所谓的领路人其实就是个星际媒婆。”

何夕陡然一滞，在叶列娜嘴里，至高无上的乐土计划竟然成了老古董式的“和亲”，自己也当上了媒婆。可细想这话却让人无从辩驳，一时间他竟然有些哭笑不得，“这个，乐土计划事关全人类未来的福祉。”

“我知道，宪章上讲了的。”叶列娜接过话头，“如果人类永远困守地球则必将走向灭亡，因为像超新星爆发、小行星撞击、高能实验事故、生化事件、太阳灾变等无法预料的偶然事件随时可能在未来某一天毁灭全人类。只有实施乐土计划才能让人类散布宇宙，永世长存。”

“对啊。”何夕语气变得郑重，“能够在这样伟大的时间里承担一份责任是我们的荣幸。”

范哲幽幽地看了眼叶列娜，“我们知道这是自己的使命，其实从看到计划内容的时候起，我就觉得自己变得和以往不同了。我们注定将承担很多以前不明白的东西。”

“二十年前，我曾经有过同你们一样的感受。”一层薄雾浮现在何夕的眼里，“而且由于另外的某个原因，我的感受比你们更加刻骨铭心。”何夕停顿了一下，似乎有些犹豫该不该吐露这个尘封已久的秘密。

“发生了什么事情？”叶列娜突兀地问，她的脸上若有所思。

“事情很简单，当年我爱上了一位姑娘。但不幸的是她也是乐土计划的成员之一，所以注定了这是一个不会有结局的故事。”

范哲忽然轻轻问道：“那她也爱你吗？”他的目光有些飘忽地瞟着叶列娜。

何夕一怔，“我想是吧。其实我们认识的时间并不长，但怎么说呢？也许感情的确是世界上最盲目的事情吧。当时我看着她乘坐的飞船在视线里渐渐模糊、消失，觉得自己心里的一部分也在那一刻永远地随她而去了……”

何夕突然停住话头四下张望，“你们听到什么了吗？”他的脸上浮现出极度困惑的神色。

“我也听到了，好像是一声女人的叹息。”叶列娜回应道。

范哲有些茫然地怔怔立着，他没有听到什么，但是四周的情况却让他紧张起来。不知何时，四壁的门已经全部紧闭，范哲上前试图打开那些门，但全都失败了。

叶列娜惊呼道：“快看，那些烟雾！”

何夕这才发现房间里已经充斥了一层淡淡的雾气，与此同时，范哲身上的便携仪器也亮起了红灯。“天哪，是神经毒气梭曼！这样的浓度三分钟内就能置人于死地。”范哲大叫起来。

何夕这才发现自己铸成了大错。当初在飞船上收到的信息里，先行者称他们为“客人”，按照乐土宪章，所有移民星球在验收之前是不能视作人类家园的，但先行者的这种称谓的确有以“主人”自居的意思，也就是说，他们已经视里海星为家园了。这个细节本来让何夕有所警觉，所以他安排了范哲留守飞船，但后来的接触让他感到放心，因而放松了警惕。现在看来，里海星上的确是发生了奇怪的事情，说不定范哲观测到的真是潜艇之类的东西。中央电脑的程序肯定被人动过手脚，对方做了有意的安排，等到他们聚齐之后才采取的行动。但何夕不清楚先行者这样做究竟是为什么，现在看来这将是一个永远的谜了。屋子里的三个人脸色惨白地面面相觑，眼睛里都是难以置信的绝望。死亡，就这么来临了，在这遥远的异星之上，不仅突然到诡异的程度，而且不明不白。

在意识离开何夕之前的最后一瞬，滑过他脑海的是一个奇怪的念头：那声叹息怎么那么熟悉？之后，纯粹的黑暗袭来，将一切吞噬。

九、当年情

这就是死亡吗？像飘浮在云团里，又像是沉浸在温暖的海水中。斑驳的光影在眼前四处跳荡，宛如一幅抽象画。

“不——”何夕突然大叫一声醒来，这才发现自己躺在一张柔软的椅子上，而且，第六感清晰地告诉他，旁边有一个女人。这个判断很快有了依据，因为何夕立刻发现一个纤弱的身影就伫立在他的面前。

即使是最善于想象的人，在面对命运的安排时也常常感到意外，谁都不知道会在什么时间以及什么地点遭遇哪些无法预料的人和事。当于岚的身影突然间映入何夕的眼帘时，他真切地感受到了这句话的正确性。二十年的隔膜在那个瞬间被穿透了，何夕突然觉得天地间恍若无物，只剩下了他们两个人。多年前的伤口还一直隐隐作痛，而那个人居然回来了，她穿透的不仅是时间，还包括死亡。

何夕此时还不知道，与于岚的重逢最终成为他内心中第二道痛入骨髓的伤口，而且永世难愈。

“是你吗？”何夕喃喃地问，“如果不是从小被培养的无神论信仰，我一定会认为这是在天堂里的重逢。”

“是我。”于岚温柔地回答，眼里充满欣喜。

何夕四下张望，发现这里是大船的主控室，现在已近黄昏，太阳的光线变得柔和，绚丽的云彩挂在天边。但他没有看到范哲和叶列娜。

“他们现在很安全。”于岚仿佛看透了何夕的心思，“如果再晚一点可能就……”她止住话，似乎仍然心有余悸。

“我不明白发生了什么事。”何夕犹疑地开口，“好像我们差点死了。但这怎么可能呢？一切都很正常啊。是不是发生了什么故障？”

于岚没有开口，像是没有听见何夕的话，但谁都能看出她眼里的喜悦发自内心。

“当年的事故你不是已经死了吗？”何夕急促地问。几乎与此同时，一道灵光自他脑海里闪过，他猛然想清楚了一些事情，“我知道了，并没有什么事故，一切都是假象。”

于岚迟疑了一下，终于点头承认了何夕的猜测。

但是何夕心中的疑虑更甚了，“可为什么会这样？是先行者扣留了你们吗？”

“怎么可能呢？”于岚摇头，“他们都是善良而无害的。老实说，地球人在他们面前，至少在道德层面上肯定会感到自卑的。”

“但那个警报信息又是怎么回事呢？那可是你亲自发出的。”

“马维康和加腾峻并不是死于脉冲星辐射。”于岚幽幽地说，“而是死于一次突发事件。当时我同他们发生了激烈的争执，先行者站在我这一边。他们两人先动手杀死了几十位先行者，但是最终寡不敌众。我是后来才发出的那条信息。”

何夕彻底震惊了，他没有想到二十年前竟然发生过这样惨烈的一幕，“是什么冲突竟然发展到这种地步，难道不能协商解决吗？”

“不能。”于岚冷酷地说，“事关生死存亡，没有调和的余地。当时马维康和加腾峻正准备向地球报告里海星任务彻底失败的信息。”

何夕倒吸一口气，他当然知道这个信息意味着什么。乐土计划实施以来还从未发生过这种情况，一旦信息发出，其后果的确不堪设想。

“是那种情况发生了吗？”何夕平静了些。

“就是那种情况。”于岚的神色变得古怪，就像一个来自黑森林的女巫，她一字一顿地吐出剩下的四个字，仿佛那是一句可怖的咒语，“生殖隔离。”

虽然有所预感，但这几个字还是像重锤一样打在了何夕的心上，“这怎么可能？我一直以为宪章里关于这一条的规定只是某种为了完备性而准备的条款，没想到真会发生这种情况。要知道，每个先行者方案都是经过至少五年时间、上千次实验才确定的。”

于岚的思绪已经回到了二十年前，“当时我们顺利到达了里海星，这里世外桃源般美丽的风光让我稍稍觉得安慰。我想就这样忘了过去吧，开始新的生活。”于岚的神色变得有些迷茫，“后来的事情都是按部就班的，加腾峻与他的心上人一见钟情，而我居然遇到了一位和你颇有几分相像的先行者……”

十、非人

于岚苏醒的时候，发现自己正好同何夕掉了个儿，自己躺到了椅子上，而何夕正注视着遥远的天边若有所思。

“你醒了。能告诉我现在我们所处的方位吗？”何夕俯身下来，眼里是毫不掩饰的关切之情。

“我们现在就在圣地的上方，先行者称这里为圣地，是因为我住在这里。我没有抵抗辐射的基因，多数时候都生活在地底。”于岚起身，“他们对我当年的行为充满感激，对待我像神一样充满尊敬。他们是知道感恩的人。”

何夕点头表示理解，二十年来于岚遗世独立，对里海星的确付出了太多，同时他也听出了于岚话中的维护之意，“我相信他们都是善良的，但他们是异种，这是不可否认的事实。”

于岚沉默了好一阵，像是在思考某个问题。“你看到这个了吗？”她突然指着桌台上一座半米高的拱桥模型，脸上浮现出萧索的神色，“里海星上没有河流的概念，当然也不会有桥这种东西，这个模型是我平时摆着玩解闷的。”于岚说着话用手轻轻一拂，拱桥立刻散落成十几块大大小小的配件，“这座桥没有用黏合剂，完全是靠着配件契合成型。你试试能还原吗？零件上面有编号，你可以按顺序来做。”

虽然何夕不明白于岚为什么突然扯到这个模型上，但他还是立刻摆弄起那堆零件。何夕知道于岚的老家是中国南部著名的水乡，那里有很多这样的石拱桥，少女时的于岚曾经日日从桥上走过。何夕想象着那时的于岚伫立桥上看风景是怎样一副纤弱的模样，而现在的她却只能在一百六十光年之外摆弄一座石桥的模型。不知为何，这样的联想突然让何夕有些心酸。何夕定定神，将注意力放到眼前，所谓零件其实就是一堆梯形的塑料块。何夕试了几次都失败了，模型总是在垒到一定程度的时候崩塌掉。何夕有些郁闷地盯着这堆不听话的零件，从道理上讲，这应该是件很容易的事情，这些零件的形状肯定是能够契合成一座拱桥的，就像他刚才第一眼见到的一样，而且也的确和现实中的拱桥一样不需要什么黏合物。

“你不会成功的。”于岚意味深长地开口，“零件一块不少，但你会发现你的工作总是进行到某一个时刻就崩溃了。”她从抽屉里拿出一个盒子，“你做不到只是因为还缺少一些东西，这个盒子里面的构件可以用来搭建脚手架。翻开拱形桥建筑手册你就会发现，在造桥之前你需要搭建脚手架之类的辅助设施，但这些东西最后会被拆除，不留一点痕迹。”

“为什么和我说这些？”何夕若有所思地问，他觉得自己正在接近某个隐藏的真相。

于岚的眼睛变得很亮，“其实建造这座桥的过程和人类的进化非常相似，这本来是进化应有的常态。三十多亿年里，我们身体的所有构件其实都经历了这样的过程。那些曾经出现但最终消失了的部件并不是无用的，没有它们也就不会有现在的人类。但是我们现在对先行者的改造却完全违背了这种自然规律，跳过了所有的中间环节。人类凭借已经超越了造物主的强大技术，直接依据移民星球的环境需要设计制造出了先行者。”

“你说先行者是非自然产物是吗？”何夕问。

“先行者完全是纯粹计算的产物。”于岚的脸上闪过一丝悲戚，“他们不过是从移民星球的环境倒推得到的产品罢了。在地球委员会的眼里，他们就是一群小白鼠，根据人类的需要被送到一个个开拓地。出于开拓的需要，他们先天被赋予了各种特殊的能力，但是这些能力却可能在几十年后给他们带来灭顶之灾。”

何夕沉默了好一会儿才开口道：“你说的这种极端情况并没有出现过。”

“只能说在里海星之前没有出现过。”于岚直视着何夕的眼睛，“技术不是万能的，它不可能预见到所有的情况。你认为里海星先行者会面临怎样的结局？”

何夕感到喉咙发干，“宪章……宪章里提到过。”

“宪章。”于岚的语气冷得像冰，“要我背给你听吗？这些年里我早就把宪章翻烂了。不错，宪章里写满了公理正义，它的每句话听起来都代表了人类文明的最高法则，让人无从辩驳。它对所谓移民失败的先行者只说了两个字：抹除。”

“实验总有失败的可能，既然明知是失败了……”何夕艰难地吞了口唾沫，“这也是迫不得已的做法。”

“问题在于里海星先行者们失败了吗？”于岚逼视着何夕，“你看到过他们，连同他们的孩子。这么多年来，他们自由自在地生活在这颗星球上，没有任何不适应的地方，他们建立了自己的家园，同万物谐和；没有大的灾难，他们还能这样活一百万年。你看到过孩子们建造的那些花房吗？”于岚眼里放射出动人的光泽，“我觉得它就像是一件精美绝伦的艺术品，是这颗蛮荒星球上最动人的事物。你敢否认自己曾经被它打动吗？”

“是的。”何夕低声说，“那些花房的确非常漂亮。还有，那些孩子也非常可爱。他们让我想起了自己的女儿。真的，我真的这样认为。”

“但是按照宪章的定义，他们都是失败的样品，应该完全不留痕迹地抹除掉。就因为他们同我们产生了生殖隔离。”于岚话锋一转，“可这能怪他们吗？是人类在操纵这一切。”

“从生物学意义上讲，他们的确不能称作人类了。”何夕肯定地说，“我承认这是人类犯下的错误，看来最严密的设计方案也会有出错的时候，毕竟人类还没有洞悉基因的全部秘密。这里发生的一切已经证明里海星的环境超出了某个阈值，适合生存的先行者将注定异化成非人类。按宪章规定，这个星球在抹除先行者后也不会再用于移民，它将成为又一个死海星。”

十一、蓝色的雪

“你已经决定了吗？”于岚幽幽地问，一丝奇异的光芒在她的眸子里浮动。

何夕努力控制自己的目光不要四处躲闪，他知道从道理上讲，自己没必要感到一丝愧疚，恰恰相反，他现在正是站在绝对正确的立场上。“我明白你的心情，这的确不是一个容易下的决心。但是我们不能被感情左右，那些先行者……他们……他们的确已经不能算作人类了。”

“不——你不会明白的！”于岚突然歇斯底里地大叫道，“你还是站在最狭隘的立场上看待眼前的一切。我认识这里的每一个人，熟悉他们的音容笑貌。秦忘很腼腆，李高喜欢在女人面前吹牛，星兰正在为自己长得太瘦发愁……他们体内的基因有百分之九十七和我们完全相同，他们和我们一样有智慧、有灵魂，还有——梦想。他们不是机器，不是小白鼠，他们是有血有肉的人！你明白吗？”

何夕面色惨白地看着这个狂躁的女人，一语不发。等于岚平静一些后，何夕慢慢开口道：“他们不是人类。按照门、纲、目、科、属、种的划分，我想他们最多只能到灵长目人科，到不了人属和智人种。他们和我们不是同一物种，生殖隔离是最有力的证明。我们同他们的差别之大也许超过了同为猫科动物的猎豹和非洲狮之间的差别，想想吧，只要有机会，草原上的雄狮会毫不犹豫地杀死并吞食猎豹，反过来也是一样。”何夕的喉结艰难地动了一下，“我们和黑猩猩也有百分之九十六的基因相同。所以……他们不是人，他们是绝对的异类。”

于岚颓然地坐倒在椅子上，她的理智告诉她何夕说的都是对的。

“人类很幸运，掌握了虫洞这种超越时代的伟大技术，得以一窥浩瀚宇宙的面貌。而更幸运的是，在运用这种技术的过程中，人类还没有遭遇到智能胜过自己的可怕异类。但在开拓异星的过程中，人类却可能创造出这样的异类，谁敢保证某一天它们不会向创造者举起屠刀？”何夕冷酷地问。

“不会的，不会这样的。”于岚无力地蠕动嘴唇，头上的乌丝剧烈地摆动着，“他们很善良，我一直教育他们要对地球怀有感恩之心。”于岚仿佛抓住了一根救命稻草一般抬起头来，“我会告诉他们地球是他们的根，我会让他们永远记住这一点。他们永远不会对抗人类的。”

何夕有些怜惜地看着憔悴的于岚，“永远是什么？世界上有永远的事情吗？人类的历史你应该比我清楚。现代欧洲人都来自非洲，但当他们的后代在十五世纪重返非洲时，带去的却是无尽的杀戮和种族灭绝。还有一个时间间隔更短的例子，公元一千年左右，一些波利尼西亚农民移居新西兰成为毛利人，其中又有部分移居查塔姆群岛成了莫里奥里人。几百年之后的一天，毛利人冲到查塔姆群岛杀光并煮食了这些莫里奥里人。一个毛利人解释说：‘我们捉住了所有的人，他们一个也没有逃掉……我们抓住就杀——这符合我们的习俗。’”何夕露出残酷的表情，“这些例子里的双方其实还属于同一物种，人类自己的历史已经证明了一切。我承认现在的里海星先行者都是善良而无害的，而且我内心里甚至很喜欢他们。但是，人类绝对不能冒险圈养大一个拥有智能的异族。”

“看来你真的是决定了！”于岚有些失控地嘶喊道，“你一定认为我是一个被感情冲昏了理智的巫婆，我已经当过一次人类公敌了，我不怕再当一次！”

“别这样。”何夕扶住于岚瘦削的双肩，“你已经尽力了，里海星先行者的命运是注定的，真相不可能永远隐瞒下去。只要地球联邦知道了里海星发生的事情，就算倾全人类之力也会消灭这些先行者的，这是自然界的铁律。”

“但是，如果能多给先行者一些时间，再给他们几十年时间，我可以教给他们更多的知识，让他们拥有自己的先进技术，他们就能进步到足以同人类抗衡的程度。”于岚突然痛苦地抓扯头发，脸上是无所适从的绝望，“天哪，我说错了，我在说些什么啊？他们永远都不会同人类对抗的，不会的。”

“你说出的正是真理。”何夕知道现在不是心软的时候，于岚已经陷入太深，他有义务唤醒她，“其实你自己早就看到了一切，只是不愿意承认罢了。”

于岚一步一步朝门外退去，脸上混合着无助与决然，“你们都是屠夫，我不会让你们毁灭这里的一切的。”

“你打算怎么做，就像二十年前一样？让先行者们撕碎我？”何夕脸上挂着冰凉的笑，仿佛想掩饰什么，“我知道他们现在就在外面，他们的武器应该比二十年前先进多了。”

“求求你别逼我。”泪水从于岚眼中不可遏制地流淌而下。一边是曾经的挚爱，另一边则是无数她必须保护的生命。一时间，她仿佛听到了自己的心碎裂滴血的声音。

“是结束一切的时候了。”何夕突然扬了扬手，“就在二十分钟前，也就是你昏厥的时候，地球委员会已经收到了关于里海星情况的报告。我们马上就会看到他们做出了怎样的决定。”

“这不可能。启动量子通信至少需要两个小时，你在骗我。”于岚难以置信地摇头。

“也许世间真的有所谓宿命的存在，出于某种难以说清的原因，我在几个小时前就让范哲启动了量子通信。”何夕接着说，“我忠实地描述了里海星的状况，其中也包括了你所强调的里海星先行者的‘善良’和‘无害’。地球委员会是最终的决定者，现在一切都已不可更改，我想再过几分钟我们就能知道里海星的宿命究竟是什么了。”

于岚不再说话，实际上何夕的话已经让她完全僵立。何夕缓步上前温柔地环住她的肩膀，然后他们一同望向外面的黄昏，就像一对看海的亲密的恋人。

在一百二十公里的高处，虫洞飞船以黑丝绒般的太空为背景缓缓滑过，宛如一只巨眼君临万方。飞船核心处有一个内部冷到极点的黑匣，里面的温度甚至低于宇宙的背景辐射。在这样的温度下，运动几乎停止了，就连电子这种不可捉摸的轻子也表现为黏滞的状态。

突然，像是获得了某种古怪的魔力，其中一些电子开始无视低温的禁锢执着地骚动起来，它们迈开了奇异的舞步。电子们的舞蹈并不是无意义的，它们跟随亿兆公里之外的孪生兄弟的脚步拼出了一条无比清晰的指令。几秒之后，虫洞飞船整个震颤了一下，在指令的召唤下，它的周围伸出了一圈发着蓝光的管子，就像是一头从沉睡中苏醒的怪兽正在舒展四肢。

何夕看见很多道流星般的亮迹破空而至，在黄昏的天空中显得夺目非凡。进入大气层之后，亮迹急速地湮灭，与此同时，无数淡蓝色的雪花开始在六月的天空中飘落，这幕无声的场景美得令人窒息。

“终结者病毒……他们终于做出了决定。”于岚喃喃开口，她的脸上一片幻灭。

何夕没有说话，在这个时候，语言根本没有任何意义。他知道这场雪会持续下上十二个小时，直到这颗星球的每个角落都覆盖了足够的病毒。每种先行者都预先设计有一种终结者病毒，它们是高度特异定向化的，一种病毒只能感染并杀死对应的先行者，而当先行者全部死亡后，病毒自己也无法存活。按照实验结果，先行者受攻击后存活率不会超过四万分之一，而现在整个里海星人口不足一万，也就是说，这是一次彻底的饱和歼灭行动。

十二、人生不相见

时间已是深夜，在两个月亮的辉映之下，可以看到近处的雪花仍在稀稀疏疏地飘洒着，这幅静谧的图景让人很难将其与大规模死亡联系在一起。

“原来这就是里海星的宿命。”何夕再次提起话头，而于岚像现在这样一言不发已经十个小时了。

“他们都死了，对吗？”于岚突然开口，这让何夕觉得稍微放心了些。

“终结者病毒攻击神经系统，感染者将很快因神经系统瘫痪而窒息死亡。”何夕小心翼翼地说，“这是一种快速的低痛苦死亡方式，有些类似于氰化物中毒。现在，先行者应该都已经死去了，个别潜入深海的先行者只会感染得稍微晚一些。”

于岚机械地走到十米外的控制台边坐下，何夕知道从那里可以跟踪到每一位先行者，但于岚现在的举动已经毫无意义，在屏幕上，她只会看到八千七百五十四个一动不动的小点——那是先行者横陈的尸体。

“一切都结束了。”于岚从控制台前站起，脸上一片麻木，“从里海星被发现算起已经过去五十多年了，在这颗星球上发生过那么多故事，而现在一切又回到原点，就像是做了一场梦。”

“至少我们一起看到了结局。”何夕指向天空某一处，“从这里看过去，太阳系只是一个暗淡的白点，但那里是全人类共有的家园。在这个冗长的故事里，最幸运的一点就是：经过那么多事情，我们的家园还在。”

于岚突然叹了口气，像是有所触动，“知道吗？以前我觉得所谓的星座只是古人奇特想象力的组合，但现在我却不这样想了。也许其中真的隐藏着某种我们永远无法彻底弄明白的东西，它超越了所谓的定理，也超越了人类全部的理解能力。”

何夕哑然失笑，“怎么，我们的生物学博士改行研究哲学了？”

于岚转头看着何夕，“就像现在，我们站在这个位置上，能看到太阳系连同半人马座还有旁边的群星，你看它们像什么？喏，稍微把头偏左一点……”

何夕凝视着那个方向，饶有兴致却不以为意。然后，天地间突然沉寂了，何夕感到有滚烫的泪水从眼里涌出——他看到了一只小小的摇篮，下面是篮身，上面有一条提臂，那颗火红大星则是悬挂点……小小的摇篮就那么孤单地悬挂在这广袤无垠的宇宙中。

从这个位置上，何夕也看到了在地球上永远无法与猎户座同时看到的天蝎座群星，火红的大星便是天蝎座 α 星，中国古人称之为“大火”，曾经专门设立“火正”一职观察它的位置确定节气。天蝎座群星参与了太阳系摇篮的组合，这幅图景是那样美妙绝伦，但仿佛又蕴含着人类智慧永远不能理解的无尽深意。

良久之后，何夕回过头来，“我们该回家了。”何夕爱怜地望着于岚并加重了语气，“是我们两个人的家。”

“回家。”于岚若有所动地重复一句，“我也想回家，可我再也回不去了。”

何夕有些意外，“虽然你违背了章程，但毕竟没有铸成大错，我想联邦政府也不会太为难你的。我有把握替你脱罪，至少会是很轻的判决。”

“你认为我们还能回到从前吗？不可能的。里海星改变了我的一生，我已经同这里的一切有了永远无法分离的血肉联系。太阳系是人类温暖的摇篮，但孩子已经长大了，是到放手的时候了，不应该让摇篮成为永远的禁锢和桎梏。正是几万年前来自非洲的先行者闯进旧大陆，才有了后来人类历史中一幕幕壮丽的篇章，我想终有一天你会明白的。先行者们不在了，但是我要留在这里，用我剩下的生命守护他们无根的灵魂，不然我怕他们会迷路。”于岚转头凝视着何夕，星星在她的眸子里闪烁着动人的光芒，“我们的人生分开得太久也太远了，就像参宿与商宿，东升西落，已经无缘相聚。”

于岚说完这番话，将身体从何夕的围抱中抽出，轻轻地、然而也是决绝地步入了门外的黑暗。剩下何夕一个人孑然伫立，仿佛一尊雕像。

尾声：最后的音节

登陆舱缓缓升腾，越来越高，渐渐成为湛蓝天空中一个不可见的小点。于岚面无表情地注视着这一幕，这时主控室的地板滑开，两个纤细的身影扑进于岚的怀里大声啜泣，过去的十多个小时，他们就像是生活在炼狱里。于岚紧紧搂住两个吓坏了的孩子，就像是搂着两件失而复得的珍宝，几个小时前她在主控室里看到了两个移动的小点，也许是由于恒星辐射的缘故，这两个孩子竟然产生了抵抗终结者病毒的突变，也就在那一瞬间，于岚不动声色地做出了决断。

“虫洞跳飞进入倒计时。”叶列娜向一直失魂落魄的领路人汇报，她忍不住提醒一句，“还有十分钟时间，如果想道别请抓紧。”这时她猛地瞪了范哲一眼说，“跟我出去呀，真是没脑筋。”

范哲稍愣，随即听话地跟着出了门，他正好也有许多话想对叶列娜说。

屏幕上的于岚已经不复昨天憔悴的模样，似乎还淡淡地化了妆，看上去明艳动人，“我已经在这里等了好一阵了，我知道你会来的。”

“还有几分钟飞船就会启动，这一别恐怕今生都无法再见了。”何夕深深凝视着于岚，似乎想将她的容颜镌刻在自己的视网膜上，“我会在亿兆公里之外想你的。”

“我也是。”于岚柔声道。

何夕迟疑了一下，似乎在做什么决定，末了他平静地开口道：“照顾好秋生和星兰。”

于岚悚然一惊，脸色一下变得苍白，“你……你说什么？”

“虽然你离开的时候关闭了控制台，但是后来我破译了启动密码，所以我知道有两位幸存者。很巧的是，我居然见过这两个孩子，他们很可爱。我一直在回想你说的那番话。”何夕稍稍停了一下，“我现在终于明白放手也是一种爱，而且是宇宙间最深沉的爱。我知道该怎么做，不会有人知道这一切，也不会有人来打扰你们。别了，我的里海星女神。”

“谢谢你，我会守护着他们，不让他们迷路。”于岚眼里流露出依依不舍的神色。永世的分别就在眼前，两人透过屏幕痴痴凝望，口唇微动中，不知不觉吟诵的正是那已经刻入彼此灵魂的诗句：

人生不相见，动如参与商。
今夕复何夕，共此灯烛光。

泪水在两张面庞上聚集成行肆意流淌，冲刷经行的一切，将心中无尽的块垒抚平。

少壮能几时，鬓发各已苍……
昔别君未婚，儿女忽成行。

前尘旧事在何夕眼前一一晃过，地球的初遇、二十年的分离、短暂的重逢，还有这永远的长别。无数慨叹滑过心头，这一刻就像是历尽一生。

十觞亦不醉，感子故意长。
明日隔山岳，世事两茫茫。

炫目的闪光突然亮起，模糊了眼前的一切，宣告这个冗长的故事走到了终局。而空气中还剩下那最后的音节，在相隔亿兆公里的两端盘桓、萦绕。

再生砖 / 韩　松

我们所生活的宇宙，就是建造在一个巨大废墟上的一间房屋。但那个废墟是什么，它是怎么形成的，谁都不知道。

一

一天，建筑师来到村里。他是一个年轻人，三十岁出头。他带着两名助手，都是他的事务所的。他们在空地上搭了一个简易帐篷住下来，然后，就急不可耐，到处巡看废墟。他又到受灾较轻的外围地带，寻找还能制砖的作坊。他后来写下一系列“打砖日记”，记叙了这段经历。从中可以看出，最初的工作，开展得并不十分顺利或称心。比如，他这么写道：

……

六月十三号：在作坊的席棚子里敲定数目，说好十四号、十五号做材料准备，并打几块样品为准，十六号开始生产，二十六号交货。但对方不报价，说要打一打才知道。定金没交出去，有点悬。

六月十六号：下雨。据说淹了场地。

六月十七号：据说停电。

六月十八号：据说粉碎机机械故障。也许是想把时间压到没有余地再报价吧。多了个心眼，又去接洽了一家大厂，回过头来给作坊打电话，催报价，并提到了“那边厂”。

……

尽管如此，建筑师还是坚持了下来，给人的感觉，好像是为了什么不可名状的理想，才一定要这么做；而那些砖，则是这理想的承载物。

实际上，从一开始，就有人说，他做的这个东西，是没有用场的，人们不会感兴趣。但建筑师总是强调："它是会有用处的。我已经看到了未来。"人们摇头，不相信他说的。在这个年代，连下一分钟会发生什么，都说不好。刚刚过去的那场灾难即是证明。

二

六月十七日，在一个离灾区比较远的地方——上海市，举行了欧洲某艺术双年展中国馆新闻发布会，策展人介绍了"普通建筑"的策展主题和参展建筑师的作品。建筑师本人因为还待在灾区，不能到会，于是，通过视频介绍了他的作品。

作品被取名为"再生砖"。因为样品还在制作中，所以，砖的模样，就暂时先用电脑三维制图方式画出来。从画面上看，是一种空心的四方砖，有些像普通砖，但颜色更深暗，内部杂有红色、黄色的不纯物质，以及断续的植物茬头，就形状而言，颇显笨拙丑陋。再生砖没有肉感，也难见骨感，只是，它是坚硬的，隐隐具有比大地更为实在的某种结构，使人蓦然惊觉，再生之魂莫不然真的就寓居于这样一种朴素的腔体里面？

从显示屏上，观众们看到了用动画形式表现出来的制砖过程：先是将水泥和碎砖骨料拌匀，然后，加入油菜秆纤维（大规模生产后，是用麦秸），再加水搅拌，最后使用杠杆式机械压砖机，将砌块压制成"现成品"……视频还展示了两块砖的同时成型，以及已经成批压制、干燥中的再生砖。观众也看到，再生砖与粉煤灰砖的质感很不相同。就是这些砖，将要运送到万里之外的欧洲参加高规格的艺术展览，为建筑师及他代表的国家赢得荣誉。

“再生砖是一种只要愿意，人人都能动手生产的低技低价合格产品：就地取材，手工或简易机械就能生产，免烧，快捷，便宜，环保，因地制宜，尺寸随机，适应性强，无名有用，不受专利掣肘……”建筑师本人以影像的形态出现在屏幕上，劝诫一般谆谆讲解了“普通建筑”的含义。他是一个胖乎乎的年轻人，但并不开朗，说话时会显出一脸苦相。在介绍中，他没有称他的作品为“艺术品”。

实际上，对于这项具有开创意义的工作，国内的艺术类传媒予以较大关注，如上海的《艺术世界》月刊在一篇文章中这么说：建筑师在对自己的作品理念概述中一开始就强调：这不是一个为展览而做的装置，而是一个正在灾区重建中积极推广的材料生产项目。

这是什么意思呢？

回头来看，这些说法并没有传达出他们想要表达的本意，却反而强化了再生砖作为艺术品的特质，而不管建筑师怎样解释。至于他本人，最终也就被当作一位艺术家来看待了（不管他同不同意）。

作品在欧洲的双年展上顺利展出，获得了空前成功。观众们注意到，展厅里，除了建筑师的名字和简历，便是关于作品本身的介绍：

作品材料：再生砖。

创作时间：二〇〇八年五月至六月。

砖块尺寸：三百三十毫米长，一百七十毫米宽，一百一十毫米高。

砌筑砖墙：两米高，十五米长的展墙。

三

现在，再回到制砖的过程。上海的发布会结束后，过了两天，也就是六月十九号，建筑师在作坊那里，才见到报价出来。他随即交了定金，约定二十二号先看三百匹。但为了保险起见，他又去到大厂接洽。大厂老板接待热情，沟通似乎也顺利些，说样品确定后，两天就可以交货。老板提出每种样品都以一罐料为批次，理由是为了保证配料比例准确。说得在理，建筑师当场交了定金，写下三种不同配比的清单。

建筑师在这天的日记中写道："回来路上觉得轻松多了：双保险。大家都觉得宝多半要押在这边。结论是：社员是要比农民正规些。作坊那边交的钱就当学费吧，好歹也给我们提供了不少信息，教会了一套程序。"

接下来，制砖的工作，在大厂和作坊两边同时展开。

三天过去，作坊已经做好几百匹，大厂也做好了样板。六月二十二号，到了看砖的日子，建筑师犹豫着，是先去大厂，还是作坊呢？最后，他想，应该先去大厂，希望在大厂。先去大厂看样板，如果行就订货。作坊那边反正已交足定金，通知停产也不会亏。对方可把打好的卖了还会有赚。但他又迟疑了：不，应该先去作坊，好歹看看货怎么样，回来顺路再去大厂订货也不迟。

到了作坊，见到砖是湿的，看不清品质，秸秆明显少了些，不大满意。他想，看来等一下去大厂看了后要通知作坊停产了。但到了大厂，样品使他大吃一惊。完全和当初商定的两样。不但没有三种配比，已有的两种中哪种是什么配比也说不清。

建筑师在日记中记录了当时的情况：

见我们发火，一个婆娘站出来参加辩驳，她采用的是指东打西的游击战术，见我们的火力偏向哪边，就在另一边进行牵制。她完全不明白事情的由来，但目标极为清晰：说到底，样样都是按我们的要求做的。

又有一个“老板”在场，原先接洽的“老板”也变回“工头”的模样和语气。好歹找出来前两天写的配比清单。这时候才见他蹲下身对工人讲解百分比是什么意思。

一样都要不得。现在只有指望作坊了。秸秆明显少了些，打了个电话强调要按配比。打不打第二个电话再叮嘱一次呢？商量一阵决定不打，再打害怕秸秆又加多了。我的感觉是：最终是语气在决定配比。

……

四

我不清楚，建筑师在写下这些文字时，是否就想到了将来有一天要用于发表，并把它们作为作品的一个有机部分。我也不知道，在最终送去发表之前，他是否对日记的内容作了某些修改，以使之与作品更加匹配。如果说再生砖就是建筑师的孩子的话，那么，日记也许同样具有了某种再生的意味吧？

能够明显感觉到的是，建筑师的心情不是平和的，刚开始的那股子意兴冲冲，在制砖的过程中逐渐销蚀了，最后变成些许无奈。也许，这一切跟他最初的设定和想象，还是有差异的吧。本来，他或许以为，灾区的人们，既然遭受了那样深重的苦难，那么，一定对他的莅临，包括对他带来的产品，跟接受其他的无私援助一样，满怀渴盼和感恩。但现实一些来看，似乎并不是这样。

在后来的一次研讨会上，建筑师谈到了自己心灵的分裂：

“灾难发生后，我一直感到一个身份认同的问题：到了灾区，我觉得自己是一个志愿者，而且是一个体力不佳的、有了暮气的志愿者——我的腰有伤，拿轻的东西不好意思，重的东西又拿不了，很尴尬；在灾区看到没有倒塌的房子时，我尚且觉得自己是个建筑师；但看到那些倒塌的房子时，我又根本不敢承认自己是建筑师；另外，坐在房子里每天都会感到摇一摇，很多东西也都摔碎了，就觉得有点疑似灾民。那么，我到底是谁呢？是慈善家，还是艺术家？是志愿者，还是灾民？”

随着制砖过程的逐步推进，这种情绪，不仅难以遣散，而且还越发浓重了。建筑师似乎越来越为自己的身份问题而苦恼。但他仍然坚持着干了下去，一个原因是，他已经与欧洲的策展人签了合同。他被套在了一辆没有回头路的战车上。

我想谈谈这其中的技术性——我以为，这正是再生砖的核心命题。当时，人们提出了各种各样的房屋重建方案，但最后，经过观望、质疑、排斥，风行的却是再生砖。我认为，是技术性起了关键作用。像那些要动用大型机械和专业公司来进行建筑垃圾处理的方案，都不如建筑师的设想更能在妥协中被接受。建筑师的思维方式，是工科式的，很单纯，在那个时候，本来是拿不上桌面的，也不具备轰动的宣传效应，但唯其如此，最后多方比较之下，才击败了那些鸿篇巨制和夸夸其谈，而显现了它更具操作性的一面。那么，艺术性也就是从这样的技术性中产生的吧——而不管建筑师一开始怎样宣称，这是一桩与艺术无关的慈善性质的活动。这已由不得他。再生砖最终被精英们界定为一起艺术行为，这是没有疑问的，而在建筑师的潜意识里，最终也一定是同意的吧，否则就不会把它送上欧洲的双年展了。这里面的矛盾是深刻的，却在现实中被慢慢化解了。然而，就在这样的情况下，建筑师却与当地人发生了冲突……也许，如同建筑师感到自己的身份变得模糊了一样，灾民们似乎也忘记了他们的身份吧。

建筑师只好对大家解释：“总是会有用处的……”但是，它指的是双年展上的艺术成果呢，还是村民的居住条件可以得到改善呢？抑或是二者？但我在困惑中觉得，似乎，又都不是建筑师的真实所指。也许，从一开始，人们就误会了建筑师。

总之，数十年后，我第一次阅读建筑师写下的日记时，心中像落满了折断的麦秸，深深浅浅扎入皮肉，混沌而迷离，很难拔得出来，只能让血液去慢慢融化那种无以言说的痛楚，虽然，我本人并没有经历那场灾难。其实，在建筑师的年代里，重视纯技术的人应该不多，人们更加关注的是其他。但建筑师为大家呈现的，首要的还是一种技术，而且是一种简单的技术，一种低技术，正与当时的潮流相悖。这也许才是使介入灾后重建的许多人大跌眼镜的缘故吧。

五

最终得到广泛认可的再生砖，其孕育的过程可以说并不顺利。而对于建筑师本人来说，也经历了一次难产般的再生，对此他始料未及。那段时间里，本来红光满面而精力充沛的他，变得憔悴了。灾区条件艰苦，用水困难，建筑师已长时间没有洗澡，躯体发臭，容颜黯淡，形象日益消瘦，乍看并不似个男人，而好像一位贫瘠操劳、因过度生育而虚弱了的村妇。有一天夜里，参与制砖的村民到帐篷去探望他，见到建筑师一身素衣，垂手站立，脚前放有一台简易型的滚筒式分离机，还在嗡嗡作响。他的面色像锡纸一般惨白，仿佛鬼魂一样，任凭黄澄澄的月光把帐篷照得透亮。建筑师好像正在苦苦思考，如何才能令自己变成一块砖，而这块砖是要立即开始无性繁殖的，迅速堆砌出大量的房屋，让灾后幸存下来的所有生物住进去——这就是唯一的目的，就像书法家要在宣纸上落上最后一笔那样。这样的艺术无疑是特别的，是他从未尝试过的。建筑师深深沉浸在自己的玄想中，定定地看着面前的机械，好像那是他的另一个身子。他因此并没有觉察到村民们的到来，而他们其实才是建筑师作品中的真实主体。所以说，这里面充斥了多少的矛盾啊。终于，建筑师的脸上绽露了临盆一般的浅灰色痴笑，嘴中微微发出了沼泽似的断续呻吟。而他和村民们的身后，帐篷之外，就是黑压压的、虽经重创却依然丰腴饱满的大地，傲慢地清醒着，大大咧咧覆压在亡灵们的身上，看笑话似的看着他们这活着的一群。人们都不敢吱声。这是灾区最神秘压抑的时刻。没有到过灾区的人，又怎么能感受到这种气氛呢？

不管怎样，历尽坎坷，建筑师的宝贝孩子终于诞生了。而我也终于发现，从建筑学的角度看，如大家后来普遍认同的那样，其实，作品只有一个关键词，那就是“简单”。

——简单，这便是一切艺术目标中要追求的极致，虽然，它注定要经历一个十月怀胎乃至剖腹生产的过程。搭乘着“简单”这列快车，作品最终远离了灾区，首先是在另一时空，在遥远的欧洲，在由西方人按照他们的规则搭建的超级平台上，获取了它的预期或者并未预期的效果，并看似把其余的都抽空了、抹除了、排斥了、忘却了……从展厅中无分别的、安安静静的一块块再生砖上，从它们垒积起的那堵符合美学标准的墙面上，观众无法看到建筑师经历的磨难，也不能确证他本人的再生过程，更体会不到那些曾经使无数人惊恐嚣叫、悲痛欲绝、夜不成眠、泪已流干的东西。这便是再生砖要表达的慈善或艺术愿望吗？好像有一种令人绝望的过期作废感。连花了欧元前去参展的建筑师本人，也惊惧地心忖，这竟然是真的吗？他到底是从什么地方来的呢？他是代表谁来的呢？他本人是谁呢？在砖墙的遮掩下，辽阔的灾区仿佛成了一个薄弱远逝的背景。这并非是汉画像砖，因此从它的上面看不到士兵的奔跑；没有了裹装学生尸体的一排排蓝色塑料袋，以及家长们响彻云霄、撕心裂肺的呼号；不见了无家可归的狗儿，它们拖着残腿，仍在废墟前等待主人归来；也看不到死去的母亲，身下仍护佑着活着的孩子，而孩子正死死咬住她裸露的苍白乳房，吮吸仍在渗出的奶水；把学生抛下、率先逃出教室的教师，也早跑得无影无踪了；没有见到坠毁在密林深处的救援直升机，军人坚硬的尸体在淫雨中腐烂，露出不屈的铮铮白骨……总之，这一切曾令人刻骨铭心、魂飞魄散、泪如泉涌的景象，在这展览的现场，好像都不再那么可靠。在作为展品的再生砖那静婉安详、千年古镜般的映照下，一切仿佛心平气和了下来。只见穿着名牌服装的俊男靓女们，黄发白肤，高鼻深目，迈着鹳腿，礼貌而沉稳地踱过，露出好奇的目光，就像首次看到长城、京剧或青花瓷，在那一模一样、绝无差别的，却与他们的文化和生活形成巨大疏离感的砖头前纷纷叹服。是的，它们的确成了双年展上最具魅力的东方艺术品，而它们的制作初衷和源流，却被淡忘。

建筑师这才如梦初醒，他有些着急并焦虑了，只好适时提醒观众：对于远在展会万里之外的人们来说，当务之急，是要有实用性的房子住。他说，这种事情，本是人类与这颗星球签订的契约中的一条，从几百万年前起就执行了，看看龙骨山，看看山顶洞，再看看半坡村和河姆渡吧！而那是一片充满灾难的土地啊，艺术只是一种奢侈。

六

不管怎样，以特殊的方式来到这世上的再生砖，终于获得了广泛而一致的好评。这种情况，在建筑师的那个时代，其实已经很少见到。因为只要是先锋的艺术，只要它有些离经叛道，装置也好，行为也好，摄影也好，建筑也好，一旦出现在国内公众的视野中，都会引发很大的争议。然而，对于再生砖的成功，却少有异议，因为它是在那么一个特定的背景下产生的。人们说：

真是非常让人敬佩。

很好的计划，很踏实的行动。

工艺、原料、生态、社会、经济的整体关注和综合解决。

对比起来一些理论就显出些苍白了。

作为建筑师，对社会经济现实和生态环境的关注，正是建筑学的题中之意。

低技术是一种面对现实的策略。

是否，正是因为关切了实实在在的现实，由于现实的具体和不可复制，所以，作为产品的再生砖也难于在他处复制。

再生砖让人想起莱特的砌块。

因其独特性所引发的和这种独特性的适应的可能，需要持续的长久的关注！

……

总之，当时的人们就是这样激动地表述着对再生砖及建筑师的看法，但实际上，艺术与应用的关系，却更加纠缠不清。而查找这些昔日的资料，很耗费我的时间和精力。建筑师所处的时代，大量信息通过很虚幻的一种叫作互联网的渠道来传播，其真实性难以甄别。而传播即意味消亡，沉没入空泛而无际的大海，失去了最初想要表达的意义。就像那场灾难一样，再强烈的震动，也终要归于静止。但我为什么如此执着呢？后来思忖，我也有可能是被那个词语——“不可复制性”——吸引了吧。就算对于人类这个物种而言，传统的看法是：存在，就仅仅存在一次，然后便永不再来了。恐龙是这样的，渡渡鸟是这样的，巴厘虎也是这样的。根据目前掌握的情况，就在我们这个宇宙中，并没有在第二个地方，第二个时间，出现过恐龙、渡渡鸟或巴厘虎。拥有三百万年历史的人类亦如此。所谓转世什么的，那也只是一种自慰的说法。如果你不再能记得前生的那个自己，那么，便只是徒劳地再做一个彻底的新人，生命仍然独一无二。然而，如今，以灾难之砖为媒介的人工方式的再生，却试图使存在成为可以无数次循环的格局，把由生到死、由死到生、生死相续的程序一气呵成，打破了自然界的成规。还能说这仅仅是应用，而不是艺术吗？

我也注意到了制砖过程中的一些细节，比如“防疫喷洒”，这是其他类型的工业活动并不必需的。然而在往欧洲送展时，不知出于什么考虑，即便在建筑师的“打砖日记”中，也没有予以提及，像是一个故意的疏忽。在生产链中，这虽然仅是一个极短的片断，却是制造再生砖不可缺少的环节，是真正的第一步。也许，下意识地，建筑师并不愿意自己的生动的艺术形象（我认为这才是他骨子里真正要追求的），与带有恐怖意味的防疫专家产生某种联系吧？所谓的防疫喷洒，即用百分之零点二的过氧乙酸或用二两（一百克）漂白粉加入五十斤水而配成溶液，利用人工或机器，对准废墟，进行喷洒湿润，基本作用是消毒。那个时候，已经无法将埋葬在废墟中的尸体完全清理出来了。这也是没有办法的办法。我手中有一张关于喷洒的照片：十几名清丽苗条、不辨男女的工作人员，穿着长至脚踝的白色防疫服，头戴仅露双眼的灰色面罩，背着黑沉沉的金属罐子，站在褐色的瓦砾堆上，手如树，足如船，体如椽，构成向外发散的标准分形图，如完全不像人类的外星人般，从身躯四周茂盛地蒸逸出一片片的漠漠白雾，好像是肉体中弥射出了能使生命复苏的芬芳。经过这一番喷洒，有人甚至说看见了废墟上立时盛开出朵朵花蕾，淋漓尽致，鲜艳欲滴。但鲜花本身，却又是并不能成为建筑材料的。真正起作用的，是更为质朴的麦秸啊。

但是能不能说，喷洒同样是很技术性的——因此也艺术了起来呢？它不一样也简单而实用吗？这一切时过境迁，如今仅能是猜测了……令我好奇却不知究竟的还有，喷洒者在工作时，究竟怀着一种什么心情，他们的头脑会像建筑师那样分裂吗？从外观上看，他们好像是在静笃地舞蹈呀，丝路花雨一般完成着配合再生的巫觋仪式。

不管怎样，当喷洒开始时，有一些村民迟疑着聚拢来围观了。他们的神情，我则不好形容。

而从建筑师的角度看，之所以需要喷洒，是因为再生砖拥有的一个铁定现实——它本是三种东西的混合：尸体、废墟和麦秸。但在欧洲的艺术双年展上，能被直观目击的仅有两个部分，分别是来自灾区的瓦砾和麦秸，被作为原始材料，整整齐齐盛放在两个长方形的石盒中，搁置于业已成形的光洁砖墙之下，供流连忘返的参观者览阅。这时，它们显得像是取自世界上随便一块土地，而并不必然与灾区发生联想，自然谁也不会想到包含在里面的尸体成分了。同样，在被运送到欧洲之前，这些物件已然经过了严格消毒这样的一道微妙手续，也就没有对观众们披露，好像是怕惊吓了他们，而破坏了预设的审美感受吧。

——那么，是不是正由于作品在国际展览上获得的空前成功，到后来才吸引了更多的建筑师和规划师，还有投资者、材料商、开发商，等等，蜂拥来到灾区，参加了这项始终都被称为“救援”的工作呢？但这些人也是渴望着实现自己那颇具形式感而艺术化的再生吗？尤其是，不久，金融危机爆发后，来的人就更多了，把大部分废墟都快踩平了。他们莅临时，通常都有当地领导陪同。这些官员也十分热情，好像在迎接天上掉下的馅饼。

“小型的半手工机械充分利用了原有遍布乡村的手工业资源，适应性强，使用简单方便，操作者无须长期培训即可投入生产，利于遍地开花，利于灾区群众的自救自建生产。”在地方政府的盛情邀请之下，建筑师本人也多次重返故地，对制砖提出了这样的看法，似乎在坚定地驳斥一种广为传播的言说：再生砖之大行其道，是因为参加了欧洲的艺术展的缘故，出口转内销，才被推崇和推广了。

而这时，他确已获得了多项国内外大奖。在南方某媒体颁发的

“建筑传媒奖”的入围理由中，评奖委员会倒真的是把他的行为列入了“社会责任感”的范畴。然而，建筑师并没有前去领奖。

我看到了流传下来的照片，其中一幅，是记者用广角镜头拍摄的制砖场面。在苍白群山间的一块空敞平坝上，以黑漆漆的辽阔废墟为背景，大概有两千多名农民，身穿组织者发放的大红色圆领汗衫，背上印有“再生砖”的黄色中英文字样，每人面前放有一台银色的手动式破碎机，随着建筑师的号令，整齐地摆舞手臂，拉动杠杆，挥汗如雨，做着节奏分明的运动，好像是十八世纪工业革命初期的情形。阳光像无数的蓝蜻蜓一样扑下来，哔哔作响，而沉寂的大地重新沸腾了，迸发出人们永不能忘的、惊悚无比的剧烈震动。

——虽然，是村委会组织的、并被描述为“专群结合”的活动，却至少在形式上体现了一种广泛的参与性，好像都来支持建筑师发起的一场兼具实质与形式的革命了。

“真像是奥运会开幕式的表演呀。”一位初次见到这张照片的读者失声叫出。这个读者就是鄙人，在那场灾难过去几年后，才出生在这个世界上。

我注意到，现场的制砖者中，有三分之二是女性。她们伸展着绵软的、金色的身体，像一群群的合欢树，在艺术体操一样的运动中，呈现出一种半昏迷般的亢奋状态，又仿佛是被送上了产床。

照片的尺寸有限，上面的人物实在太渺小。但通过放大镜可以看到，站在农民前方的如同交响乐指挥般仰俯不停的建筑师，虽然兴奋不已，神情中却透出了淡淡的忧郁，却并没有即将为人父般的喜悦。

当地政府则颇为感激，颁予他荣誉称号。的确，没有再生砖，成千上万失去住房的人们，要那么快地搬进新居，简直是不可能的。而再生砖像神迹一样，打破了这种不可能性，也击溃了人们思维里的固定程式。比如，那时并没有任何法律规定什么叫“重建规划”。对于专业的规划师来说，不知道这个规划是出到框架呢还是出到道路？是出到房子呢还是出到施工图？这一切都不知道。你要说三个月能不能完成？有了再生砖，这一切似乎忽然不成为问题了。另外，再生砖作为新型轻质建渣秸秆空心砖，在国家标准中没有对应类型。但正因为这是上上下下都称誉的再生砖，所以，就可以不受约束，采用混凝土空心砖标准进行检测，一切均予以简化。而检测结果竟是，抗压强度已达到合格标准，可以满足围护填充墙强度要求。所以，在质量方面，很顺利就通过了。可以说，政府在这项活动中，起到了关键作用。恢复重建工作就立即展开了，并迅速写成总结材料上报，然后又得到进一步的推广。

建筑师终于沉浸在了一种灿烂的感怀中。虽然家园已经破损，但由于再生砖的缘故，残砖碎瓦仍然饱含了原住民们曾经寄托的情感。它既是废弃材料在物质方面的“再生”，又是灾后重建在精神和情感方面的“再生”。建筑师在各种场合述说他的感触时，柔美地微微闭着眼，轻轻地摆动腰肢，像教堂里的牧师一样，给人以一种春风扑面的温暖，其间又有荷叶水塘般的情调在泛动，但那都是不太可捉摸的，与现实中的色彩和温度相较，更具有西方中世纪版画的气质。这是我作为后来人的直感，或许这里面有代沟。但试图反驳、反击或反叛建筑师，在当时就根本不具有任何的可能性。那个时候，他具有了盖亚之神的风范，已然君临一切。

真正的大规模生产，是在次年的五月麦收时节，大量的麦秸等待处理利用。此时，废墟仍未被彻底清除，或者说，更多的是有意识地保留了下来，向各地来的好奇的访问者展出。建筑师在弟子们的簇拥下，站在瓦砾山顶往下看，只见麦秸形成了金黄色的海洋，横无际涯。只有它们，好像从不曾受到灾难的影响，似乎像女人一样在淡淡欢笑，风儿一来就互相倒入怀中，叽叽喳喳嬉戏着拥抱。它们已经看到了自己被收集起来的命运，于是快快乐乐集合起来，而不再被低贱地焚烧掉，变成青烟，弥散在天际，最后什么也不存在了。如今，它们向往着身体被切割得整整齐齐，成为著名的再生砖的材料，成为物质中最具价值的固体成分，继续附着于那令人目眩而无以形容的、也好像是具有了艺术气质的土地，并一队队向世界的大舞台进发。一场全新的、气韵生动的循环就此开始，并且似乎已与永恒的目标接近。什么？永恒？是的。奇迹正在发生。这好像便是建筑师的承诺。那么，这整个灾区，也因此而再生了吗？在这么短暂的时间里，实在是非同寻常！就像是躯干被外力切除了一部分的蜥蜴，完全利用自己内蓄的残存血肉，在远古传承的基因的神秘作用下，急迫地催生出了新的器官和身体。

真是太快了。

但它能持久吗？

环境已经变了。

也许……

七

这里面有一个女人，她是应召打砖的最早一批村民之一，不知道是否可算作建筑师所称的“婆娘”一类。在灾难中，她的住房坍塌了，三十八岁的她失去了丈夫和孩子。她彻底没有了寄托，甚至起了轻生的念头。是啊，丈夫和孩子都走了，她还活着干什么呢？她爱他们。与丈夫在一起生活，已有十三年，虽然日子过得紧紧巴巴的，却一直恩恩爱爱，不弃不离。孩子是独生子，在县城上初中，成绩很好，也十分懂事，头天还打电话回来，祝她母亲节快乐。一瞬间，都没有了……这样苦苦思念，谁知她心中悲切？一天，女人用一根麻绳把自己吊挂在了村头的大树上。但是，她没有死成，被碰巧经过这里、赶往作坊催砖的建筑师发现，救了下来。她从树端被放到地面，痴呆地瘫坐在废墟上，看着建筑师幽灵一般的淡绿色身影飘过，好像这是一个从天上下凡来的神灵。她弄不明白这究竟是怎么一回事，张大嘴巴，久久不能站起。这天晚上，她做了一个梦，看到在通往阴间的一条小路上，丈夫和孩子满身灰土和鲜血，正在吃力地搀扶着前行，但他们走着走着就走不动了。原来，两人背了几篓砖，把残破的身子压弯了。她吃了一惊，可怜地轻声说：“你们走不动，就莫要走了，歇下来喝口水吧。”

这是灾难那一年夏天的事情。村委会已在发动人们打砖了。但最初时，并没有多少人自愿参与。人们什么也不想做。他们对未来不再抱有希望。他们从早上起，就看着自家小孩的照片发呆，不吃不喝，直到晚上。他们每天到色彩缤纷的废墟上去，在那里痴痴地觅找、守望，外人问这是要做什么，他们便回答说，是试图把迷路的亲人接回来。因此，建筑师那些示范性的样板作品，无论怎么样的具有艺术性，无论获过什么样的大奖，无论去了世界上哪一个大洲展出并引起了怎样的国际轰动，都是与他们无关的。他们中的一些人，只是在村委会主任的劝说甚至强迫下，被动地参与了打砖。说到主任本人，在灾难中，也有六位亲人被埋了进去，但他没有首先去救自己的家人，而是立即组织幸存的村民展开救援，抢救出了不少的生命，但他的亲人却一个都没有挖出来。一等灾情过去，他立即擦干眼泪，就又带领村民们迅速投入了生产重建。他要求大家响应自力更生的号召，在全国各地的支援下，鼓舞精神，走出阴影，行动起来，再造一个美好家园。打砖啊，打砖啊，主任率先垂范。然而，尽管如此，人们一时间里也不能聚集起热情和信心，因此，经常生产出不合格的再生砖，甚至废品。建筑师对此很是恼火，因为这增加了成本，延误了进度，最终吃亏的还是灾民，这样怎能令废墟再生呢？他在国外双年展上做出的承诺又怎能兑现呢？全国的建筑师和艺术家，乃至整个国际社会，都在观望他的工作进展，其中不乏等着看他笑话的人，他不拿出成果，怎么交代得过去呢？他肩上的责任太大了。在建筑师近乎苛刻的律令下，一些村民坚持了下来，另一些则忍受不了，退出了打砖。

那位女人是留下来的之一。因为，她逐渐发现，那样一种机械往复的动作，可以帮助她暂时忘却失去的亲人。

女人后来告诉我，其时，灾民最需要的，其实并不是住房。我理解她说的是什么。因为后来我也失去了自己的至爱，余生如行尸走肉般活着。这年冬天，女人住进了经由自己之手打造出来的新砖房，仅仅因为她以一副血肉之躯，无法待在单薄的帐篷里抵御严寒。亿万年来积聚在她身体里的生物本能，仍在发挥作用。这或许就是理查德·道金斯所说的“自私的基因”产生的支配性吧。换句话说，“活下去”的愿望，慢慢又回到了她的心中。她甚至害羞地写信给一位曾经采访过她的北京来的女记者，问她能不能捐一些棉衣或被子，因为她有了新房可以住，只是太冷了。但她并没有想到应该感激建筑师——虽然，是他挽救了她的生命，还教会了她建设如此新潮时尚（如果可以这么说的话）、连外国人都啧啧称赞的房屋。她只是稍微把房间布置了一下，把从废墟中捡回的丈夫和孩子的照片挂在墙上。她坐守在空空的砖房里面，感觉上有点不习惯，未来似乎仍比较模糊。

但就在这天晚上，她听到了两个人的声音，从砖缝里面流淌出来。她爬起来，哆嗦着点数一块块的砖去看。她并不觉得恐惧，而是既惊且喜地意识到，用再生砖搭建的房子，并不仅仅是给她一个人住的。

八

第二年，更多的人住进了再生砖房。而女人也有了自己的砖厂，小具规模，有些收入了。她与一个中年男人合伙来做这事。他以前是村里做建材小生意的，也在灾难中失去了家庭和亲人。他们又雇了两个伙计。每天，他们按照建筑师教授的办法，不歇气地制作再生砖。母亲穿着短衫，赤着结实的胳膊，操纵机器，挥汗如雨，晒得黝黑黝黑的。附近需要盖房子的人们，都来买他们的砖。他们忙个不停，顾不上其他。日子好像又回到了灾前。

“砖咋个卖？”一个邻村的村民指着码得整整齐齐的再生砖，问道。“三角三一匹。”女人娴熟地回答。村民顺手拿起一块砖头问：“咋个是黑的咧？”“这是用垮塌房屋的废料做出来的。”“结不结实哟？”“绝对没得问题，这是用科学技术打的。”末了，她又笃定地加上一句：“放心啊，还经过彻底消毒呢。”

看到他们的生意兴隆，那些早先没有参与制砖的村民，才感到了后悔，于是也纷纷设立了自己的砖厂，或至少是打砖的家庭作坊。

不久，女人跟那个与她一块制砖的男人结了婚，一年后又生了孩子。那便是我。跟再生砖一样，我的出生据说也是一个艰难的过程。分娩是在家中进行的，整整一夜，母亲都在惨烈地号叫，像要把什么呼唤回来，也像在痛苦地忏悔。而家中的墙上则爆发出宏大水流般的奇异声音，仿佛要把什么撕裂，里面有怪物就要冲出来。父亲在一旁手足无措，脸色苍白，不停地念叨“菩萨保佑”。这一幕便是我出生时记得的唯一情形。后来，我就在砖墙的异样的声音中成长，慢慢熟悉起了它们。这虽不是母亲的乳汁，却以另一种方式滋哺着我。那居住在再生砖中的亡人，以一种仿佛灰色的神情看着我一天天长大，成为这个家庭的新成员。这最初使我惧怕。还是个婴孩的时候，只要一个人睡在摇篮里，我就觉得墙壁上有手要伸出来，扼住我的喉咙。我终日大哭，一刻也歇不下来，不吃不喝，医生也看不好。后来有一天，父母便商议，请和尚来做法事，超度亡灵。这是灾后他们第一次有这样的想法。他们为此而惴惴不安，却又怀着期盼。

“不要怪我们哟，是想留你们下来的，但现在不一样了。我住进了新屋子，也有了新的家。为了孩子，我只得这么做，请你们原谅吧。我会把你们永远放在心里。你们在天堂那边要好好地过啊。”女人走到黑沉沉的墙前，对准它说。然后，把挂在墙上的前夫与孩子的遗照取了下来，用布包好，收进柜子。那墙这时陷入沉默，就像成了一个真正的死人。

和尚来了。他的寺庙就在村子附近，灾难时也倒塌了，住持和其他僧人都压死了，他当时去外省云游，活了下来。灾难发生后的那一年里，他的生意特别好，经他超度的亡魂不知有多少，他恐怕今后几辈子都超度不了那么多。要请到他很不容易，不光是花几个银子的问题，我们家辗转托了好些关系，才把他请来。和尚是一个很有修行和学问的中年男人，他带着从灾民中新招募的助手而来，像是送货上门的冰箱安装员。他念产品说明书一样，慢慢吞吞对我的父母说，佛经上认为，人死后，就进入了中阴之旅，要经过七七四十九天，才能获得新的生命。然而，由于某些原因，对于一些死者来说，这趟旅行进行不下去了，不仅四十九天走不过去，而且四百九十天、四千九百天……永远也走不过去，像肠阻塞一样，中阴轮回无限期拖延了。不幸啊，这场灾难之后，很多家庭就是这种情况，幸亏把他请来了……我后来想，和尚其实会不会是在暗示，这都是因为建筑师的缘故呢？死者被砖墙所拘，还停滞在这个世界上，无法转世投生。本来是再生砖，为活人制造了新生活，却屏蔽了死者的再生之路，这竟是多大的人生矛盾呢？于是，只有靠和尚的法事能解除这样的羁系。然而，我知道的是，实际上，直到最后一刻，父母仍然犹豫着，这样做，到底好还是不好呢？我躺在摇篮里看到，他们就像做错了事的小孩子那样，红着脸，低着头，在和尚面前，一句话也不敢说。

——但是，和尚失败了。法事做到一半，砖缝里就挤出了蛮牛吼叫似的怪声，又如崩响了一串雷霆，顿然压倒了和尚的诵经声和木鱼声，房屋好像摇晃起来，并往下掉落砖屑和尘土。和尚脸色骤变，大叫一声“又来了”，便踩踏着自己的僧袍，带着他的助手，抱头落荒而逃了。我们一家人则没有动弹，父母静静地站在原地，面带羞赧，仿佛想着什么心事。

做法事的那会儿，我还是一个幼童，睁眼躺在摇篮里，直视虚无的上方。再生砖天罗地网一般，把我团团包围，甚至父母都从我的视野中隐遁了。而这广大的世界上，空中只有一个蜘蛛，在无知无畏地游荡，我只觉得它的眼睛好大好大，唯有它可以与我无声对话。那么，和尚的法事，于我而言当然亦是一次洗礼，我觉得它具有真实感，却为宗教在最后一刻的临阵脱逃而感到寡味凄凉——很奇怪那时我就有了这样的意识。我早早就知道，自己注定要与一些不能够明白的事物毕生相伴。一种与前辈们不同的新生活就要开始了，但我准备好了吗？事实上，从和尚跑出房子的那一刻起，我就不再哭泣，并有了吃东西的强烈欲望，心里闯入了一种迅速成熟起来的感觉。母亲见我这样，就走过来把我抱在怀中，捋开衣襟，给我哺乳。这时我十分紧张，害怕女人的眼泪掉下来，这会令我尴尬，但她却不再害羞，而表现得坚毅而沉祥。那天晚上，我看到，父亲睡着后，母亲悄悄下床，打开柜子，捧出前夫和我哥的照片，看了又看。她又走到砖墙前，跪在地上，不停叩头。墙上又一次传出声音，这回是轻柔的，如泣如诉，与白日的号叫竟有了不同。

从此，我习惯了与再生砖的共处，而不再相信旧式的轮回理论。

后来我想，是不是可以这样说：艺术能颠覆一切？

但并不仅仅是艺术。长大后，我接触到关于异声的所谓科学解释。比如，美国学者埃·帕里什认为，幻象及异声，这可能起始于有某人思索并关心失去的亲人朋友，于是看见和听见了，并欲同其他人分享此情此景。

另一种说法是，这也可能是集体暗示的作用。在人群中，往往每个人均有失去独立性的感觉，遂出现模仿反应，产生一种独特的相互感染，在这种感染之下建立了共同的情绪，看到或听到了同一样东西。尤其在灾区，千万人的心灵遭受重创，他们特别容易发生这样的反应。

如果说以上还属于传统的心理学领域的话，超心理学则认为，怪声什么的，可能是幸存下来的人们，用他们自己的心理能量创造的。说深了，这就涉及意识与物质的神秘关系。

也有从声学现象方面加以解释的。灾难爆发时，产生了巨大能量。灾区的电磁环境发生变异，地壳和大气不同以往了，这使得废墟中的普通砖瓦，具有了录音功能。人类离开前的最后声音被刻录在了砖瓦上。这样制作出来的再生砖，就成了一个谐振体，在特殊情形下，能够把亲人的声音播放出来。

但这些都没有解决我思想深处的疑问。我仅仅了解至此，便飞快地长大成人了。在灾区出生的孩子，尤其是出生在再生砖房屋里的孩子，都比较早熟。

九

多年后，当再生砖在全国流行，甚至大学建筑系也开设了再生砖学时，我却出人意料地没有选修这门炙手可热的学科。我似乎刻意回避着它。但我在专业之外，仍保持了对它的关注——或者说警觉。同班的一位女同学则对此深深着迷。她是城里人。她知道我是灾区来的孩子，时常来找我一起讨论再生砖及其相关问题。

“在你们那儿，是否每座新房子里，都有那样的声音呢？”

“只要是再生砖砌的，没有疑问，砖缝间就会像泉水一样汩汩流淌出死去的亲人们的声音。”

“真美啊。我的感觉是，人完全融入自然，自然也与人合为一体了。”

“但你不认为，二者是怀着彼此仇恨的心态，勉强结合在一起的吗？”

“这难道能说是勉强吗？”

“以一种自己也无法控制的方式，被动地捆绑在一起，就像明明知道是毒药，也不得不喝下。人生大抵不过如此吧。”

“但这的确是艺术，或者说是超艺术……那不也是毒药吗？将生与死凝固在一块儿。这太令人羡慕了。”

“艺术？呵呵，你没有亲身经历过那场灾难……”我的心脏至此已“怦怦”地快要跳出狭窄的胸腔。父母传下的血液在我的身体中激荡。我这时想的是把这女孩剥光，在一堆再生砖上狠狠干了她。

“不管怎么说，好像是原始而精致的手工作业，才能制造出这样的效果吧？真是神奇而伟大呀。”

“哼，恐怕，也与我们实际上都住在废墟上面有关吧。”

上大学那会儿，我的习惯，是每天清晨，仅穿内衣，一个人爬上教学楼的楼顶，面朝西方眺望。城市里浓重的污染使我看不太远，眼界中只是一堆堆灰色纸片般的楼房，沉滞得无法像鸽子那样飞翔起来。它们目前并不是废墟，却分明有着废墟的内在逻辑。而且，在再生砖学里，本来，一切事物都是当作废墟来预研的。这样一种思维方式，似乎更加接近于世界的本质。这时，我往往便会看见那位女同学，她仅穿短裤乳罩，露出肚脐，在操场上一圈圈跑步，矫健而苗条的身躯，汗津津的，混合着污浊的太阳而微微燃烧，好像一只满怀憧憬的凤凰。

——是啊，真美呀，多让人羡慕哇。但这只是平凡一天的开始。一天又一天，我们的生命不知还要持续多久。我不禁想到了她的出生，以及婴儿时的她。她的父母是谁？她住在什么样的房屋里面？是什么样的声音伴随了她的成长呢？

而她已经向我示爱了。

对此我承受不了。

但究竟什么是再生砖呢？围绕这个，学术界制造出了大量的、常常是彼此冲突的定义。在再生砖学中，许多论文都是以如何定义再生砖为命题的。人们陷入概念和意气之争，师生之间、同学之间、朋友之间多因此反目成仇。

为了解决这些令人头疼的问题，再生砖学因此发展成了一门综合性学科，而不仅仅囿于建筑学的范畴。它吸收了物理学、化学、生物学等学科的最新研究成果。再生砖被理解为一种物质综合器，一种基于激波能量的螺旋，甚至是玻色—爱因斯坦聚集的一种副效应。也有人试图证明它与高维空间有关，是时空漏斗的正向开放。还有人指出，再生砖重组了电磁场与引力场，改变了物理世界的某些性质，并使其重新几何化。这产生了不同寻常的结果及效应，使我们能够聆听到逝去亲人的声音。

但为什么偏偏是再生砖呢？本来，它就是一种低技术的东西。也许，对于技术本身，也需要重新认识吧。我们是怎么理解“高”及“低”的概念的呢？这与借尸还魂，或者外部神秘力量的干预，以及宇宙中的超智慧生物，甚至上帝，都不一定有着直接关系。再生砖所代表的，是一种深奥得多的东西，将全面修订我们关于世界的科学、哲学及神学。

十

而在灾区，在市场这只看不见的手的推动下，再生砖产业已经发展到了一个十分可观的地步。新型砖厂早已不再是劳动密集型企业了，七个工人通过电脑控制，一天就可以轻轻松松生产四万匹砖。这也是母亲的砖厂后来达到的规模。

政府也介入了再生砖的生产，把看得见的手伸了进来。新闻媒体是这样报道的：

> 在震耳欲聋的轰鸣声中，堆积如山的建筑垃圾被几个挺着“大肚子”的机器吞噬压碎，再通过传送带运到另一台机器上整压成型，符合质量要求的一块块标砖就诞生了——这是记者在本市的再生砖项目生产线现场看到的。该生产线全部由政府投资，目前已经实现了批量生产。

据介绍，建筑废渣生产线占地二百零四亩，设备投入四百一十五万元。生产线可生产标砖、砌块等墙体材料和路缘石、彩色地面砖等多种用砖。该生产线年处理废渣四十万吨，年产标砖约五千万匹，可建设砖混结构房屋约十五万平方米或框架结构房屋约五十万平方米。

据市建委有关负责人介绍，这项工作对建筑废渣处理社会化投资的方式，以及建筑废渣的环保利用技术做出了有益尝试；为下一步有序、科学地展开全市灾区建筑废渣社会化处理打下了坚实基础，是灾后重建工作的重要组成部分，对保护我市环境资源起到了积极作用，具有十分重要的社会效益。

——诸如此类的新闻揭示出，再生砖的生产，不仅仅超出了手工作业，进入了工业化大生产的阶段，而且，它已具有更加复杂而深刻的政治经济学意义了，进而越发地闪耀着东方文明的独特魅力。只是，人们已经很少提起它原初的来历，以及它曾是在西方世界某个艺术展上大获成功的作品。偶尔，有人不经意说到这个话题，别人都会自觉地避开它，脸上透露出无趣的神情。

十一

不断有一些人来到灾区，指定要买砖带走。他们比较特别，不要机器流水线上生产的，而是要村民手工打制的。这是为什么呢？

他们是灾难旅游者——为了拉动地方经济发展，灾区已被改造为旅游区，建立了遗址公园。这里变得十分热闹了。新修的柏油路上，穿梭不停的是开摩的接游客的村民，而沿路都是农家乐，顾客盈门，六十元一斤的野生鱼供不应求……除了走走看看，游客们总是想要带一些纪念品回去。再生砖的确是最为引人注目的特色产品。针对游客们的需求，制砖者重新将砖头做了个性化处理，把它们小型化、纤巧化，以便于携带，也做成了不同的几何形状，有的像锁，有的像船，有的像房屋，有的像动物，还在上面描上图案，竹子呀，熊猫呀，山水呀，美女呀……这些在真正的艺术家（比如建筑师）看来俗不可耐的事物，如今竟然也令砖头大增其辉。所以说，所谓的艺术，就是以这样的方式，重新回来了。因此，生产旅游纪念品，也成了再生砖产业链走向大繁荣的一部分。母亲的砖厂的主体业务已然是这样的了，她的员工们每天开着汽车，忙碌着往景区的摊点供货。母亲眼看着砖块一车车远去，脸上飘荡出了少女般的光熠，这着实让人惊异。在灾后很长一段时间里，她都是面无血色的，憔悴苍老，像个死人。

另外一些人的身份则比较特别，他们购买再生砖的意图也不太一样。比如，对于再生砖学的专家来说，他们把砖带回去，是要在实验室中做研究。还有当年参加救灾的志愿者，在这里洒过血和泪，他们买下再生砖，则是为了温故知新。但还有一些人，来历和用意均不明确。

有一次，我正和女友在省会城市的一家酒吧里坐着聊天，忽然，被一种想哭的感觉攫住。周围鬼气弥漫，红男绿女妖影幢幢，这个吸引了我。我缓慢站起身来，在女友诧异的目光中，在酒吧里梦游般走来走去，似乎要寻找什么。我终于在靠近乐池的一面墙上，看到在一组普通砖中，交杂镶嵌了十几块再生砖。我叫来店主。

“我认识它们，是我家生产的。”我激动地说，“瞧，上面有特殊的印记。你知道吧，再生砖是一种特别的产品，每个企业生产的，都有自己的标志。”

我指着砖面上的一个图符说，它看上去像我母亲那红红的、迷离而亢奋的眼睛。店主很吃惊，恭肃地看定我。而我女友的表情中，也流露出了钦佩。

店主坐下，叫服务员添了酒，敬了我一杯。他说，他有一次途经灾区，看到这砖，觉得它是一种艺术品，很适合用来装饰酒吧，便买了带回。果然，有了它们做“镇吧之石”，连回头客都多了起来。

我无言以对。当人们在这儿欢娱的时候，我母亲的前夫和我的哥哥，此刻就匿身在再生砖干涩的缝隙中，在这座他们从未来过的陌生城市里，在这个与他们一辈子的惯常生活格格不入的时空中，一阵阵发出伴唱似的婉转回声，取悦客人们，令他们陶醉，忘记掉生活的艰辛和疲惫，让他们大把花钱买乐，不再觉得有什么悲恸，然后才好精力充沛地重新投入工作。但这并不仅仅是城里人对刺激和新异的追求。人们还好像从中获得了一种对于未知事物的久盼而玄怪的解释，勉强能够用来说清楚他们为何今夜在此。

“我有一件事情想请教您。”店主是个打扮新潮的大男孩，他腼腆地说。

“你说吧。”

“是这样，我很好奇的是，灾区的人们，每年在那个忌日到来时，都做些什么呢？”

“这没有什么好奇的。据我母亲讲，那天，村民们并不参加任何有组织的活动，而是该干什么就干什么，时候到了安静一些就是。”

“那么，再生砖呢？”

“它们在这天保持沉默。”

“哦，明白了。来，我们再干一杯吧！”

用再生砖砌的酒吧，就这样在城市里雨后春笋般出现，而且，慢慢地，不仅是酒吧，而且延及各种新派建筑。受材料供应量的限制，如果不能全部由再生砖砌就的话，至少在房屋的关键部位，也一定要用再生砖来打底。这已不仅是施工的标准，亦成了时尚，尤为成功人士所推崇。从最浅显的层面讲，人们觉得，这代表了绿色的理念。可以说，再生砖的出现，挽救了城市里濒于崩溃的房地产业。至于那些豪华别墅，则因较大面积使用了再生砖，房价重新涨上天，吸引了大批有钱人入住。

当每一个人都面对再生的时候——这是一种体验，也是一种考验，很快地，废墟就成了一种比石油还要稀缺的资源，价格高企，供不应求，常常要通过很硬的后台和关系，才能搞到一些残砖碎瓦。农村里不少砖厂转产了，它们不再生产砖头，而只是向城里人倒卖早先存储下来的瓦砾。那时候，很多人都希望再爆发一场灾难，以产生更多的废墟。对灾难的渴望成为压倒性的社会情绪，甚至只要某地发生了一起普通的伤亡事故，建筑师、商人、游客……都蜂拥而至。后来，科学家发明了灾难探测器和预报器，不仅仅在陆地，而且，在大洋深处，在天空中，在大气层外，在行星和恒星内部，寻找灾难的源泉。这也使得我们这个民族昂首阔步走在了再生的路上，从而催生出一场波澜壮阔的运动，具有史无前例的雄浑宏伟。这方面的资料太丰富了，大家都已了解得很清楚，我这里就不多说了……总之，人们纷纷把他们喜爱的东西进行粉碎性处理，彻底打烂掉，令其死亡，然后在这样的基础上，一刻不停地创造出新的事物。我们的生活，无非如此。

十二

就在那次去酒吧后，女友离开了我，她迷上了灾难探险，而我则不愿意去。我们发生了意见分歧。

“我是在跑步时，产生这种想法的。每天清晨，看到你高高在上、像棵桦树一般站在教学楼顶，一言不发，仿佛要跳下来的样子，那种感觉太美了——也太性感。我觉得你会融化在空气中，而那是无间的，没有比这更自然的了。”她自顾自地，像喝了威士忌一般说着，使我觉得她周身都应该是大虾般红通通的。但我知道与她上床已是没有指望了。她说的性感，是一个带有危险性的整体概念，而并非具体有所指，或如你们想象的那个意思。

一年后，她在西部的一次探险活动中身亡。据目击者讲述，这一群年轻男女，把自己粉碎掉了。为了玩酷，他们使用的也是一种低技术装置，即由空气搅拌机改装而成的机械，利用手工操纵两根曲式摇柄，带动一台旧马达，使人体在电颤作用下，经过约三个小时的缓慢震荡，解体成为一腔空气。

这个过程应该是很痛苦的。但相较于当年埋在废墟下面，苦苦支撑几天几夜，最终被扒了出来，却又迅疾见光而死，又更能从心情上接受一些吧？

我记得女友讲过，世界上最大的灾难其实是空气。它们无处不在，静静的，但随时都在发生猛烈的爆炸，制造出毁灭一切的纵波和横波。这正是生命的真正力量。探险，就要到这样的地方去。如果不能避免它，那就紧紧拥抱它。

“这样做，可以解决我们的思想危机了。”这女孩两眼发直地呢喃，鼻翼两侧显现出了些许幼稚的英气。

——但是，什么是我们的思想危机呢？对此，我至死也未必能弄明白。也许，我是个无思想的人吧。灾难之后，出现了很多像我这样的人。

我设法接近了她和她朋友们的遗物，包括那台空气搅拌机。它有着粗糙的刃锋和齿轮的结构，从一个焦黄的筒状物上卷伸出一些青色的铁皮和白色的塑料管子，整体看来像一个半剖开的子宫，人可以胎儿般缩坐在里面，静待命运的最后判决。另外，这群年轻人还搜罗来了与空气有关的其他机械，涉及喷枪类、清洗类、过滤类、风洞类等，无不闪闪发光，具备铁铜才有的妩媚。这些世所罕见的玩意儿使我既羡且恨。

我去到了她解体的地方，用一个废可口可乐瓶子收集了一些空气。它们呈淡紫色，使人想到克里斯汀·迪奥公司的新品牌香水。

我带着这瓶空气——在我看来，它就是废墟的另一种样式，回到了家乡。农村的总体模样其实没有大变，只是母亲老了许多，而父亲已经过世。我扑在母亲的怀里痛哭。在她面前，我永远是个孩子。她仍然没有落泪，只是轻轻地一遍遍抚摸我的肩背，说："娃儿，莫要哭莫要哭，没得啥子事。回来就好了嘛。说起来，你比你的哥哥走运多了。"

我想问，我那不曾谋面的哥哥是怎么死的，最后却没有问。

母亲还住在那间再生砖房里面，对于我的返回，她像是早有预知，连我的床都提前铺好了，被子也洗得干干净净。

夜中，墙壁上又一次滚涌出了熟悉的声音，使我难眠。我仔细倾听里面的人在讲些什么，但听不明白。

第二天，我往那瓶空气中注入了瓦砾和麦秸，进行充分搅拌，用手工的方式，制作了一块再生砖，把它放在家中的墙角，距我睡觉的地方不远。母亲坐在一个小木凳上，像一只抱窝的老母鸡，眯缝双眼静静看着我做这些，没有表示任何的异议，但也没来搭手帮忙。她现在可是一位制砖的权威呢。她一直看着我把这一切做完，然后，就去为我烧饭。

夜里，原本的那些声音里面，夹杂了一个令人不安的新声。随后，它们仿佛吵起了架，又慢慢平和了，好像有说有笑，又仿佛在一起打牌。对此我不能肯定。我睁开眼，看到母亲正佝着颤抖不止的身子，双手痉挛地拳在腰间，像只十几岁的猫儿一样，附耳在砖墙上，孩童般着迷地倾听。当我们的目光对视时，双方都害羞地笑了。

十三

要说的是，我的女友，正是那位建筑师的女儿。我们竟成了同学，这真是机缘，好像冥冥中有什么安排。我对建筑师怀有感激之情，如果没有他，母亲就不可能再生，那么我也就不会来到这世上。如果没有建筑师，同样也就不会有他的女儿，这样一来，我的生活就什么也不是。这个女孩已经深深铭刻在了我的心中。但说不清为什么，在我的潜意识深处，又萦荡着对建筑师的不忿，就仿佛他是我的情敌。我因此把这份复杂的情感投射到了他的女儿身上，想从肉体和精神上把她占有和吞噬，却又往往退避三舍。这时我会想到我的生身父母，以及囚禁在再生砖里面的另一个父亲和哥哥。我们一家人与建筑师之间，有着难以分割的紧密联系，却又存在着一条无法逾越的鸿沟。但他的女儿像是预知到了所有的后果，便提早离去了，逃脱了我设立的陷阱。我因此无所适从，像所有的灾难幸存者那样，对未来感到生疏和绝望，从而体会到了当年母亲的心情。然而，随着时间流逝，我又逐渐对建筑师增添了一分歉疚，因为，作为男人，我毕竟没有保护好他唯一的孩子。但我和建筑师从不曾面对面说过一句话，似乎是一直没有遇上这样的一个机会。有时我想，如果我是他的孩子，又会是怎样的一种情形呢？

我无法摆脱深深纠缠我的梦魇。世上有那么一个地方，所有的遇难者都是被倒塌的房屋杀死的。人类不再住在山洞里面后，建筑师大出风头的日子就到来了。因此，建筑师其实才是真正的杀手吧？

其时，建筑师正处于他事业的巅峰，成了国宝级、大师级的人物。而女儿的意外死亡却把他击倒了，他大病一场，然后，从公众的视线中消失了。我猜想，也许，他已看到了再生的危机。他不再出现在任何一个受人瞩目的场合。这样，他很快被时代和人们遗忘了。当个别人偶尔想起他的时候，再生砖已然成了一个形而上的伟大理念，反倒使它的创造者变得渺小。再生砖替代了它的主人，统治着社会运动及进化的每一个环节，支配着人类的精神和物质生活，最终与建筑师本人脱离了干系。

这时，我不禁猜测，建筑师还是个年轻人时，就提前预知了未来的女儿之死，因此才滋生了制作再生砖的念头吗？这就是再生砖有用的地方吧——却也是它的最大无用之处。

十四

随着航天事业的蓬勃发展，再生砖也逐渐被引入太空开发。宇航员把再生砖带上空间站。人类在月球、火星上建立第一个永久性基地时，也都使用再生砖奠基。这是新时代的风俗。不知道未来的星际考古学家会怎么看。

有一些装置艺术家，用飞船将大批量的再生砖运载到木星与土星的轨道之间，把它们按照一定的重力配置抛射出去，建立了一个新的小行星带。

有的宇航员说，在接近真空的太空中，也能听见不同寻常的声音。从常识上讲这当然是不可能的。但人们解释说：或许，真空中弥布着死亡，于是形成了连续的废墟，而只要有废墟的地方，就一定会有再生砖，但它们并不都是以我们熟知的模样呈现的，而完全可能以另一种物理形态存在着。

艺术家说：如果心灵是宇宙的主宰，那么我们是会听到它的颤音的。

科学家指出：宇宙有一天会坍塌崩溃，那么，这些无处不在的再生砖就会发挥很大的作用。也许，在某一些自洽世界中，再生砖本身就是一种生命形式。人类对于生命的基本概念需要修订，对于生死的本质，也需要重新认识。

宗教家表示：再生砖里面其实什么也没有，它是空的。

十五

在地球上，人们开始用再生砖重建巴别塔。位置就选择在幼发拉底河和底格里斯河交汇处。应伊拉克政府之邀，中国方面组织了一批技术人员和劳工队伍前往援建。但不仅仅是中国人，参与这项史无前例的工作的，是一支十万人的国际建筑大军，包括美国人、英国人、法国人、德国人、俄罗斯人、日本人、朝鲜人、印度人、伊朗人、以色列人、巴勒斯坦人、澳大利亚人、巴西人、阿根廷人……超越了意识形态和种族纷争，走到了一起。至于用于主体构架的废墟原料，则是从中国西南地区输送过来的，因此，建设了从中国通往中东的一条大通道，称作“废墟上的新丝路”。当然了，因为新巴别塔体量庞大，仅仅依靠中方提供的原料是远远不够的，因此，还利用了当年伊拉克战争期间遗留下来的废墟。这是人类第一次在地壳表面直接把建筑材料泵上三公里以上的高空，新巴别塔也成了地球上最高的广厦，超出了迪拜塔等知名的摩天大楼。

后来，按照同样的方式，重建了纽约的世贸双子塔。建设过程中，科学家发明了废墟克隆术，或称同类物质重组术，将构成瓦砾的原子，用微工程一个个复制出来，形成所需的原材料。

这之后，则轮到了庞贝城、普里埃内城……为了加强效果，撕裂了七颗小行星，同时破坏了有意在它们上面撒播的人工生命——三十多种微生物，用一个很大的飞船船队把这样一种特殊的建筑材料拖曳到了地球上来，再制成再生砖，最终筑起新城。

在重建广岛和长崎时遇到了一些麻烦。人们游行示威，举行抗议。但这时科学家又取得了一项新的科学突破。他们发现，时间本身也是一种废墟。于是就好办了。借助杨德尔方程，科学家把废墟与时间统一起来，以之为再生砖的材料，这就使躁动不安的人心平静了。在 1945 年 8 月之前，人们已经建立了许多个广岛和长崎。从中也发现，像记忆合金一样，时间对于灾难，的确是有回溯功能的。

那时候，中国的工程队在全世界受到欢迎。捎带要说的是，有一些陕西籍的中国建筑工人，回国时携了一些新型再生砖的边角废料，在咸阳制作了阿房宫，据说具有一定的游戏性质。

这些地球上不同文明背景的建筑物，都能从自己的体内发出特殊的声音，并且利用电离层展开对话，超越了简单的语言层面。它们构筑起一张弥布世界的网络，超越了互联网而成为一种新的信息交换渠道。在那里，三百万年来出没在这颗星球上的所有亡灵——总数超过一千亿——在不停地交流。但要深入探索这个异状的世界，又几乎是不可能的。它被建造出来后，就成为自由而独立的存在了。

十六

访问地球的第一批外星人，竟是一支建筑工程队。他们在各大星系施工，目的是为了修补这个在他们看来已经破烂的宇宙，使各个星系的死者最后都有他们的去处。外星人偶然地访问了地球，对再生砖发生了兴趣。他们其实也使用了类似的建筑材料，但与人类的仍然不同。于是第一次出现了星际文明间的对话与合作的机会，建筑语言成了不同物种用于交流的共同语言。

有一次，一个外星人代表团来到我故乡的灾区，参观一个大型砖厂。他们欲在蛇夫座方向再生一簇新的星系，作为连接过去与未来的基地，使亡灵获得重生的机会，并希望从地球人中间，挑选一些工程技术人员前往辅助作业。这时，当地陪同的官员忽然发现，外星人团队中的一人，很像是那位发明再生砖的地球建筑师，但不能十分确定。他怎么与外星人待在一起了呢？

——但就在这时，地面一阵震动，砖厂忽然不明原因倒塌了，压死了不少地球人和外星人。其中一些人的尸首，包括那位疑似再生砖发明者的，都没有能够挖掘出来。这是很奇怪的一件事情。

当地政府十分尴尬而恼火，对相关责任人进行了处分，并禁止新闻媒体对此进行报道。

后来，在一次拍卖会上，母亲把砖厂废墟的一部分购买下来，利用它来制砖。就在村头，她用新的再生砖筑起了一间小房子，不像民居，不像厂房，也不像旅店，而且不让任何人住进去。

“经过了这么些年，我好像又回到了从前的时光。忘记的事情又都回想起来了。”母亲喃喃自语。她已经很老了。

我曾经问过母亲，她是否知道，混合在这堆再生砖中的死人，都是些什么人。母亲用一种安详得让人窘迫的神情回望我，那意思好像是说：这还用问吗？但我觉得母亲或许并不十分清楚。她从来没有离开过这个村子，她不清楚外面世界的变化，她也不知道外星人已经降临地球。支配她晚年行为的只是记忆深处的一种下意识活动，是一些量子的随机涨落。

我也有一种强烈的感觉，那就是，发生灾难的那一年，建筑师本人并没有真正通过制砖而实现再生，他只是做了一场预演。但他当年的确帮助了我母亲再生，现在，建筑师的再生，竟需要由我的母亲来安排吗？他和外星人一起踏上了中阴之旅。

这里的一个以前被忽略的问题在于，有关建筑师的妻子的情况，却不太清楚。因此对于如何处理建筑师的后事，并没有征询这位女人的意见。我不知道这样做妥否。

然而，被埋进去的，难道真的是建筑师本人吗？这其实还是个悬案。

后来，母亲又趁我不在家时，把建筑师女儿以空气形式注入的那一块砖拆解下来，转移到了新房子里。她这才好像完全放心了，并用获胜般的眼神久久打量我，那颤巍巍的得意模样甚至有几分调皮。

我不能跟母亲计较什么。而在夜里，人们常常能听到，从村头那间孤独的房子里，喁喁传出了一个老男人和一个少女的对话声。此时此地，他们好像有的可谈。

这时，母亲就会从床上爬起来，走到砖墙前，对着它絮叨：

“时间过得真快啊……但是我的心里还是没有让你们消失，不知何年何月才能消失，只想问候一下，你们在那边过得好吗？”

我又一次清晰地意识到，母亲确已进入垂暮之年了。我听到砖墙上流淌出一片像是啜泣的声音，却无法分辨悲喜。

母亲冲着墙说：“你们那年走后，就要建遗址公园了。县旅游局的戴科长，还有镇上的王镇长和村里的杨村长都来找我，说我是第一批参加打砖的人，要我为灾后重建做出新的贡献。他们要收购我的砖，来建公园，公园里要造一个照壁，把所有死人的名字刻在上面，包括你们的，下面还要做龙和狮子。我不想那样干，怕今后那个地方太闹，大家不能想怎么安息就怎么安息，但还是答应了他们。不答应不行。”

母亲说：“我自己在屋里时，就给你们烧香烧钱。也不知道你们够不够用，但是，你们不要节约噢，当用的就用，当花的就花，不要多想我们这边的事情，那是想不清楚的。”

母亲说：“我有时不知道怎样把你们的事情给他们说，但我还是说了，就让他们把你们也当成自家人。好在我们还住在一个屋檐下面。”

母亲说：“过年时，我也放鞭炮给你们听，要让你们在那边也沾点喜气。你们沾了喜气，我们同时也就沾到了。我摸都摸得到你们。”

母亲说：“你们什么时候给我带个孙孙回来呢？”

我觉得，这句话，她好像又是说给我听的。

她说了这些，自己也很快不记得了，于是再说一遍、二遍、三遍……说累了，就爬回床上，睡觉去了。

十七

那个时候，我很担心母亲，多次回到家乡探望她。

农村仍然没有发生大的变化，基本而言，它还是几千年来那个样子，并不因为重建，而怎样怎样了。人和事，都没有与以前不同，但灾区的局部环境却在改变，变得令我感到陌生。很多的事物都越来越简单而朴素了起来，却也越来越接近于神话。

有时，人们在田间地头看见许多孩子，他们五个结成一组，在那里跳绳。他们全身披着白蜡，内脏裸露，那分明是一块块的残砖，彼此相嵌而淤塞。这些孩子，并不都是在灾难中死掉的本村孩子，也有可能是邻村的，也有可能是镇上的。但他们中的一些，似乎穿着古代的华服，好像是由时间的尘埃汇聚而成。他们起劲儿地跳着蹦着，不久后就腾空化成一片片的影子，四散而去了。随即，又换了新的一拨。因此，他们的躯体虽然有着疏散的砖块的结构，但可能并不是实体的。有人说，与之相遇，可以直接穿越他们的身体，就好像走进空气。这让我想到逝去的女友。那时，地外飞船已经降临，但在这孤陋寡闻的村子里，并没有任何人，把这些孩子与外星生命联系起来。

有一天早上，我醒来后，看到窗户外面，村子上方的天空呈现出固体的特征，有些像建筑工地般的凌乱，被密密麻麻的、石榴般的物质填满，只能在狭小的泥石缝隙间看到一丝半缕的白云流动。这种感觉真是别扭。我问村民们看到没有，他们有的说看到了，有的则说没有。还有的人，目击了坚硬的结构中回荡着声波，就像池塘里的一圈圈水纹。另外还有人说见到了类似于用红柳雕刻出来的旋涡，而细看之下它们又变成了黄桷树的年轮。我问母亲看到了什么，她说眼前“哗”的一声，出现了黏稠的、玉米粥一般的金色佛光。这些都是展呈在村子上空的，犹如无边无际的海市蜃楼，好像空中飞城莅临。如此的建筑形式，不要说农村人，连城里人也闻所未闻。它们好像在暗示一种新的宇宙秩序的建立，肯定了我们之前未肯定的，却否定了我们之前否定的。它所具有的井然和完美，以及它那内嵌的分明等级，恢复了托勒密世界的优雅与精致。但那或许并不是我们的世界，而是某一个平行世界吧，恒河之沙中的一粒。它们给人的感觉，是长存不朽的，却又并非恒稳不变。人们后来老是在说，天堂里没有地震，但是，就我和母亲观察到的那些世界而言，它们的板块在推挤，积累了巨大张力，随时会释放其紧张，自上而下，形成崩塌。所以，我才意识到了，甚至地面的所有震动，其本源还是来自上苍吧。

我离开村子时，母亲把我一直送到村口，我们之间已没有话要说，显现出了很多的母子之间最后都必然要面对的那种尴尬。

我还记得早年间我考上大学，也是由母亲相送，告别这块灾难的土地，走在了前往城市的路上。那时，我背上的书包中装有一张光盘，里面刻录了砖房中的声音。后来，我把它送给了大学里认识的女友。

十八

继哈勃和韦伯之后，新的人型天体望远镜被发射到了太空。于是，人们终于看清了宇宙的大尺度结构。

那是一种具有砖纹的网状结构。里面好像有山水，有走兽，有群蜂般旋转不停的巨型碟状物，还有遍布各大星系的墓碑状黑色物体，骨牌般整齐地布下宏阵。这一切并不是人们想象出来的，而是真实地存在着。它们又像是一些生动的记号，虽然有着涂鸦的特性，却充满活力，并具有很大的域宽、背景及气场。

第一次，宇宙被一种可视性的连续物质，联系在了一起。

但它是一件作品吗？

展厅又在哪儿呢？

我伫立在地球上，就能清楚地听到大量的来自宇宙的声音。有的是生物的，有的是非生物的；有的是人类的，有的则不知属于什么文明；有的来自百亿年前，有的只是产生于最近的几小时、几分钟；有的像是我熟悉的人，有的则十分陌生。有一次，我恍惚觉得听到了逝去女友的声息。我还未忘怀她吗？她还在惦念我吗？她真的已经升天了吗？是的，她很可能再生在了宇宙的某个地方，成了异世界的一员，并在那不知名的时空中与我的心灵形成了量子纠缠。这常常使我觉得宇宙在开放中保持封闭，它并没有任何的随机性。

那时候，国内出现了一个新的行业，专门做一种生意，即推销概率互联技术，可以帮助顾客通过砖瓦的声音找到失联的亲朋故友的下落。但是，往往找到之后，却是对面不识。尽管这样，也还要锲而不舍地找下去吧。

美国科学家猜想，我们所生活的宇宙，就是建造在一个巨大废墟上的一间房屋。但那个废墟是什么，它是怎么形成的，谁都不知道。这涉及宇宙的私密性。关于这个问题的研究，已经代替了大爆炸和超弦假说，成了当代宇宙学的核心命题。一些学者推测，我们的宇宙正处于一个再生的周期之中。它在幼年时蒙受的灾难，远远超出我们的想象。而人类作为一种渺小的生物，所经历的悲欢离合，与之相比，实在是算不得什么。

——于是，以此为文学的基本内容，在日本和韩国，出现了诗歌的复兴运动。主要是围绕建筑题材，形成了一个新的诗派。诗人们歌咏道：世界就是一块砖。

后来，英国科学家发现了再生素，认为它是物质的一种基本元素，谁掌握了它，谁就能避免自由能为零，从而永不会抵达最大熵。但如同燃素说和以太说一样，这也引起了广泛的争议。

有一些俄罗斯飞船成功探索了银心中的大黑洞，宇航员自称看到了某种废墟般的构造，具有晶体般的蛇形，其实是由连续质点系构成的实数空间，并暗示出微分方程最终是用来表述生命规律的基本数学形式。对此人们还不好理解。世界上最强大的几台超级计算机都在不停运算，试图破解其中的奥妙。

目前，这一发现产生的效果更多是心理上的：认识到宇宙可能是一座可以用量子矩阵力学来做近似描述的废墟后，人们多少放心了一些，觉得这个资源还可以用上几百亿年。至少，制作大量的再生砖，不成问题了。

由于宇宙的继续存在，地球人受到鼓舞，也想要做出一些贡献。那么，坚持不懈地打造再生砖，其实就是这项超脱了个人局限性的伟大事业的一部分吧。在未来的终极灾难来临前，微不足道的人类也是能够发挥力所能及的作用的吧。我们一定要赶在那场灾难到来之前准备足够的再生砖。我们已经深刻领会了灾难对于我们再一次走向繁荣的意义。我们能够自己拯救自己，而不需要别的什么力量的援手。

但关于究竟什么是再生砖，围绕这个问题的争论还在继续，看上去是个无底洞。

十九

母亲继续地老了下去。她在建成了那间村头的小房子后，就把砖厂整个移交给了我的表弟来经营，她自己则做起了导游的工作。每天早上，她都换上本地的民族传统服装，花花绿绿，浓墨重彩，这令她仿佛成了西方油画上的贵妇，人倒显得年轻而典雅了，一点也不像个乡间老妪，而且从肩头开始，披挂着一层神性的、奶油般的色调，直达她穿着藏青色布鞋的消瘦脚跟。她还染了发，涂上啫喱水，保持着头发一丝不乱。但她从来没有想到要到城里去居住。她说，那些城市，建在更古老的废墟上，实际上比农村更农村。而她其实一点也不喜欢农村——这一点我以前却不知道。她曾经对我说，你不要常回来，这个地方的地气已经不好了，连活人都不想触景生情。但当我说带她去三亚旅游时，她却死活不愿意。她的余生就待在村子里，哪儿也没有去。

她每天都利利索索来到村口，与年轻的导游们一起拼抢，尖声吵嚷，拉扯游客。一般来讲，在这场争夺大战中，母亲总会取得辉煌的战绩，使那些比她低两三个辈分的竞争者深感嫉妒，却又不得不服气。她兴冲冲带领客人们大步流星来到我家参观。她走得那么快，以至远道而来的城市游客要嘀咕着小跑，才能勉强跟上。入户访问是灾区旅游的一个常备项目。母亲口齿清晰，不打抖颤地向客人介绍，这间房子，就是灾难发生的那一年，她亲手用再生砖打造出来的。她告诫大家不要去遗址公园玩，因为那里的味道不好，一些游客不讲公德，随地大小便，另外也没有什么好看的，太人工了，没有什么灾区特色。她说："你们能来这个地方旅游，这真是很好。从前想都没有想过哩。活人要感谢死人啊。"然后，她就叙说起她的前夫和孩子是怎么死的。对此她仍然记得分毫不差。游客们最喜欢听这样的故事了，无不啧啧称奇，心想多亏来到了这户人家。他们是完全没有经历过灾难的新一代人。

母亲：那天下午，房子忽然摇起来了。老公大喊"地震"，然后抓起一件衣服一边包我的脑壳，一边把我往外推。但是还没有出得去，房子就垮了。房子垮的时候，他一直用胳膊护着我。当时啥子都看不到，都是灰。我们掉到了一个缝缝里面。

游客：你们当时受伤了吗？

母亲：我的右腿被一块房梁砸住了，神志还很清醒。老公一直死死地把我护在他的胳膊下。我说，你松一点。他说，我可能不行了，恐怕要死了。我说，我们现在安全了，你咋个说这种话呢？我一摸他的背上，都是血。他的脑壳肯定被砸破了。

游客：他说了什么呢？

母亲：他要我坚强些。我们还有一个娃儿，去年刚刚上初中。他要我把娃儿看管严格一些，要娃儿走正道。现在，外面的歪门邪道可多了，不要把娃儿毁了。我答应他，说我晓得了。我们对娃儿一直管得很严格。我会要求更严格一些。

游客：然后呢？

母亲：我就一直大声喊他。开始他还答应，大概半小时后就没得声音了。我就一直紧紧地抱住他。我身上的那堆废墟，还留有一个小洞洞，有碗口那样粗。上面是乱糟糟倒下来的砖瓦。我的腿一直在流血，痛得钻心。口渴，就接自己的尿喝。

游客：啊……

母亲：尿喝干了……当时想死了算了。但是一想到还有娃儿，想到老公临死前给我说的话，我就要活下去。我一直抱着他的身子。我右腿已经不流血了，估计里面血管堵死了。后来我就摸了一块砖头，使劲儿砸右小腿，小腿砸烂了，又开始流血，然后我就用这只腿顶在老公的背上，血从他的背上流下来，我就用嘴接着喝。老公身上也在流血，但我忍住没有喝他的血，我只喝我自己的血。当时被困在里面，我只有这样才能喝到血……过了三天，我被当兵的扒了出来。我才晓得，我那娃儿也死了。县城中学的教学楼当场就垮了，可是周围的房子一幢都没有塌。

游客：建筑质量是不是有问题？

母亲：娃儿本来可以不死的。他的成绩很好，老师让他到黑板上去做板书示范，教室晃起来的时候，他一下就跑出去了。但他马上又回来救老师。结果，被埋倒了。他真的是个乖娃儿啊。

……

据说，母亲被军人扒出来时，几乎是赤身裸体的。她一见到腥脏的阳光，便“哇”的一声，嘴里喷吐出大股的鲜血，并婴儿一样嘹亮地哭出来，又撮着红艳艳的唇，到处找水吃。母亲那时，还很年轻。

游客们来家的时候，母亲会准备好一些小菜，还有自酿的米酒，端上桌来，与大家一起吃，收费却很便宜。虽是陌生人，却像家人相处一样随便，大家有说有笑，十分尽兴。一些年轻或中年的男性客人，有时候也会喝醉，就交一点钱，在屋里住下，待到夜里，由母亲牵着手，糖葫芦般一串串的，来到砖墙前，去倾听那里发出的声音。母亲看着客人们听声的专注样子，自己就满足了。有的客人喜欢上了我家，一待几个月也不愿走，羞涩地说，是希望体验“余震”。有时，竟真的来了，母亲的房客们就互递眼色，纵声大笑，成群结队，争先恐后爬上房顶。结果看到，无数的同样的旅游者，正站在村里的每处房顶上，如花果山的猴群一样，张举着旗帜般的手臂，随大地波浪般左摇右晃。其情其景，就好像是重金属摇滚乐队的现场即兴演出。母亲这时往往就会抱膝蜷坐在地上，闭上眼睛，像是终于累乏了，要歇停下来休息，打起瞌睡，微微发出鼾声。

八十二岁那年，母亲忽然失聪了，什么都听不见了。医生也看不好。她就不干导游这一行，决定到村里的聋哑学校去上学念书。当时，灾区（那个时候已经不叫灾区了）有很多老人都是这种情况。这仿佛是他们安度晚年的一种方式。

二十

每天，母亲背着自己缝制的蓝布书包，一路上快活地哼着歌谣，迈开大步，女童一样前往学校。她总要经过她亲手用再生砖搭建的，可能是埋葬着外星人、建筑师和他女儿的那间小屋。它就在村子东头伫立，距遗址公园不远，朝阳下如一缕玉色薄雾，仿佛永远在不停蒸发。母亲经过的时候，并不朝它看去一眼，就仿佛它从来就不存在。有外地来的摄影师拍下照片，送去参加荷赛，得了金奖。照片上，母亲只是一个恍惚飘移的淡黄色剪影，看上去不知来自哪里，也不知要去往何处，昆虫般掺混在密匝的阳光中，与她脚下的苍茫大地若即若离。而那个坚实的青郁的房屋则是世界的主体，隐伏着像一座古代风格的坟茔，有着非常东方的味道。也许正是这个形象在荷赛上引起了西方评委们的兴趣吧。但事实上，它已成了一座神庙，整日里香烟缭绕。村民们说，里面供的是砖神。但这只是迷信的说法。再生砖都生产那么多了，连外星人都来了，村民们的科学素养，还是没有得到有效的提升。他们的日子过得好像还跟灾难发生前一样。所以，低技术仍然是最适用于他们的。村子里最基本的东西，还是以前那样。

我看到，在那张获奖的照片上，一切还原于近似的本初沉默，仿佛从无休无止的问题和概念的争论现场抽身而退。但我知道的是，这一切，正是当年一个思想点子发挥作用的结果。只能说，在人类消逝的历史上，那些一度在纯粹的技术规则下工作和生活的人们，曾经拥有多么经典的艺术啊。

——事实上，这时，我和母亲，都在开始考虑自己今后的再生方式。而这方面的安排，除了亲身实践，是无法用文字记叙下来的。但它倒也不是多大的悬念。

沧浪之水 / 飞 氘

沧浪之水清兮，可以濯吾缨；沧浪之水浊兮，可以濯吾足。

三　界

一、《弗兰肯斯坦》

女娲造了几个人后，有点后悔了。于是她放了一群猛兽下去。小人儿惊慌着四散而逃，一路被吃掉了不少，余下的钻进了山洞，但不一会儿，又都出来了，手里拿着火把和石头。野兽便惊慌着四散而逃，一路被吃掉了不少，余下的钻进了地下，却再没出来。

她又搓了些尘埃似的玩意儿，随风一撒，小人儿便面色乌黑，成批地倒下，狰狞的模样让女娲也感到有些惶恐。但不久，小人儿架起一只巨锅，熬起草药来，灌了几口药汤后，又活蹦乱跳了。

她皱起眉。身后忽然一阵稀里哗啦的，原来是锈红色的天裂了缝，正渗出土黄色的雨。于是她伸手捅了几下，洪水就倾泻而下，淹没了大地，卷走无数的小人儿。耳畔清净得有些异样了。但还剩下了几个，抱着山头，嘤嘤地哭，让她越发心烦。她就从水里抓起一块石头，和着海泥，将天堵上了。雨停了，风又吹出了几块陆地，小人儿就笑起来，然后又是哭，哭累了便昏睡过去。但那睡相实在可厌，她就把他们捡起，扔进大石锅里，用力一推，石锅便远远地漂走了。

她终究下不了狠心。但为什么就造不出些更漂亮的东西呢？何必非要生在这样的世界呢？但没有人来回答。她只好死掉了。

二、《少数派报告》

屈平的神经衰弱越来越严重了，他整夜地睡不着觉，心里烦躁而且愤懑，就只好不停地写诗，好不容易入睡，也总是做噩梦。等到听说杀人魔王白起来攻楚了，他便知道噩梦终于要变成事实，自己已然穷途末路。他就赶着车，一路吟唱，朝着江边而去，悲怆的诗句洒落满地。

生在贵族之家，降于寅年寅月寅日，又有符合天地人三统的好名字，他本没有道理不走一条坦途。孰料，虽以卓绝资质成为左徒，但短暂的风光后，他竟被小人的谗言逼上了越来越坎坷的弯路。难道求索真理的道路注定漫长曲折，非耗尽膏血而不能得吗？

如今，他颜色憔悴，形容枯槁，被失眠困扰，却还是制芰荷为衣，集芙蓉为裳，佩五彩华饰，发散着幽幽清香。

“这不是三闾大夫嘛！怎么落得如此田地？”江边的渔翁一下子就认出他来。

屈平苦笑了。在这片礼崩乐坏、污浊烂醉的土地上，特立独行大概总难有好下场。大国合纵连横，小国朝秦暮楚，今日结盟明日毁约，三寸不烂之舌，便使城池易主，数十万人头落地，江河顷刻间染黑。各国都在招揽先知，争抢着时代的先机，可猩红的乱世里，还有什么正道可言，又有几人能够参透未来？

“有位北方的智者说得好：天下有道则见，无道则隐。何必太倔强，让自己受罪呢？”

大家也都奉劝过他：就算眼睛能看见将来，心能够坚贞不移，肉身却无法避免毒箭的刺伤，圆滑一些又何妨呢？话很有理，但变法是大势所趋，大楚的贵胄，岂能害怕旧势力的屠戮，而以浩然之躯，忍受尘俗之污呢？于是他依旧坚持己见，得罪了越来越多的权臣，终于让自己被孤立了。怀王疏远了他，听信令尹和上官大夫，相信秦楚联盟才是天命所归，结果屡遭欺诈，而仍不觉醒，最后落得个客死他乡。那两位贪图私利的小人所谓秦不可抗的预言偏偏以这样的方式自我应验，实在可说是命运对三闾大夫的无情嘲弄了。

同为先知，为何他独独成了少数？难道是言辞不如别人巧妙，无法鼓动大王老迈的心智吗？但更可能的是，人人都只想听见自己乐于相信的预言吧。

“离乱太久，就会转向一统，这于苍生也是福祉，至于是秦还是楚，又有什么关系呢？”

也许渔翁是对的，也许昏庸的君臣理当覆没，也许子兰和靳尚看到的才是真正的未来，反是自己被爱憎左右而错看了天意吧。如丝的细雨撩拨着浩渺的湖面，仿佛他纷乱的心绪。

“大夫啊，你若曾预见过自己的宿命，又怎会仍一步步走到这里呢？”

这古老的问题让屈平一愣，心头划过一道闪电，顿觉云开雾散了。

“那是因为有些事，就算是死，也不肯做啊。”

渔父莞尔一笑，唱着歌离去了。

他也诀别了故土。但五月的湖水温润清凉，斑斓的鱼群围着他游舞，护送他来到了江底的裂缝。在地下世界里，恐龙围着岩浆嬉戏，这是他梦里到过的地方啊。龙王风雅有度，陪他游览地府，欢饮纵歌，排遣他的心中惆怅。岩壁上凿刻的图案流动不居，先王与龙族的战争、上古的洪水、女神的英姿，皆撩起屈子的无限遐想。

他们穿越愈来愈紧致浓密的地幔，那灼热的气息，把时光都烘烤得疲软无力。在旅途尽头的驿站里，躁动不息的地震波传来地上的景象。

眼看他起朱楼，眼看他宴宾客，眼看他楼塌了。刹那间，身后已过去百年，他热爱过的东西皆已面目全非……且慢！他赶快闭上了眼。

那被追捧为伟大诗人的死者，倒是在辞赋里刻凿下几分故园的残迹，但就算有万千人的吟唱，难道就能召回往昔的旧梦吗？而在地府深处游荡的落魄大夫，倒成了真的幽灵，从今往后，他的爱又要寄托到哪里呢？

不过，未来既已成过往，也许就此可以踏实地睡觉了吧。

屈平转身，望着地核深处的太阳，再也写不出一句诗。

三、《生化危机》

大战来临之际，军中将士病倒的却越来越多，这让曹孟德心中颇有几分不安，他独自站在江边，望着被秋风扯动的千里江水，思绪万千。

几十年来，瘟疫十数次地席卷中原，无论百姓还是名士，瘟神都是一视同仁。死去的人数以万计，昔日繁华的都市纷纷凋敝，郊外遍地白骨，千里不闻鸡鸣，百户人家只剩一二，疲弱的朝廷却无力拯救苍生，于是世道愈乱。黄巾乱党借机作难，经受疾疫洗礼而发生突变的超能力英雄也纷纷崭露头角，群雄招贤纳士，割据一方，一时间不知几人意欲称帝，又几人希图称王。美其名曰建功立业，却不过是生灵涂炭。每念及此，曹孟德便心中伤感，尽早完成统一大业的心意也越发坚定。

他半生背负着骂名所做的一切，只为如今这一刻。不久以后，大地上将只有一个国，那时他愿意永不称帝，日夜操劳，使人们安心地活着，不再恐惧。

为此，他可以不择手段，哪怕是将长江都抽干也无妨。

“丞相雄师，天下无敌，但东吴名将无数，关张等人更乃万人敌，强攻不若智取。”

于是，祭拜了河神屈子之后，一队潜艇便在黄盖的带领下，向着海底驶去。在那里，他们将开启传说中连接地府的“烈火之门”，反抗军依恃的天险便会化作一个巨大的旋涡，卷走不自量力的叛军和令人恼火的瘴气。浪花淘尽了英雄之后，在干燥舒适的新世界里，北国的骑兵将在古老的河床上纵横驰骋……

“青青子衿，悠悠我心。但为君故，沉吟至今。”

忽然刮起的东南风折断了一支军旗，江底喷出的黑色石油将战船层层包裹，一队快艇从对岸疾驰而来，漫天的火箭照亮了冬夜的星空，熊熊的烈火烤化了丞相的美梦。

残阳如血，青山依旧。持续百年的乱世还要继续乱下去，天下太平的良机失之交臂，不知何日再来。他们打败了他，却有更多人将要为此在以后的年月里毫无意义地死去。这些家伙为什么就不明白这道理呢？为什么连瘟神、火神、水神、风神也统统与他为难呢？或许这些神仙，本就是同一个吧，它根本就厌恶人的存在。就算没有中计，成了地上的王，他难道还有力气再与神明抗衡吗？神龟的寿命虽长，终究也是一死。这世界本就不是什么乐园，他的抱负又算得了什么呢？在华容道上，他心中的恼恨渐渐化作困意，头发也一夜尽白。

四、《未来水世界》

身为大隋的总工程师，宇文恺曾建造过无可匹敌的都城、奢华富丽的楼宇、庄严气派的皇陵、举世闻名的河渠、精巧妙绝的机械，令两位皇帝也叹服，使四方蛮夷都惊愕，但最让他心醉神迷的那个建筑，却至死也未能造出来。

他日渐对过去的创造感到淡漠。用土木砖石堆出来的玩意儿，再怎样高明，也迟早都要被无常的造化抹平。也许只有周公这样的大贤，才能窥见天道的奥秘，设计出永世不倒的事物吧。于是他翻遍经传子史，在逝去的世界里寻找着先哲的幽灵，在名与实、数与理、道与器缠绕着的万花筒中苦苦求索，终于找到了那比日月还要光辉的存在。

图纸上的明堂让皇帝的眼睛亮了，但后来总是遇到这样那样的阻隔。不是迂腐老头子的非议，便是圣上心血来潮的远征。大概那些腐儒根本害怕看见真正的道，而这位心比天高、性比怒涛的君王在乎的只是浮云般的荣耀吧。为了满足那变本加厉的虚荣心，宇文恺不得不一再挑战自己：能容纳万人的军中大帐，装着车轮在大地上行进的宫殿，可以无限组合拆解的都城……这些匪夷所思的东西，让蛮族一次次坐立不安，心惊胆战。

然而，大地变幻莫测的形状终究限制了神器的威武，接二连三的征讨都无功而返，龙颜震怒了。

修筑一条通天渠，打开传说中泰山之巅上的“苍穹之眼”，将滚滚的天河之水引到尘世，恼人的山川险要将被填平。在那光滑的海面上，大隋的舰队畅行无阻，来去自如地播撒着浩荡皇恩，只剩下一些小岛的夷狄鞑虏不肯臣服……

在花团锦簇的大厅里，皇帝亢奋不已，宇文恺无言以对。运河托着巍峨的龙舟，在他年轻时代开凿的河道里缓缓前行，从雕饰繁复的窗棂送来了一丝夏日的腥臭。他终于承认，在想象的狂放方面，皇帝比自己更像个艺术家。这位疯狂的统治者已经对大地失去了耐心，但未来就一定是海洋的天下吗？谁敢保证，将来不会有更聪明的人造出能平地起飞的事物呢？如此说来，圣上的目光也有点太短浅了。

在自己的房间，宇文恺静静地搭着积木。他近来开始相信，事物的奥秘就藏在那微妙的结构之中，无关规模。只要精准地遵守比例，便可化凡俗为神奇。到那时，他或许还会找到一种办法，造出一个微型的自己，在那真正的安乐所在，逃避掉世上的一切荒唐。

五、《2012》

黄河之水天上来。

这样雄奇的景象，杜子美只在年少时见过。那时候，历经几代君王的文治武功，大唐的版图未有过地辽阔，生产丰收，科技进步，文艺繁荣，军事强大，山河锦绣，四方的胡虏都倾心中原，连海下的鱼国都不远万里派来使者。而那在天地间盘旋的水龙，正是这盛世的象征。

通天渠才露雏形，前朝便在战乱中覆灭，却给后来者留下一份厚礼。则天顺圣皇后将其改造为“天枢”，并在承露盘上亲手打开“苍穹之眼”。世界并没有像隋炀帝设想的那样变成一片汪洋。天河经由黄河与大地勾连，新的水系在大气压力和重力的相互作用下获得了巧妙的平衡：干旱时节，黄河便从天而降，奔流入海；洪灾时候，黄河就逆流而上，飞腾入天。顺流逆涌之间，天下英豪尽折腰。

然而，也就是在那时，一个流言开始在不满乾坤颠倒的人们中传播：在十进制纪元的2012年，将有末日降临人间。据说，几千年前，当人们开始用全新的进制来理解宇宙时，天地的格局便澄明起来，而洞察了玄机的先人就将这神秘的预言刻凿兽骨上，埋在古老的殷墟里。

天后传续正统，玄宗皇帝励精图治，开辟了盛世，谣言一度被人遗忘，却在暗地里悄然滋长。天河不再稳定，黄河在泛滥后又遇到海水的大回灌。皇帝却已失掉了年轻时的气魄，迷醉在温柔乡里，对那一天天迫近的期限毫无知觉。古人究竟看到了天河的溃败还是瘟疫的肆虐，是大地的摇晃还是天外的飞星？人心惶惶，猜测着会有怎样的浩劫。最后，却是边境的铁骑，践踏起一片烟火。

满目荒夷之后的太平世界里，废弃的天枢被盘旋而上的藤蔓覆盖，曾在空渠中躲避战乱的人们化作了冤魂，却再也找不到已对尘世关闭的“苍穹之眼”，只能在腐烂腥臭的管道里日夜徘徊，在尸骨和荒草中哀鸣不已。每当听见这运数已尽的王朝挽歌，工部尚书杜子美便老泪纵横。

但堂堂天朝，怎可就此沦落呢？皇帝们又奋发了，打算再来一次中兴，修建“广厦”的方案便就此通过了。

“爱卿游历甚广，见识颇多，知民生疾苦，有圣贤胸怀，此民生工程，关系重大，望卿多加用心，切莫辜负朕托。”年轻的天子满含期望地握着老杜的手。

从此，老杜便不怎么吟诗了。他战战兢兢地钻研着，宇文安乐的笔记给了他灵感，天后时代打造的明堂残骸给了他启发。每当疲倦时，他便想起在风雨中忍饥受冻的百姓和圣上的恳切眼神，于是日夜操劳，指挥着这项浩大的工程。渐渐地，他感受到，建造广厦也正如锤炼诗句，成败全在材质的精良和结构的巧妙，而最终则是心中的境界。既然他自信能写出流传千古的诗篇，则也一样可以为天下寒士筑起一个风雨不动安如山的乐园。

黄河偶尔泛滥着，边境时常鼓噪着，人民还是焦虑着，末日的流言又有了新的说法。老杜觉得，自己的时间不多了。他日以继夜地用心血浇灌着那能容纳一百万人的大厦，看着它一草一木地生长起来，便觉得累死也是值得的，所以连觉都舍不得睡，只是偶尔打一个盹。

“老弟，你真是愚啊。”已经仙逝的老友，便抓着短暂的机会来梦里拜会他了，“不老老实实写诗，在这里自找苦吃。”

“要是能选择，我情愿世上永远和平安乐，哪怕因此断绝了写诗的灵感。”老杜望着挚友，许多年来的思念之情，化作浑浊的热泪。

“可尘世里怎么造得出天堂呢？”年长他许多、生前即声名万里的大诗人最喜欢调侃自己的小老弟，“我早就说过，就算有什么仙境，那入口也只能是在这杯中啊。”说着，诗仙便为老杜斟满一杯酒。

于是，两位好友，便隔着阴阳举杯，琼浆玉液一路奔流，消弭了胸中的万古忧愁。

六、《X战警》

要把梁山学院里的一百零七位超能战士团结在一起，带领他们为了共同的事业而奋斗，这于任何人都绝非易事。宋公明院长常常为此焦头烂额。

兄弟们来自五湖四海，出身三教九流，特异功能更是五花八门，各自的癖好也千奇百怪，唯一的共同点，大概就是由于天赋异秉，而不见容于这个社会了。

其实，变种人并不新鲜，武王伐纣时代的神兵天将，东汉末年崛起的各路英豪，都有案可查。而超能力的出现，又往往与王朝的兴乱有关，圣书上便说："国家将亡，必有妖孽。"所以朝廷对此一向是非常敏感的。大宋王朝延续了一百多年，表面上挺欢腾，实则内忧外患，人们便将民间出现的大批变种人视为不祥之兆，被佞臣把持的朝廷却昏招频出，饱受歧视和压迫的好汉一个个被逼上绝境，纷纷走上了造反的道路。

宋公明本来是大宋的一名底层公务员，朝政的败坏和百姓苦乐虽然都看在眼里，可是在灾祸降临到自己身上之前，还是觉得这社会是有救的。照他的意思，我们这位皇帝虽然有点昏聩，但本质上还是好的，而且在艺术上有不俗的造诣，恐怕还不至于到扶不上墙的地步，所以只能是廷臣太坏。谁料，莫名其妙地自己竟也上了山，又莫名其妙地就当上了院长。

起初他不是很有信心。和其他兄弟比起来，他总觉得自己太平凡了，只配在太平年代里过点庸俗的小日子罢了。可既然做了这工作，就得为大伙儿负责。那些身怀绝技、骄傲到骨子里、彼此不太服气的男女，竟都甘心认他这个凡人做大哥，倒让他有点意外。跟官军以及其他的变种人集团战斗得太疲乏时，他也想过退休算了，可还有谁能管束这一群豺狼虎豹呢？一个齐心协力的梁山学院，起码还可以做些铲奸除恶、劫富济贫的事，这于他也算是一种安慰吧。后来，在位子上坐得久了，自信也就慢慢地有了，他开始相信，自己其实也有超能力的：不论是谁，都能在他那里找到父兄般的信赖，这大概是一种对人的心灵进行控制和安抚的特别能力吧。

因为领导有方、众志成城、战法卓绝，梁山军攻无不克，威风八面，震动朝野，着实过了一段痛快淋漓的好日子，每当回忆起这段时光，总觉得过去的酒肉都格外地香。

然而，当朝廷送来的蓝色小药丸和方腊军送来的书信同时摆在忠义厅上，分裂的气息便在学院里弥散开来，众人吵斗不休。院长头疼得紧，喝罢了酒，独自上了龙船。

晚风清凉，湖水剔透，倘若酒醉，兴许会有打捞湖底月亮的冲动。但院长却无此等雅致，只是烦乱地想着心事。吃了药丸，大家就都变回常人，朝廷便可安心地给他们加官晋爵，从此为国效劳，名正言顺。跟方腊集团合作，则彻底断了后路。联合战线？超能英雄主导的新纪元？这厮也有点太天真了吧。倘若成功了，谁来做皇帝呢？他宋江就不信，谁就能保证比徽宗做得更好。何况，如此惊世骇俗、有悖伦常的事，根本不是他的风格。若失败了，则要以叛贼之身被千刀万剐，还要在史书里遗臭万年，就更不对他的胃口了。所以，思来想去，到底还是归顺的好。只是，手下定然有反对的声音。连像李逵这样，大哥叫他去死他便会快活自尽的小弟，不都放肆地说“招安招安，招甚鸟安”了吗？莫非是自己老了，超能力也跟着衰弱了？看来很有必要搞一次大规模的思想教育了。梁山学院的利器，乃是凝聚力，必须让他们明白这道理。

一阵呜咽的箫声传来，不知是谁在芦苇荡深处吹奏着伤心的曲调。梁山虽美，终究不是他们的故乡。天地虽广，也不能一直这么飘来荡去。总该有个着落才好。然而，宋公明的心思却在如诉衷肠的箫声里有些动摇了。除了变种人，今日的世界确乎还有许多不寻常的地方。闲来时他喜欢翻阅的《梦溪笔谈》，便列举了许多新玩意儿：活字印刷、指南针、格术光学、会圆术……这些闻所未闻的东西，令他隐约觉悟到什么。最使人亢奋的，则莫过于黑火药了。那能够绽放出似幻似真的绚烂烟火的黑色粉末，如今开始被用来打仗了。新型兵器尽管还有诸种缺陷，身为军事家的宋江却已预感到它将会催生一种全新的战法，甚至就此改变世界的格局。

总之，若说是一个新时代在孕育着，也并无不可。那么，他真的不要带领弟兄们抓住时机，干上一番大事业吗？难道说革命才是真正的替天行道吗？那么，方腊或许是对的？据说他手下也是人才济济……宋江开始在心中盘算起两军合并的可能。

朦胧中，有什么线索一点点浮现了，所有这些，似都和“数”有着什么关系：活字印刷让文字以数的方式重组了，交子则把真金白银虚化成纸上的一串数了，梁山学院有一百零八位好汉，似乎也不是偶然，三十六位天罡星和七十二位地煞星的比例，不也正是火药中硫与硝的比例吗？方腊、王庆和田虎的勇将凑到一起的话，能起到木炭般的作用吗？火药本是炼丹道士的发明，而道家的始祖已说过，宇宙就是一串从无到有的数字衍生出来的……他由此还想到古代的种种预言和传说，一时有些恍惚了。

猛然间，他身子一震：眼前的世界，莫非本就是由数构成的幻想？也许，它早在“安史之乱”那年就已经毁灭了吧？我们这些人，不过是冥界里游荡的数字亡灵无聊时重组的虚幻游戏罢了。他大吃了一惊。

这时，一群水鸟扑棱棱地惊飞而起，冷风压低了芦苇。宋公明清醒过来，不禁嘲笑起自己的疯癫，但心里仍犹豫不决，只好先回大寨再说了。水面上升起一股缭绕的雾，龙船隐没其中，头顶的苍穹镶满了星斗，数也数不清。

七、《大都会》

昭文馆大学士郭守敬是在一座戏院里结识梨园领袖关汉卿的。那时，帝国版图之大，旷古未有。这本是施展才华的年代，但人到晚年，他却遭逢天朝的溃烂，自己虽为栋梁，也无事可做，就每日在家里钻研各种器械，偶尔出来散散心，听听戏，逛逛大都，打发时光。

这座高耸入云的都城，凝聚了来自不同疆域里的科学精英的心血，是帝国至大无疆的象征。参照唐天枢而改造的乾坤渠，将天河之水牵引过来，经由大都四通八达的脉络，将天下四方的水系如血管一样连通起来，万物便得以在天地间流转，生意和国运也随之兴隆。作为帝国的心脏，大都更是气势恢宏、结构复杂，地表之下埋藏着钢铁骨架，大大小小的齿轮和轮轴环环相扣，构成了一套超出想象的精密体系。要让这样一座庞然大物正常运转，除了大汗的坚强意志和臣子们的苦心经营外，还必须让每个子民都各司其职，一丝不苟。按照皇帝的旨意，眉目各异的族群，依照高低贵贱，分门别类地被安置在摩天大楼的不同区域，从早到晚，埋头苦干。在永恒的大都面前，庶民如同蝼蚁，用他们的血肉来润滑着齿轮间的生涩。

日出时，大楼东侧那浮雕般的巨钟便敲响，整个大都微微颤动。蝼蚁们倾巢而出，涌向各自的岗位，挥汗如雨，干劲儿十足，然后慢慢地困倦，懈怠，开始无聊，烦躁，敷衍，兴奋。终于等到了那隆隆的鼓声从大楼西侧的巨鼓传来，于是一窝蜂地回家。吃饱喝足之后，帝国的子民们便奔向分布在不同楼层的一百零八所大大小小的戏院里。在符合他们身份的某一个座席上，如痴如醉地看着梦境般的舞台上那一幕幕悲欢离合，跟着嬉笑怒骂，宣泄心中的烦恼，随后各自散去，在宵禁的钟声中入睡，为新的一天做好准备。在节日里，所有的戏院都坐满了人，咿呀声不绝如缕，灯火辉煌的皇城通体透亮，仿佛遗落在广袤平原上的一颗夜明珠。

不过，从修建一座大都还是种植一片草场的争论，到两次对深海中的鱼国不远万里却以失败告终的征讨，习惯了在草原上骑马的游民入主中原后引发的定居不适症至今也没能克服，尊崇蒙古正统的保守派贵族与推行汉法的改革派的明争暗斗也从来没停止过。政不通人不和，天河也就时常泛滥，为了疏通河渠，征劳役赋税，肆意印发钞票……凡此种种，都令百姓困厄，民间的造反时有发生，就连帝都，也因王公大臣肆意杀人而出现了几次大规模的怠工和反抗事件，几乎使整个城市崩溃。

“千里之堤，溃于蚁穴。”在太液池旁，藏青色的乾坤渠拔地而起，向着黑色的天空延伸而去，天河顺流而下，轰隆作响，穿过电闪雷鸣的云层，仿如猛龙入江。大学士站在楼顶上，望着自己过去的杰作，心中感慨万千。“一只蝴蝶的飞舞，就可能诱发一场风暴。”这倒给了他一些灵感，打算研究一种混沌数学。

“有水的地方，就会滋生蚊虫啊。”己斋叟悄然地来到他身旁。这位郎君领袖浪子班头，本来是只在花中消遣、酒内忘忧的，但大概因为世道不平，人到中年以后，反而越发地火药味十足，因此他写的戏很有些不一样，尤其惹动人心，颇受大家的欢迎，连大学士也赞赏不已。

不过戏终归是戏，自己在朝为官，皇帝待他不薄，所以大学士对这位半生不熟的朋友从来敬而远之。只不过，这次窦娥的冤屈，实在连他都觉得太气愤，那血飞白练、六月飞雪、亢旱三年的不祥诅咒一一兑现，更使整个朝野也为之震动。

“我要让这位屈死的女子复生，要她有蒸不烂、煮不熟、捶不匾、炒不爆、响珰珰的铜筋铁骨；要她通五音六律滑熟，要她会围棋、会蹴鞠、会打围、会插科、会歌舞、会吹弹、会咽作、会吟诗、会双陆；要她玲珑剔透朱颜不改常依旧，要她惹得浪荡哥儿都来攀花折柳，要她占排场风月功名首，要她一遍遍向人吟唱那锄不断、斫不下、解不开、顿不脱、慢腾腾的千层委屈万世仇；就算是阎王亲自唤神鬼自来勾，三魂归地府七魄丧冥幽，也要转世投胎，向那复活抗争的路上走。”关大人借着醉意，慷慨激昂地唱起来。

大学士老了，无法为这个世界做更多有用的事，他毕生的建设，恐怕也不会存留很久，于是他竟被戏曲家的雄辩和战斗精神感动了，终于应允了。他还将开凿乾坤渠时无意发现、一直偷偷保存至今的“宇宙之心”，安在了“窦娥”的胸膛里，希望它能够让自己的心血，在大师的戏剧里永续千秋。当然，大师并不知道这事。同样，大学士也想不到，这位勾栏瓦肆里的精神领袖，在遍游帝国、见识了太多的血泪后，想的远比说的多。

那天以后，一位风华绝代的名伶便独步天下。她的千娇百媚和一颦一笑，举国为之倾倒。她演绎的一幕幕悲剧，令天地为之动容。而她的妖媚惑众，更煽起了一股暴风骤雨，最终摧毁了整个王朝。

逃离大都之前，愤怒的大汗命人烧死了窦娥。焦臭的人造皮肉下面露出狰狞的金属，在烈火中挣扎着化作了一摊铜水，流遍了废墟每一个燃烧的楼层。有人说，它最终变成了一朵莲花，消失在泥土里。直到很多年以后，不论哪个朝代，只要还有压迫和不义，穷苦的人仍旧怀念着她，说她是圣母转世。每当黑暗降临，也真的总有几个女英豪振臂一呼，便应者云集。因为人们坚信，那些挺身抗暴的女人中，总有一个是女神降生，要为大地带来光明。

八、《海底两万里》

永历五年二月的一天，招讨大将军郑成功的舰队在盐州港一带遭遇了诡异的风暴。朗朗晴空忽生黑云，原本平静的海面上陡然升起峭壁似的巨浪。在海水的肆意蹂躏下，其余船舰皆遭灭顶之灾，主船亦险些解体，船上指南针胡乱转圈，各种器具尽失。暴雨持续了一天，饥肠辘辘的幸存者眼前一度出现了幻觉。

死里逃生后，郑将军反而对大海越发地迷恋。在设有据点的岛屿间，他不断地穿行，在仇恨和忠诚的驱动下，掀起一浪又一浪的进攻，与来自草原的鞑虏们争夺着中原。敌人和部下一批批死去了，久不见大明衣冠的百姓剪去辫子后的哭声犹在耳畔，功败垂成的懊悔仍在心间，与荷兰人的激战历历在目，而他的斗志却从未有过丝毫动摇。

不过，自从那场命中最大的劫难以来，他就隔三岔五地做着一些断断续续的梦：风暴中，他们跌落海中，爬上一艘造型奇怪的火红色舰艇，开始在大海深处历险。他们围捕巨鲸、大战鱼国军队、遭遇海底火山爆发、奇袭清军海港、发现神秘洞穴、打捞久远的沉船、挖出不可思议的宝藏，甚至还引发了地震海啸……醒来后，那份逍遥快活逼真得让他感到几分惆怅。

虽如此，他依旧努力地筹划着大业。那些投诚与背叛、联盟与反复，他都不在乎。但刚更换了皇帝的清廷为了对付他，竟采纳叛徒的恶毒建议颁布迁海令，以至沿海一带千里沃土几日内一片荒芜，人民流离失所。站在甲板上，看着远处被点燃的屋舍和船只发出的滚滚浓烟，郑将军急火攻心。

元世祖的铁骑虽在大陆上无坚不摧，但两次远征鱼国却因神风的庇护而失败，大鱼族从此开始侵扰边境。被他赶走的西洋鬼子也并未死心，早晚还要卷土重来。郑成功预感到，未来将是海洋的天下。而自宋明以来已建立起强大海军并在大明时代达到辉煌的华夏，就这样被骑马的野蛮人生生地拽了回去，禁锢在无形的长城里。这更加坚定了他反清的决心。可是祸不单行，同胞被洋人所屠戮的消息、不成器的儿子、不听话的部下、水土不服的将士……内外交困之下，郑将军一病不起。

永历十六年五月的一个早上，身体略有好转的郑成功带了一队侍卫，登上一艘小船，前往附近一片被当地人称为“鬼海”的神秘海域，便从此失踪了。没人知道他为什么要去那里。

从暴风雨的噩梦中醒来，“鲲鹏号”舰长郑明俨打开舱门，向那片妖娆的水中森林游去。经过几个月的开发，那里已经成了他和朋友们的新乐园。

除了旧部，这些朋友都是后来在宇宙间漫游时结识的。十多年来，在那层火红色的坚硬外壳保护下，他们游遍深海。庞然的水中霸王，不可预料的湍流，甚至那看不见的诡异磁暴，都奈何他们不得。时光也变得滞重、飘忽、跳跃不定，过去与未来扭曲在一起。那些怀沙坠江的殉道者、意外落水的倒霉蛋、古代沉船里的活僵尸、躲避迫害的变种人、被流放的没落贵族、深不可测的大隐、寻访神仙的道士、面无惧色的探险家、飞船失事的外星人……都曾与他们相逢，脾气好的就可以成为座上客，合得来的还会加入进来。他们怀着简单的欢喜，四处戏耍，时不时地跟大陆上的人开些玩笑，欣赏他们惊慌失措的样子。逍遥的日子里，他淡漠了往事，只偶尔做梦，看见另一个自己，还在尘世里苦苦挣扎。

海洋也玩腻了，就来到了“烈火之门”，进入了地府。已覆灭的恐龙王朝没有留下多少可供瞻仰的残迹，只有岩壁上的彩绘仍栩栩如生，讲述着无人知晓的故事。“鲲鹏号”安然无恙地穿越了地心深处的那颗太阳，抵达了“齐物之界”。

这是海洋，也是空气；是天河，也是地府；是前进，也是倒行；是呼啸的风，也是疾行的雨；是连绵的云海，也是坚硬的岩；是洪荒岁月，也是花花世界。

他们看到了上下古今。看到神造了人，人造了拥抱和屠杀，子孙继承又背叛了先人的遗志，马队和船队沟通了陆地和大洋，肤色不同的人群互相试探、争论、残杀，看到了奇怪的飞艇和钢铁的丛林，还有怪异的新人类和蒸腾起的朵朵蘑菇云……几轮闪光后，世界重新变成了一摊黏稠的大洋，滑腻、丰满、猩红、温暖。

大伙儿都变成了鱼，空气从鳃里渗进来，冰凉而清新。森林一样的海藻悠然曼舞着，千奇百怪的海洋生物彼此吞噬着，骨骼在生长着，心情在激动着，跃跃欲试地等待着登上陆地，在那里进化，开辟新纪元。只有被遗弃的“鲲鹏号”依旧坚挺不拔，鲜红色的身体与世隔绝，在喧腾的海水中显出了几分遗老的气息。

九、《侏罗纪公园》

英吉利的贡使马戛尔尼终于带着他的使团离开了，乾隆皇帝便不顾太监总管的抗议，来到了皇家园林里狩猎，发泄心中的不悦。

虽已年过八十，但这位十全老人仍耳聪目明、声若洪钟，完全没有一点老态，子民们都相信，圣上再活个一百年也不是问题。为了证明自己的筋骨强健，他每年夏天到避暑山庄时都非要猎杀几只恐龙不可。大清的江山是从马上得来的，除了精通汉人的文化，皇室子孙也必须保持勇武的精神。

沉闷湿热的空气夹杂着野兽粪便的气息，皇帝背着火流弓，骑在“雷电”身上，俯瞰着枝叶繁茂的丛林，驯化的霸王龙机警地寻觅着猎物的踪迹，它的主人却无法集中精神。

那些不知法度的野蛮人，竟敢自命为“钦差”而不称“贡使”，觐见天子时也不叩拜，其他藩国的使臣都肯磕头，独有这个什么英吉利的生番，几经交涉才勉强行单膝礼，还妄自尊大，要以平等身份与天朝通商，真是可气又可笑。所谓天无二日，“苍穹之眼”庇佑的大皇帝，岂能与他人平起平坐！圣书早就说过：“夫礼，禁乱之所由生，犹坊止水之所自来也。”何况，帝国物产丰沛，无所不备，何须通商？但野蛮人是不懂这些的。

“朕无求于任何人。尔等速速收起礼品，启程回国。”

皇帝轻蔑地回绝了荒唐的请求，把这不知从哪个小国来的放肆使团赶出了视野。

一层黑云从南天飘来，热风吹落无数的枝叶，空气中有着不安的压抑。一只蓝色蝴蝶悄悄地落在了镶满宝石的弯弓上，翅膀上的斑点让皇帝想起了西洋贡使。那贼溜溜的蓝眼珠，一望即知生性狡诈，此次虽然宣称为皇帝祝寿，其实不过是来炫技滋事，探听虚实，图谋不轨，所以还需对他们留神提防才是。

侍卫长小心地拿捏着措辞，建议圣上回宫休息。皇帝正犹豫着，忽见两只剑龙从前面的丛林里猛然蹿出，便毫不迟疑地搭弓射箭，两簇火焰划过了阴云笼罩的天空。

沐浴更衣后，皇帝心情舒畅多了。雨后的空气倍感清爽，他走进摆放着各国贡品的大殿，逐一扫视着那些奇珍异宝。英吉利送来的座钟，还在咔嗒咔嗒地走着。有一阵子，皇帝迷恋上钟表，钻研起精巧齿轮咬合的技艺，但如今他已经腻烦了。天不变，道亦不变，洋人把时间弄得那么精准又有什么意思呢？能够驾驭这庞大的帝国，让看不见的人形齿轮们各司其职，这才是最高级的艺术呢。可惜他们的居所距天朝太远，难沐皇恩，所以至今尚未开化，自然也就无法体会万古纲常的永恒魅力吧。为了教化这些蛮子，总有一日，他要设计出一个至大无外的座钟，把西洋也好，东洋也罢，六合八荒都纳入进来。

皇帝愉快地踱着步，来到一架形如大炮的望远镜前，对那凶蛮的外形摇摇头，然后凑上去，刚好看到一轮硕大灿烂的圆盘。那些沟沟岔岔，大概是月宫吧，美人就算青春永驻，但若无人欣赏，又有什么意思呢……不过，这东西虽能放大天上的月亮，却看不见地上的江南，实在也不过尔尔。不论是天外飞仙，还是海外的神魔，纵有七十二变，若只迷恋器物的巧妙，而不知天道荡荡，也终究不能成事……说起来，杭州正是烟雨朦胧的季节吧，西湖边上的荷塘应该绽放了，碧湖上的柔波在皇帝心中荡漾开来，也许应该再下一次江南了……

一阵沉闷的钟声敲响了，皇帝回过神来，晚风有些微冷，似乎该加衣服了。

十、《异次元杀阵》

“先生，我吃了你给的红色小药丸，就横竖睡不着，睁眼一看，到处都在吃人！可怕啊……我就逃，可逃到哪里都一样，一扇门之后，还是同样的格子间，不可预料的机关、尔虞我诈的算计、吃人与被吃……我好苦啊，这可都是你害的！”

来者是个面色蜡黄的青年，高凸的颧骨旁，两眼冒着青光。正在磨药的周先生窘迫得很，低声地辩解道：“希望是本无所谓有，无所谓无的啊……”

然而青年根本不听那一套，已张着血盆大嘴来吃他了。幸而他练过功夫，才得逃脱，心里却灰沉沉的。本以为是《黑客帝国》，没想到还加上了《生化危机》，事情看来要比原以为的棘手得多，看来又被那个戴眼镜的胖子忽悠了，当初应该坚持到底的：靠这么几个寂寞的人，这事根本就办不成。不过，这样讲未免刻薄了些，毕竟自己那时除了刨掘地下的文物，简直无事可做。因为实在太无聊了吧，便跟着那几个人捣起乱来。

他提着一杆乌黑的长枪，在钢铁铸就的立方体里飞檐走壁，穿越一个又一个方格。每一个里面都有数千人在沉睡，有的还有些简单的工具，但没有食物，也没有光。少数人偶尔惊醒，其余的继续昏睡，在黑暗而潮湿的盒子里发着霉，等待着。觉醒者为了活下去，必须杀死一些昏睡者，把他们变成食物和能源，同时还要给另外一些吃药丸，恢复他们的神智，一起想办法破坏这魔方。叫醒的人太多，食物就紧张了，叫醒的太少，人手又不够。总之，要在黑暗的世界里维持着微妙的平衡，还要克服吃人的恶心。

周树人就夹杂在一大群素不相识的人中，在污迹斑斑的钢铁监狱里浑浑噩噩地东奔西跑，闪转腾挪地躲避着机关暗道里射来的明枪暗箭和龇牙咧嘴的机器怪兽，踏着遍地横陈的骸骨，在僵尸们的围追堵截中杀出一条条血路……

作为一名医生，他肩负着磨制药丸的使命。但原料供应总是紧张，有时实在无法，他就只好割自己身上的肉，混着稀薄的血，揉成药。这于他并不特别痛苦，自己既然吃过人，也理应还旧账。但他不喜欢这样的路数，总希望能找出法子，用什么人造的食物，来把这奇怪的生态平衡扭转过来。

但这魔方世界太大了，这么多年，他都没有走遍每一个房间，何况格子间又在不停地移动着组合出新的花样。在上一个格子里握手的战友，到下一个格子再见时却投来了刺枪。今天互相啃咬的对手明天也许就会拥抱。周先生的枪法虽好，但对这突如其来的变故总是防不胜防，于是性情也就越发孤僻起来，对什么都感到有些怀疑。

“我们找到了一条出路，请先生加入我们！”许多不同的队伍，举着不同颜色的火把，向他发出同样的邀请。凡是觉得真诚可靠的，他都跟着他们同行一段，给他们造出一粒粒药丸。但走到最后，他又觉得似乎有些地方不太妥当，于是就告辞，继续一个人在暗夜中飞檐走壁，躲避着枪林弹雨。

一天，他偶尔闯进一间长满荒草的无人格子，见到了半尊被毁的石佛，在佛像的耳朵里找到一卷残缺不全的图纸。经过不同年代的人以不同文字和颜色一遍遍的涂改后，图案已面目全非了，只隐约能看出是一座高大的建筑。他细细地研究着，慢慢地看明白了。

原来是这个啊。他感慨着，在黑暗中躺下，眼皮渐渐沉了下来。恍惚中，听到有潺潺的水声。几分咸腥的气息，不知顺着哪里漏进来。隐隐约约地，地面似乎也在浮动……这玩意儿，是漂在水上的？他猛地坐起，一路跑到屋子的尽头。荒草丛中，有一具骷髅，手里还握着一把满是缺口的斧子，那无比坚硬的墙壁上坑坑洼洼的，一小块金属碎片竟脱落下来。

“你是个傻子，以为可以砸开铁壁呢。”他挨着骷髅坐下，大笑起来，声音在空荡的房间里久久回荡。接着，他从怀里摸出一支烟，默默地吸起来。

笑声随着烟雾一起散尽了，他就拿起斧头，闷头砸了下去。砰，砰，砰。

“世上聪明人太多，所以需要一些傻子。”砰，砰，砰。

可是，设计游戏的人，真的预留了出路吗？不过，随它去吧，绝望那东西，本来也是和希望一样不靠谱的嘛。

砰！砰！砰！

十一、《创战记》

那时，一片混沌。没有过去，也就无从怀旧，没有未来，也就无所希冀。但不知怎么，未尝经验的无聊，一点点生长出来。

“玩起来吧。”念头一动，手脚就伸开了，活动了两下，血液也流通了，麻木就退去，知觉丰富了，身体也跟着膨胀，力量迅猛增加，想法开始爆炸，一边想着要做的事，一边事情就做成了。

天和地分开了，脚下和头顶，各有一面辽阔的镜面，无限地延伸开去。

“好起来了，但还是单调。”说着，扯过一张海，铺在了地上，吹了一口气，便有了风雨。他看着是好的。

只是很快就全都不动了。他立刻明白了，但周围的粒子已经用完，其余的都在身上。

“可惜，还没玩够呢，不过也没办法，谁让自己是开头一个呢。”于是他就躺倒了。这样，有了日月星辰，也有了其他的神。并且，有了苦厄，有了死和恐惧，以及新的开始。如此，更高级的游戏可以启动了。

基本的规则就这么定下来，以后，是尊卑有序还是众生平等，他都不管了。

死掉前，他偷偷地把天、海、地卷连在一起。这样才好玩嘛！这是他的小秘密，不过，总会有厉害的角色，最终能发现它吧。到时候，该给什么样的奖励呢？他还没想好。

孪生巨钻 / 王晋康

此亦一是非，彼亦一是非。

三　界

大都市的夏天傍晚，天朗气清，晚霞绚烂。一艘飞艇在蓝天白云下滑行，拖着一幅巨大的竖幅——“傻乐汇”。艇上有两个人，操纵着带望远镜头的摄影机向下俯拍。艇下是密如森林的大楼和密如蚁群的人流。

巨大的演播厅分为演出平台和观众席。观众席坐满了人。演出平台布置华丽，如梦如幻。造云机在造云，发泡机吹出满天的肥皂泡。台上立着一个巨型屏幕。此刻屏幕上显示着从斜上方俯拍出的人群，密密麻麻的头顶和变形了的面孔如海潮一样涌过。屏幕旁站着主持人李乐，四十多岁，长发，衣着华丽，正喜气洋洋地宣布着活动规则：

“……这一次，我们用最公平最透明的方式来遴选幸运者。镜头将随机扫描本市任意地方的人群。在场诸位请自由决定什么时候按下确认键，当确认者超过半数的刹那，镜头锁定的那人就是幸运者。本次共选取两名幸运者，每人将得到价值两千元的奖品。奖品由国内七家著名公司提供。”他指指左边，那里坐着一排衣着讲究笑容满面的贵宾，每人身后是各个公司的标牌。主持人使出他的招牌动作——右手食指向空中用力一杵，激情高喊：“幸运者的命运掌握在你们的手中，请开始吧！”

屏幕上的人脸迅速变换着。现场的参与者都带着梦幻般的笑容按着键。屏幕右下角一条绿色柱子显示着按键人数的增长。当绿柱上升到总人数的一半时，“唧”的一声，镜头锁定目标并自动转为跟拍。那是一个笑容明朗的小伙子，三十岁出头，穿戴简单，风度像是公司白领。人群中，两个人发疯般挤开人群追上来，一个人用肩扛式摄影机对准他，一人递过手机。手机中是李乐的声音：

“你好。请问你的大名。”

小伙子看看镜头，笑着说：“干吗呀？”

“看样子，我得先报自己的姓名喽。我是《傻乐汇》节目的李乐。”

“真的是乐哥？”小伙子看看摄影师和飞艇，相信了。“哎呀我太高兴了。乐哥，我在大学时代可是你的忠实粉丝。好多同学都是，女粉丝最多。虽然她们大都认为你的长相比较困难，但偶像不论长相。”

场上观众哄笑。李乐无奈地耸耸肩膀，“我的长相其实蛮精致的。现在能否告诉大家你的大名？”

“一介草民，当不得‘大名’二字。我叫吕哲。”

主持人不带标点地说下去，“吕哲先生欢迎你参加《傻乐汇》节目作为幸运者你将得到价值两千元的奖品如果你愿意工作人员负责把你送到会场。”

“好啊，我这辈子从没赶上过幸运，当然不会放弃这个机会。”

“我们恭候你的到来。摄影机！请寻找下一个！”

镜头继续扫描，在一个地方滑过时忽然返回，以此处为中心来回振荡。那儿原先没人，但忽然冒出一个十二三岁的男孩，穿一身白，一尘不染的样子，手背在身后，拿着一个小物件，好像是一朵花。他立着不动，兴致勃勃地左顾右盼。这是个逗人喜爱的阳光男孩，很多参与者下意识地按下确认键，绿柱迅速升到临界点，响起“唧”的一声。但镜头这种锁定方式明显违反了“随机选取”的规则，场上顿时响起怀疑的嘈杂声。屏幕上，狂追过去的两个工作人员也觉察到异常，没有立即把手机塞给对方，而是抬头向着镜头，用目光征询主持人的意见。

主持人李乐感觉到了场上的怀疑气氛，他自己也是一头雾水。略为踌躇后，他果断地说："请接飞艇上的工作人员……喂小李，最后一位的锁定有没有猫腻？哪有你这样随机选取的！你吃了他爹妈的回扣？"随后面向观众，"不管有没有猫腻，我先得洗清自己——至少我和猫腻绝对没有瓜葛。"

艇上的工作人员声音无奈："乐哥，你冤死人不偿命，全国几亿双眼睛盯着呢，哪个吃了豹子胆的敢作弊？可能是机器故障，不，不像是故障，那儿好像有强大的磁力，镜头被吸住了，拉都拉不走。"

镜头仍锁定在那孩子脸上，此时切换为正面特写，一双眼睛虎灵灵的，非常清澈。李乐略微考虑："这样吧，为了证明我的清白，此人算不算幸运者由大家重新决定。"下面一片嘈杂声，有人喊："算数！反正按键数过半了。"有人喊："不算！肯定有猫腻！"

李乐笑着："为慎重起见，还是重新计票吧！认为他应该算幸运者的，请按键！"

在那孩子的左顾右盼中，绿柱犹豫地缓缓上升。但那孩子很有人缘，绿柱高度再次超过一半，响起"唧"的一声。屏幕上，工作人员立即把手机递到孩子手中。

"你好，我是《傻乐汇》节目的李乐。请问你的大名？"

那孩子异常奇怪："什么《傻乐汇》？什么李乐？"接着他恍然大悟，"噢对了，你是那个时代一位很红的主持人，最擅长把一群傻观众逗得哈哈大笑。"他忽然顿住，"李叔叔，我这句话是不是不大礼貌？我绝没贬低你的意思，我知道你比观众聪明多了。"又忽然顿住，尴尬地说，"这会儿演播厅里肯定有观众吧？我也不是贬低你们。我爷爷说啦——他是世上最聪明的科学家——他说在你们这个转型期社会里生存压力太大，所以人们会有意无意逃回到童年，傻乎乎地乐一会儿。"

观众席上一个短发小伙子站起来，笑着喊："这是夸我们哪，你说我们其实并不傻，只是故意装傻扮嫩？"

他的声音很大，孩子通过手机听到了。他没听出话中的调侃，笑眯眯地说："对，我就是这个意思！"

观众大笑。李乐哭笑不得，也逐渐觉察到不对劲儿。他苦笑着摇头："这位小帅哥怎么像是月亮上来的人。"他转向屏幕，"喂，小帅哥，你刚才说什么'那个'时代？"

孩子下意识地捂住嘴："哎哟，我说漏嘴了，应该说'这个'时代——不不，应该说'咱们这个时代'。"

李乐眼珠一转："那么——你不是这个时代的？"

男孩一愣，无奈地招认："不愧我刚才夸你，李叔叔你确实聪明！爷爷嘱咐我在时间旅行中尽量对身份保密，想不到刚落地就被你看穿了。那我就老实承认吧，我是五十年后的时间旅行者，我的名字是——你就叫我小精怪吧，这是爷爷给我起的绰号，因为我喊他老精怪。"

场上观众大笑——笑这个小精怪满嘴胡说还煞有介事。李乐也笑："这可真叫一个巧，我们的镜头随机选取，竟罩到一个来自五十年后的时间旅行者！可你乘坐的时间机器呢？"

"在这儿呢。"

他举起手中那个拳头大的玩意儿，形似一朵花，花骨朵上有七个花瓣，呈七色，花瓣浑圆肥厚，有一种朴拙的美。这玩意儿与人们心目中的时间机器相距太远，李乐和观众都给逗笑了。

"这就是时间机器？你的想象力太别致了。好，我的时间旅行者，不管你是哪个时代的人，反正我邀请你参加《傻乐汇》节目，作为幸运者你将得到价值两千元的礼物，如果你愿意工作人员负责把你送到会场。"

男孩满脸放光："行啊行啊，我正想找机会，帮我爷爷把礼物送出去呢。"

吕哲走进聚光灯下，略显局促地向观众挥手。小精怪随后赶来，一点不怯场，一双大眼骨碌碌地乱转。李乐与两人握手：

“祝贺你们，你们是在一千万市民中随机选出的幸运者，将得到中国最著名的七家公司提供的奖品。现在我公布公司的名称……”

小精怪冒失地打断他——从这时起他实际上抢了主持人的地位——性急地说：

“李叔叔请等一下。我说过要送大家一件礼物，是我爷爷托我带来的。我的日程很紧，送完礼物就要走，还得赶回五十年后去做周末作业呢。”

场上观众和台上的吕哲都笑起来，以为这小孩的捣蛋是节目组的有意安排。李乐有点不知所措，应对也稍有迟滞——担心小精怪毁了这档节目。但他最终决定顺着这点意外走下去。他自信能玩过这个小屁孩，把握着事情的进程，还能为节目带来点小花絮。便笑嘻嘻地问：

“好吧，你说说是什么礼物？”

小孩子又拿出那件形似花朵的东西，不知怎么一摆弄，从上面卸下一朵花瓣，举着花瓣让大家看：“是七色花时间机器，七个花瓣能送七个人，不过今天爷爷只让我送一朵。”他转向吕哲，笑嘻嘻地说，“如果我说这是世上最宝贵的礼物，你不会反对吧？我爷爷说啦，世上所有人在一生中都难免有几件遗憾，每个人在内心深处都肯定萌生过一个强烈的念头：如果我能回到过去，我一定会怎么怎么做。你说对不对？”

吕哲点头：“对！”

“那好，现在谁得到我的礼物，谁就有能力回到过去，一百年以内的过去，去实现一个你最迫切的愿望。”他笑着说，“你不用感谢我，时间机器是我爷爷发明的，正在找各个时代的人做社会性试验。我只是送一个顺水人情。”

场上哄笑，吕哲也笑——这小东西太能白话了，把瞎话说得有鼻子有眼的。但他随即盯着那朵花瓣看了起来，因为它开始呈现异象。花瓣是半透明的，流淌着奇异的光彩。此刻光彩渐渐扩展，在他手中形成一个浮动的奇异光团，然后渐渐隐去。这玩意儿很神奇，看来不像一个普通的儿童玩具，所以场上人的笑谑渐渐转为惶惑。李乐同样是一头雾水，谨慎地问：

“这就是时间机器？怎么使用？”

“我爷爷说它是傻瓜型的，好用得很。只要对它说一声你想返回的时代，立马就返回了。它还能多次使用呢，一直到你确认愿望已经完成，对它说一声‘愿望实现，谢谢’，它就自动关闭了。”

“这么简单？”

“没错，简单极了。噢对了，”他神情庄重地交代，“好用是好用，但使用者必须记住两件事，一定不能违反！”他拿出一张纸，认真地说，“是我爷爷特地拟的时间旅行禁令，我给念念。”

他清清嗓子念下去：“第一，时间旅行者只能完成一个愿望，不能贪心；第二，你对历史的修改不得超过旧时空的弹性极限——这句话很绕嘴是不是？说直白点就是：你的愿望不能太过分，不能为了实现它，把已经凝固的历史搅得房倒屋塌。”

“如果……超过你说的弹性极限，会导致什么样的后果？时空爆炸？”

“不不，哪有那么玄乎！那都是不懂行的人们瞎吹。即使你超出时空弹性极限，也不过是机器死机，一切回零。我把机器带回五十年后，交我爷爷修理一下就得。可是使用者就惨啦，白白失去这样一个宝贵的机会。”

他说得有鼻子有眼，场上人虽然还在笑，但笑容中分明已经有犹疑——这孩子的鬼话中好像有你不得不信的成分。李乐不想让这小屁孩继续捣乱了，笑着说：

“这可真是个好礼物。喂，吕哲，你相信世界上有时间机器吗？”

吕哲谨慎地说：“时间机器的出现几乎一定会导致悖论，但导致悖论并非说它就不能实现。”

李乐接着问道：“那我换一个问题：你是想要他的礼物，还是想要我的？”

吕哲还没说话，小精怪就着急地嗔道：“李叔叔你干吗呀，非要弄得势不两立似的！我把礼物送完就走，你的礼物照送，咱们两不误的。”他想了想，“爷爷说今天只送一个幸运者，这样吧，我给李乐叔叔也送一份。”

观众都笑，吕哲说：“对，乐哥咱俩都别放过这样的好机会！”

李乐有点尴尬，解嘲地说：“我咋能收你的礼物？你别害我砸了饭碗。”

小精怪歪着头问，“你是不是很恋着主持人这个位置？我理解的。人哪，一当上主持就会上瘾，跟迷上摇头丸似的，我们小学生里还有不少人恋着当班长哩。李叔叔你不用担心，这么个小花瓣算不得贿赂，而且我送完礼物就走，不耽误你继续当主持。”

他的口吻很认真，并不像是存心调侃。场上哄堂大笑。李乐这回真的尴尬了，一时嘴拙。吕哲大笑着把李乐拉到自己身边，再把小精怪推到主持人的位置上。到了这个局面，李乐也认命了，笑着逗趣：

“虽然我还没过完当主持人的瘾，但能得到这么一件绝世礼物也不吃亏。小精怪你发礼物吧，我盼着呢。”

他伸手要礼物，吕哲也夸张地伸手。小精怪这才看出对方的调侃，恼火地把两手背到身后，气鼓鼓地说：

“我明白了，原来你们全都不信我的话啊。不信就算了，我另找人去，有猪头还怕找不到庙门？”

吕哲赶忙拦住他：“信！我俩都信！我们要你的猪头！”

小精怪想了想：“哼，干脆我先来个当场示范吧。”他对着花瓣说一句：“花儿花儿，送我到昨天。”手中花瓣突然射出强光，形成一个色彩柔和的七彩光球，把他完全包住。光球随即消失，小精怪也随之失去了踪影。场内众人和台上两人都目瞪口呆，四顾寻找。吕哲想了想，笑道：

“肯定是乐哥安排的魔术。乐哥，把小精怪唤回来吧。”

李乐唯有苦笑，但还不想认输，勉强说：“你说是我安排的魔术，那我就试试吧。”他把手指在头上转了转，指着天空，“太上老君急急如律令，小精怪现身！”

那个光球应声出现，并渐渐隐去。小精怪出现，笑着说：“这下你们该相信了吧。”

场上观众和台上吕哲笑得前仰后合，他们更加相信这是节目组安排的魔术了。小精怪被笑得莫名其妙的，开始要恼火了。只有主持人李乐心知肚明，事情走到这儿，他已经相信小精怪之言丝毫不假。如果这机器是真的，如果真能得到这样的宝贵礼物，那么《傻乐汇》节目的一次成败就无须考虑了。到这时，他彻底走出主持人的身份，收起已经程式化的夸张戏谑，认真地说：

“我谨郑重声明，刚才小精怪的消失根本不是《傻乐汇》安排的魔术。看来他的时间机器是真的，我已经信了。”

小精怪气鼓鼓地：“当然是真的！我说过多少遍啦，你们个个犟得像毛驴！”

“你别生气，现在我已经信了。小精怪，你爷爷把时间机器设计成七色花形状，他是不是喜欢一则叫《七色花》的俄罗斯童话？我记得童话作者是苏联作家卡达耶夫。”

“对。我爷爷是个大科学家，也是个童话迷。我告诉你一个秘密，越是大科学家越有童心。”

“可你爷爷是不是有点小气？别忘了，在《七色花》故事中，小姑娘珍妮一个人就得到了七个花瓣，可以实现七个愿望呢。”

小精怪机敏地应答：“我给每人的礼物虽然只能实现一个愿望，但可以在历史中多次往返，对实现的效果反复修正。它其实比珍妮的七色花实用多啦。”

李乐笑了："你说得对，确实是个好礼物。来，给我一瓣，我真的想实现一个愿望。"

吕哲虽然稍有怀疑，也立即伸手："我也要一瓣，我同样有一个迫切的愿望。"

两人分到红色和紫色花瓣，拿在手中端详着。眼中既有残留的怀疑，也有勃勃的渴望。吕哲问：

"你刚才念的禁令中说，实现的愿望不能过分，这可不大好把握。怎么才是不过分？"

"这只能靠你的悟性。反正愿望不能太出格，比方说，不能让你已经去世的曾爷爷从坟墓里爬出来。"他很"世故"地劝解，"吕哲哥哥你想开点，万一你没把握好，糟蹋了这朵花，你权当今天没碰见我，不就得了！"

"你说得倒是那个理，可我已经碰见你了呀，到手的宝贝又糟蹋了，谁不心疼！"

台下众人都笑，有人在嘀咕："这两个家伙太幸运了，不世之遇！咱们怎么就没摊上呢？"

小精怪对他造成的效果很满意，笑嘻嘻地说："你们两位记住：说愿望一定要慎重，别把这么好的礼物糟蹋了。李乐叔叔，现在请你继续主持《傻乐汇》，我要走了。"

李乐伸手拦住他："不，我的主持瘾已经过完了，这会儿急着想试试到手的宝贝。小精怪再见，大家再见，我走了。"

他不等小精怪反应过来，跳下台子扬长而去，撇下满场观众。众人的目光一直跟他出了演播厅，这才相信他真的走了，顿时嘈杂声一片。吕哲醒悟过来，也同小精怪告别，跳下台匆匆离去。转眼间，台上只剩下小精怪一人发愣，良久他咳一声，对观众说：

"实在对不住，把你们的节目搅黄了。现在我也得走了……"

那个短发小伙子站起来，笑着喊："你把好好一台节目搅黄了，现在想一走了之？不行，你得送每人一瓣花！"

众人大声应和。小精怪非常尴尬："我手上只剩下五瓣，不够这么多人分啊……再说我爷爷只答应我今天送一瓣来着……我还急着做周末作业哩……"

众人知道那是奢望，并不认真逼他实现，但也不想轻易放过他，便一同起哄："那你就得留下，替乐哥主持节目！"

小精怪想了想，认命了，也从窘迫中恢复了从容："你们这个时代的人真难缠，一点同情心都没有。哼，主持就主持，这也难不倒我！告诉你们吧，我还另有绝招呢——可以让你们提前观察那俩人实现愿望的全过程。"他解释道，"这些过程可能延续几个星期，甚至几个月几年。但我有时间机器呀，可以把这段时间浓缩，提前在屏幕上显示出来。大家想看不想看？要知道，你们将要看到的内容，连主角本人还没经历呢。你们知道得比他们本人还要早！"

众人心痒难熬，一迭声喊："真的？太有趣啦！我们想看！"

一个女孩站起来提出异议："那不是窥探别人隐私嘛。"

小精怪摇摇头，很干脆地说："我们那个时代不讲隐私。谁想使用时间机器，谁就自动放弃隐私权。当然，把这些内容对全国直播肯定不合适。现在请工作人员停止直播。"

工作人员稍稍犹豫——小精怪又不是主持人——然后麻利地关闭了对外的直播。

短发小伙子站起来，笑着喊："要是屏幕上出现少儿不宜的内容呢？"

众人哄笑，小精怪相当不满："哼，太小看人了，我爷爷那么聪明，咋会不事先考虑到这一点？他在机器内预先固化了强大的绿色保护软件，可以自动过滤色情内容。过滤级别可以调节，如果调到最高一档，连婴儿的光屁股都能滤掉。"

下边响起嘘声："坐下坐下，别贫嘴了，让小精怪往下主持！"

那人不敢犯众怒，赶紧坐下，场内瞬间安静下来。小精怪摆弄着手中的机器，片刻之后，身后的大屏幕上忽然闪出一老一小，老头儿穿着雪白的防尘服，一头银发白得耀眼，背景是一间奇异的实验室。他正笑着责备那个孩子——正是小精怪本人：

“小精怪，你偷了我的七色花？”

屏幕上的小精怪把七色花背到身后，嬉皮笑脸地说：“老精怪，我咋是偷？你答应让我玩一次的！你还托我把七色花送到五十年前进行试验。”

“可你也答应过妈妈，把作业做完再玩时间机器。”

小精怪央求着：“爷爷你别告诉妈妈，我快去快回，不耽误做作业。”

老头儿并不打算认真阻止，笑着交代：“小心点，早去早回！你妈妈那儿我帮你打掩护。”

“谢谢老精怪，爷爷再见！”说着，他就乘光球消失了。

屏幕外的小精怪难为情地说：“错了错了，咋返回到我的出发时刻了？”他对大家说，“我说过时间机器是傻瓜型的，很好用，不过我毕竟是第一次玩。不过这样也好，让你们先认识认识我的老精怪爷爷。”

实际上他不想让大家看他偷七色花的丢脸事，手上加紧调整着机器。屏幕上忽然闪出两个陌生的黑衣人。他们正从高楼上沿绳坠下，动作舒展而漂亮。他们熟练地卸下窗玻璃，进入一套单元房。其中一人年纪大些，左腿微瘸；另一个是年轻人，模样剽悍。小精怪既难为情，也有点困惑：

“真不好意思，又调错了，让我看看屏幕上的时间——是从现在起的四个星期之后。也就是说，你们看到的已经是未来了。但这俩黑衣贼是啥来头？”他摆弄着机器，屏幕上画面飞速跳动，“噢，我查到了。这个年纪大的，是你们时代有名的贼王胡瘸子，另一个是他徒弟黑豹。”他得意地说，“公安局要是有我这套机器可太省力了——话又说回来，如果它落到盗贼之手，警方就有大麻烦了。”

两名黑衣贼摸到卧室，一对年轻男女搂抱着睡得正香。贼的目光盯着床头柜，那儿有轻微的闪光。抽屉被轻轻拉开，里面果然躺着一片光晕浮动的紫色花瓣。屏幕外的小精怪紧张地说：

“看！他们想偷七色花！这是吕哲小两口儿！”他向大家解释，“时间机器的搜索是智能型的，凡被搜到的内容肯定和七色花有关。所以嘛，你们不妨记住这两张面孔，以后它们肯定还会出现的。”

他继续摆弄着花骨朵，眼前的场景倏然转换。小精怪“呀”了一声：“抱歉，时间又没调对！”屏幕上是一幢透明穹顶的气势恢宏的大厅，大厅中央立着几个身着白色长袍的阿拉伯人，其中一人正手持放大镜仔细观看着，放大镜下是一个精致的水晶盒，盒内有两颗一模一样的切割好的巨钻，巨钻七彩闪烁，令人不敢逼视。旁边有几个气度不凡的中国人作陪。小精怪好奇地说：

“呀，好大的两颗钻石！难得它俩还一模一样！绝对价值连城！它们是从哪儿来的？从一千零一夜中的阿拉伯魔瓶里？还有，这几个阿拉伯人是啥来头？”屏幕上的画面跳动一会儿，“噢，查到了。你们知道迪拜的世界塔、又称哈利法塔吗？它是你们时代的最高建筑，属于艾马尔集团。它高达八百二十八米，楼下广场的音乐喷泉都高达二百七十五米！”屏幕上，一幢六瓣花形状的大楼高耸入云。喷泉随着音乐跳舞。周围激光闪烁，编织出异常绚丽的夜景。“为首的这位是艾马尔的CEO萨利赫先生。正像我刚才说的，他们的出现肯定也与七色花有关。请大家记住这几张面孔。”

他又手忙脚乱地摆弄，这回闪出的是演出平台，缩小的吕哲和李乐还在舞台上。“总算调对啦，这是十分钟前。看，李乐叔叔离开了！看，吕哲哥哥也走了。”

就在这时，屏幕上的吕哲忽然急速返回。小精怪奇怪地说：“咦，吕哲哥哥咋回来了？现在他已经到演播厅了！”

他迅速调整着，屏幕上吕哲的身体迅速扩大为真人大小，他气喘吁吁地跑进演播厅，跳上舞台，手中托着那片紫色花瓣；屏幕外的真实吕哲同步重复着里面的动作，屏幕内外互成镜像。

现在，屏幕外的吕哲站在舞台上。他的方位是面向大家，所以他并未注意到屏幕里也是他的形象。不等小精怪发问，他就笑道：

“我这人一向性急，既然撞上了这样的绝世礼物，我想干吗不当场使用呢。如果它不好用，大家不妨付之一笑；如果成功了，大伙儿能同步分享我的快乐。你们说好不好？”

下面是一波强劲的声浪：“好！”

“小精怪，我想在这儿实现愿望，可以吗？”

“当然可以，不过——你真该慎重一点的。”小精怪摇摇头，颇有点惋惜。

“我不用考虑了，我的愿望很简单：想得到一枚上档次的钻石婚戒，送给未婚妻小陶，那是她早就盼着的。”众人为他鼓掌叫好，吕哲以骑士的动作向四周鞠躬答谢。“现在，请在场的哪位戴钻戒的女士，慷慨地把钻戒借我用一下，我用时间机器复制一枚后，马上原璧奉还。喂，哪位女士肯借来一用？克拉数最好大一点。”

小精怪吃一惊，急忙制止：“吕哲哥哥，还有各位观众，我的时间机器功能很强大，但它只能改变时间而不能改变物质，它可不是宝葫芦，不能凭空变出钻石的！”

吕哲大笑：“小精怪，看来你还是个生手吧。”

“对呀。你用过时间机器？”

“我没用过，但我碰巧知道一个诀窍。时间机器当然不是宝葫芦，但只要它确实能带我返回过去，而且我又握有一个钻戒作母本，就能凭空变出钻戒来。你要不信，等着瞧好了。”

小精怪被他的自信震住了，不再拦阻，摇摇头说：“真的？那我等着看。”

吕哲继续面向观众：“哪位……噢，谢谢这位女士。”台下站起来一个漂亮女子，衣着精致而素雅。她走上台，取下婚戒递给吕哲。

吕哲看看，明显一愣，笑着问：

“请问是真钻吗？——不要误会，我虽然对首饰是外行，也觉得这粒钻石异常贵重。我听说名媛界有惯例，那就是：昂贵首饰只在特殊场合才戴，平常出门是戴式样相同的赝品。”

女士微笑着：“这是我的婚戒，是真钻。你尽管放心用吧。”

“那就多谢了。请问芳名？用代号就行，我只是想方便称呼。”

“你叫我小芳吧。”

吕哲唱了一句：“有一个姑娘叫小芳……不过你肯定不是歌中那位大辫子的乡村姑娘。现在，请你把钻戒放在小精怪的手心里。小精怪，你就这样平托着。小芳，咱俩闭上眼，静待……两分钟吧，我想两分钟就够了。”他指指墙上挂着的时钟，“现在是晚上八点三十分。请小精怪为我掐时间。”

两人闭上眼，小精怪报着时间：“三十一分。三十二分。”

吕哲睁开眼，“好了，下面我要返回到刚才的八点三十一分。小精怪，到了这会儿，你该猜到我的办法了吧。”

小精怪恍然大悟，由衷地钦佩：“知道了，你确实想得很巧！吕哲哥哥，你如果成功，那就为时间机器增加了一项新功能，你太了不起了！”

“过奖过奖。这并不是我的首创，是受一篇科幻小说的启发罢了。不过我很想能事先确定，像我这样从时空中凭空变出钻石，算不算‘过分’的愿望？会不会超过你说的时空弹性极限？”

小精怪难为情地说，“我帮不了你，我自己也吃不准。”

“好，那我就赌一次吧，成败在此一举。”他回头对女子说，“不管我能否成功，你的原件肯定不会受损的，请你放心。噢对了，小精怪，你的时间机器一次能带几个人返回过去？”

“只要能包在光球范围之内，几个人都行。”

“那就好。这位慷慨的小芳女士，你是否愿意随我到过去走一遭？算是我对你的感谢。”

女士立即脸上放光，笑着连连点头：“当然！太难得了，谢谢！”

吕哲靠近女士，很有分寸地单臂挽住她的肩膀，对手中的紫花瓣说：“花儿花儿，送我们回到两分钟前。”

光球突然出现，然后连同两人突然消失。

巨大的演播厅里静得能听见呼吸，众人再次目睹了花瓣主人的凭空消失，这次大家确认它不是魔术而是真实，所以更为震撼。小精怪左手心托着那枚钻戒，有条不紊地主持着：

“吕哲哥哥的想法非常巧，把我这个时间旅行者都震住了。现在，请你们仔细观看他是如何变出第二枚钻戒的，看不明白的地方我来解释。请看，现在屏幕上显示的是八点三十一分的景象。”

屏幕上，小精怪（两分钟前的小精怪）托着那枚钻戒，他身旁的吕哲和小芳闭着眼，一团光球突然出现在他们身边，光球渐隐，时间旅行者吕哲和小芳逐渐现身在演出平台角落。屏幕外的小精怪向场上观众解释着：

“他们已经返回到八点三十一分了。”

返回的吕哲和小芳站在演播台的角落，各自望着远处另一个自己。小芳震惊地低语：

“真的回到过去了！我从不敢设想能看到另一个我。”

吕哲也低声说：“不要惊动他俩。一般来说，时间旅行者尽量不与另一个自身正面接触，那会增加时间旅行的变数。”

“往下怎么办？”

“很简单，从小精怪手中取走钻石就行。但此刻我也有点临事而惧了。”他下了决心，“不过，开弓没有回头箭，我要去了。”

他轻轻走近小精怪，从他手中小心取下钻戒。后者鼓励地看着他，但依旧不语不动，就像另一个世界的人。“原来的”小芳和吕哲仍旧闭着眼，看来对此毫无察觉。时间旅行者吕哲没有多停，立即拉小芳走到一边，轻声对花瓣说：

“花儿花儿，送我们回到现在。”

屏幕上光球出现、转瞬消失，再突然出现在屏幕外的舞台上，从视觉印象看，似乎它是从屏幕上平移出来的。光球渐隐后二人现身，吕哲手心中平托着一枚钻戒，而屏幕外的小精怪手中也仍旧有一枚钻戒！两个时间旅行者非常激动，凝目看着两个戒指，吕哲兴奋地说：

“真的成功了！”

小芳：“真的！我不敢相信自己的眼睛！”

场上众人由惊愕变为兴奋，也滋生出强烈的好奇，喧闹声一片。小精怪让大家安静，解释说：

“看，凭空多出来一枚钻戒！知道它是怎么来的吗？听我讲给你们。时间线原是一条射线，一直向前绝不返回的，因此时间线绝不会封闭。”他在屏幕上用光笔画出一条箭头向上的直线轴，又在时间轴上标注上几个时间点：八点三十分，八点三十一分，八点三十二分。“但有了时间机器后，时间线就有可能封闭。”他在从八点三十二分处画一条曲线，向下返回到八点三十一分处，再过此点画一条曲线向上返回到八点三十二分之后。“看，这段时间线被两次封闭了。当他俩沿左边这条曲线返回到八点三十一分时，钻戒还躺在我的手心里，吕哲哥哥当然能轻松拿到，然后他沿右边这条时间线返回，手中带着钻戒……有人说，这枚戒指拿走后，我手里不是没有了吗？但那是在左边时间线中发生的事，而在正常的时间轴中，”他指指中间那条直线，“我一直托着钻戒，并没有人从我手中取走啊。所以它仍然完好如初。这样，封闭的时间线起到互补作用，互补的结果，就是这个世界平白多出一枚钻戒。”

两枚钻戒躺在两个手心里，形状完全一样，同步闪烁着七彩光芒。吕哲把原件给小芳，高举剩下的那枚向大家示意，兴高采烈地说：

“我成功了！小精怪的礼物确实神奇！谢谢小精怪，也谢谢小芳女士借我钻戒。现在我已将它原璧归还，自己也落得一枚，可以赠给未婚妻了。当然啦，从理论上说，我可以用这个办法返回一千次，弄它一千枚，只需每次返回比上次略早一点就行。不过，我还是见好就收吧，省得过于贪心，超过了时空的弹性极限，最终弄个一场空。最后谢谢大伙儿，愿你们分享我的快乐！”

他与小精怪和小芳握别，向大家挥挥手，就像刚才突然返回那样突然离去。小芳也没多停，笑着拍拍小精怪的肩膀，匆匆向大家挥手，跳下台，显然追吕哲去了。场上突然静场。极度的安静。刚才那些经历太神奇，需要观众好好消化一下。过了一会儿，小精怪笑嘻嘻地说：

“我好喜欢吕哲哥哥哎，做起事来干脆爽利，为我的实验开了个好头。现在大家再不会怀疑了吧，吕哲哥哥已经顺利实现了他的愿望——不不，刚才他忘了对花瓣说结束指令，所以他的愿望还有变化的可能。怎么样，大家想不想继续观察他？”

“愿意！”

“那我就开始了。”他一边调整机器一边自信地说，“我的操作再不会出差错了，我已经玩熟了。”

屏幕上顺利地显示出了吕哲。

吕哲一边兴冲冲走出演播厅，一边欣赏着那枚钻戒。小芳追来笑着喊：

“吕哲等一下！”

“小芳你也出来了？再次感谢你，帮我圆了多年的梦。”

“不必客气，我得谢你呢，你让我体验了时间旅行，这可是极为难得的经历，远比一枚钻戒贵重。我想请你喝一杯，略表谢意，能否赏光？”

“什么话！请客也该大老爷儿们请。不过事先说明，以我的钱包只能去大排档。”

“大排档也好啊，我对它有特殊感情的，上大学时没少吃它。”

两人坐上小芳的宝马来到一条狭窄的小巷。这里熙熙攘攘、烟气腾腾，与演播厅里的梦幻华丽完全是两个世界。宝马艰难地停在路边，一半轮子搁在路阶之上，车身半斜。

两人走进一家简陋的大排档，一楼大厅里食客满当当的。两人爬上陡峭的楼梯来到二楼，这里相对宽敞。两人坐定，要了饭菜和啤酒。周围食客都瞟着小芳，因为她的华贵与周围明显不协调。小芳多少有些局促，自嘲了一句：“好长时间没吃大排档，有点儿找不着感觉了。”她对吕哲伸过手，“正式介绍一下，我叫方圆，你喊我小方就得。”

吕哲与她握手：“那我还喊你小芳，我心中是带草字头的小芳。”

“行啊，随你便。”

离二人不远有两张面孔，也是《傻乐汇》的参与者——贼王和黑豹。这两个人，吕哲虽然见过，但并不熟悉。他们正在吃喝，贼王朝二人扫了一眼，没有太在意；黑豹则被小芳的美貌吸引，贪婪地盯着。吕哲把钻戒放到桌子中间，感慨地说：

“今天太幸运了，没想到我能碰上这样的好事。这么珍贵的时间机器，我只用它换来一枚钻戒，是不是有点大材小用？”

小芳笑着：“小精怪说你应该多考虑几天的。”

“说来是因为我的未婚妻小陶，我俩已经同居两年了。小陶对钻石婚戒十分痴迷，平日里逛商店，只要一走近钻戒货柜，眼睛就直了。她说钻石象征永久，女人只有拥有它，才能保障她收获的爱情恒久不变。可惜，大学毕业至今，我俩把所有余钱都用来攒房子了，一直舍不得为她买一枚像样的钻戒。”他笑着说，“你肯定能看出来，我们属于所谓的‘蚁族’，这个族群像蚂蚁一样脑袋大——高学历；像蚂蚁一样群居——住的是多家合租的单元房；

也像蚂蚁一样日日辛苦，仅仅能噙回几个饭粒填饱肚子。”

小芳连连点头：“我理解的，理解的。实话说吧，我要不是嫁了一个家境不错的丈夫，今天也属于蚁族。”她笑着安慰吕哲，“你一点用不着自卑。你是个有责任感的好丈夫。你的妻子会很幸福的。”

吕哲笑道：“那倒不假，除了钱包瘪一点，我这个丈夫没啥毛病。”他忽然想起来，“喂，打听一件事，你要不方便回答就别说——这枚钻戒值多少钱？我没啥意思，只想心中有点数。”

小芳稍微犹豫后答：“七八万。”又补充道，“是欧元。我公爹去比利时商务旅行时，代我丈夫小山买的。”

她的声音很低，但一直侧耳倾听的黑豹听见了，目光中立刻多了几分贪婪，低声对贼王说了几句，贼王也开始注意那边。

吕哲同样咋舌：“合七十万人民币！你丈夫真有钱。”

小芳摇摇头：“小山是个还没出道的画家，指望他的收入，连自个儿的肚子都混不圆。其实是我公爹出的钱。”

“有个富公爹也不错啊，至少不用像我和小陶这样紧巴，同居两年也不敢结婚。”

小芳平和地说：“金钱上我们确实不用烦心。”想了想又补充道，“我公公是石万山，你可能听过这个名字。”

吕哲吃惊地扬起眉毛：“当然！中国房地产界的大鳄，天一集团的CEO，人称‘当代沈万三’，胡润排行榜中位居前列的。而且他在中国大陆富豪群中也是很独特的一位，喜欢航海、滑雪和登山，听说他快把各大洲的第一高峰爬遍了。”

“没错，眼下他就在大洋洲，正攀登那儿的第一高峰查亚峰。”

吕哲举起钻戒看看，再次低声惊叹，“七十万！我压根儿没奢望有这么昂贵。依我当时的打算，弄个价值两三万的钻戒就满足了。如果当时就知道它的价值，说不准我不敢拿它当母本哩——怕凭空弄出这么昂贵的珍宝，会超出时空弹性极限。真得谢谢你，让我晕着胆子发了一笔横财。”他笑着自嘲，“当时是不是该多返回几次？”

小芳笑着：“现在也不晚呀，你还没对花瓣说结束呢。”

吕哲笑着摇头：“不，我还是那句话，见好就收。我信奉中国古代哲人的观点：自然之力有尽，人们不可过度索取。像这样——靠一个邪门机器凭空变出钻石，我总是心中不踏实，觉得它来路不正，有违自然之道。所以——见好就收吧。”

小芳笑道：“难得呀，圣贤之境界也。在今天这样欲望躁动、阳气过于旺盛的商品社会中，你算得是另类。”

“知道我在大学里的专业吗？哲学，主攻老庄哲学。在眼下这个欲望社会里，这恐怕是最没用的专业了。四年苦读只换来一堆精致隽永但迂阔无用的老庄之言，像什么绝圣弃智、绝巧弃利、返璞归真、抱朴守拙、道法自然、清静无为，还有什么清心寡欲、安贫乐道、安时处顺、物我两忘、天人合一。你说说，这些玩意儿能换来钞票或钻戒吗？毕业后我一直在公司当文秘，工资还赶不上小陶。”

小芳笑道：“我在大学学的东西同样无用——魏晋文学。毕业五年，差不多全都就饭吃了。”她想想说，“说起老庄哲学，我公爹有一些独特的观点。他说，老子的《道德经》中有丰富的辩证法，但当老子在把他的哲学用于治国处世时，他却一味强调阴柔守静、以柔克刚、以退为进，基本忽略了阳刚和进取。”她歉然说，“我只是复述公爹的观点，希望没冒犯你。”

吕哲半开玩笑地说：“怎么会冒犯我？历史是由胜利者书写的，你公爹就是当今社会的弄潮儿，他的观点自然是对的。”他把玩着钻戒，遐想道，“说来钻石才是自然界的异数。在所有物质中，它的硬度最高，传热性能最好，对光的折射率最大——所以磨制后才能七彩斑斓。有这么多特异的禀性，其实它的本原不过是碳元素，与煤炭啦石墨啦是一样的，最普通不过。科学史上有一件逸事，三百多年前，那时科学家还以为钻石是什么天造异材呢。有位科学家用放大镜把阳光聚焦到钻石上，想研究它的光学特性，结果钻石轰地一下就烧没了，变成了最普通的二氧化碳气体。你看，普普通通的碳元素，经过火山喷发时岩浆的高压作用，就能变成珍贵的钻石，让你不得不叹服大自然的造化之工。”

小芳说：“噢，对了，你倒让我想起一件事。我听说，钻石不比黄金珍珠等首饰，因为材质和加工原因——只能分割不能融合——所以世上绝没有完全相同的两枚钻石首饰。”她取下自己那枚钻戒，放到吕哲那枚的旁边，“现在托时间机器的福，这儿有了一对孪生天然钻石，它们应该是世界唯有的吧。”

“真的？那咱们更该庆贺一番，一醉方休。再来一瓶——小芳你要什么，干红还是白酒？”

小芳豪爽地说：“白酒吧，今天高兴，我也可劲儿疯一疯，一会儿让司机来接我。”

“好啊，那就来一瓶‘酒鬼’。有七十万的钻戒垫底，我现在浑身是胆雄赳赳了。”

两人很快醉意陶陶，两枚钻戒一直放在桌子上。黑豹低声对贼王说：

“我去把那两件货切了。”

贼王犹豫一会儿，摇摇头：“算了，放一马吧。”

“为啥？”

“不为啥，这俩人对我脾胃。”

黑豹对这个理由不服气，但他隐忍了，没再坚持。

家庭司机来了，但精神亢奋的小芳执意要步行，于是两人在前边走，宝马车缓缓跟在后边。眼前高楼如林，灯光如海。吕哲环指着林立的高楼说：

“想起庄子一句话：此亦一是非，彼亦一是非。作为一个无房者，我当然希望大楼建得越多越好；可是，听任这样的水泥丛林疯狂地吞噬耕地、绿地、树林和天空，后人该如何评说？”他自嘲道，“百无一用是书生，我只会发点迂腐的感慨。”

小芳说：“其实我公爹也说过类似的话。他说他这辈子盖了几千万间房。但却弄得一代青年住不起房子，后人论起来是罪还是功？”

吕哲笑道：“我不敢相信这是房地产大鳄的真心话。不过即使只是作秀，也很难得了。好了，不说了，咱们该分别了。”

“欢迎你和小陶来家玩，我相信你和小山肯定能成为朋友。还有，”她笑着说，“如果你还要回到过去，而且时间之车有空位的话，不要忘了喊上我。我还没过瘾呢。”

“好的，一定。”

汽车载上小芳开走了，吕哲歪歪倒倒走着，回到公寓。这是三家合住的一套三室两厅，三个年轻人挤在客厅里看电视，衣着清凉，女的依偎在男友怀里，显然已习惯了合租生活。一个女孩儿从厕所出来，说：

“大张！厕所用完了，你去吧。”她随之看见吕哲，赶紧过来搀扶，对一间卧室喊，“小陶！快来接你老公，醉成螃蟹了。”回头问吕哲，“今天吃谁的请？”

吕哲醉意陶陶：“今天我可是交了好运，哪天请你们两家喝酒。”

“啥好运？《傻乐汇》的幸运金锤砸到你头上了？”

“你说对了，确实是《傻乐汇》的金锤砸到我头上了。”

小陶从屋中跑出来，埋怨着把吕哲扶进屋内，放到床上，脱衣脱鞋，拿来湿毛巾擦脸，又倒来一杯浓茶。屋子很小，一张大床，一张桌子上放着打开的笔记本电脑，一个廉价的布衣柜，剩下的没有多少空间了，不过还算整洁。小陶喂吕哲喝茶，吕哲闭眼躺在床上，摸索着捉住小陶的手，把钻戒塞到她手心里。小陶疑惑地问：

“啥玩意儿？”她认真看看戒指，平淡地说，“假的。我知道行情，这样大的钻戒起码得十万。”

“充啥内行哟，什么十万，它值七十万！是真钻，不骗你。”

小陶撇撇嘴：“那你是砸金店抢银行了，还是中了七色球大奖？”

“不是七色球大奖，是七色花大奖。”他掏出那片花瓣，“来，坐我身边，听老公慢慢道来。”

随着吕哲的解释，小陶的眼睛越睁越大。外边太喧闹，她跑过去关好房门，然后回到床边，盯着花瓣，眼光发直。良久，她才失声喊道：

“你个傻蛋，既然得了宝贝，为啥不弄一套房子呢？”

“房子？”

“对，房子！很简单的，比你弄钻戒还容易。带着咱们已经攒的十几万，回十年前一趟就行。这笔钱在那时足够买套像样的房子了！”

吕哲理亏地解释：“我压根儿没敢往房子上想，我觉得这个愿望太奢侈，要实现它肯定会超出时空弹性极限。再说，你一直盼着钻戒，在我耳边唠叨多少次了。你说有了钻戒，才能保障咱们的爱情天长地久。”

小陶用力地戳着他的脑门，恨铁不成钢地嗔怪道：“你呀你，那是嘴上说说而已，能当真？女人嘛，结婚之前都得尽力抓住一点玫瑰色的诗意。可你想想，要说保障爱情，钻戒哪比得上一套房子？”

吕哲黯然：“确实比不上，不过后悔也来不及了。小精怪说过，一个花瓣只能满足一个愿望。”

两人沉默良久。小陶下了决心：“那就把它卖掉！哪怕只卖四十万，至少够房子首付。”

“你真舍得？这样昂贵的钻戒，咱们这辈子再也买不起了。”

小陶肉痛地反复把玩着钻戒，最终咬咬牙：“舍不得也要舍！

舍、舍、舍！”

“那就……卖？”

“卖！”她委屈地看着吕哲，带着哭声，“老公，我做出这样伟大的牺牲，你可得牢牢记住啊，要记一辈子。”

吕哲笑着把她搂进怀里：“我保证，不光这辈子，下辈子都会记着。反正下辈子我不打算换老婆。”

两人来到一家华贵的珠宝店。临进门时小陶有点怵，小声说：

“会不会是假货？人家会不会把咱俩当骗子？”

吕哲不由分说硬把她推进去。店里珠光宝气，压得小陶有点自卑，吕哲还算坦然。制服笔挺的珠宝师彬彬有礼地接待了他们，用放大镜看一眼钻戒，立即肃然起敬，抬头望望两人——这样的钻戒与两人的衣着显然不大相配。又仔细鉴赏了一会儿，他说：

“是质量很好的南非白钻，比利时安特卫普的做工。重量约为四克拉，切割达到VG级，净度VS1，色度F。据我估计，购入价应该在六七十万人民币。”

两人长出一口气，眼睛放光。小陶急迫地问：“我们不了解珠宝界的行规，麻烦问一声：你们能回购吗？回购价是多少？”

“钻戒不像黄金首饰，一般不回购的，即使回购，价格也要大大缩水，大约只有原价的三分之一。”小陶很失望，店员接着说，“当然话说回来，像这样大克拉数的钻石，它的保值性能要高一些。我问问老板吧，如果回购，还要用导热仪或克拉利西重液做进一步鉴定。请两位先把珠宝证书给我。”

两人傻了，小陶急急地说：“我们没有证书，但这枚钻戒的来路完全正当！”

吕哲：“真的完全正当，我们可以让权威机构开出证明。”

珠宝师摇摇头，彬彬有礼地拒绝：“恐怕不行。这样高档的钻戒，没有正规的珠宝证书，哪家店也不敢回购。你们不妨到其他珠宝店问问。”他摆出送客的架势。

在公共汽车站点，两人沮丧地坐在长凳上。汽车来了一趟又一趟，挤车的人走了一拨又一拨，两人一直默坐。天色暗了，路灯亮了。吕哲喃喃地说：

“怎么办？要不，请小芳把钻石证书拿来，还用那个办法变出一套来？我真不好意思再麻烦她。”

小陶央求：“再求她一次嘛，对她又没有损失。我看她是个好心人，会答应的。”

吕哲咬咬牙：“好——吧，那就再求她一次。”他忽然福至心灵，兴奋地一拍大腿：“有办法了！要证书干吗，连珠宝店也不用求了，干脆卖给小芳！”

“卖给小芳？”

吕哲解释道，“正是小芳告诉我的。她说钻石因为材质和加工原因——钻石不像黄金白银，只能分割不能融合的——世上绝没有完全相同的两枚钻石首饰。如果咱把钻戒卖给小芳，她就拥有世界上唯一一对孪生钻石，可能会大大升值的！这是对双方都有利的事，我想她——她公爹——肯定愿意买入，那人是房地产大鳄，有足够的money。”

“真的？那咱们是不是能趁机卖个好价钱？”

“我说小陶同志，不要得寸进尺好不好？请牢记中国的古老格言——人心不足蛇吞象、水满则溢月盈则亏。太贪心了，说不定就会超过时空弹性极限，让你落个一场空！咱们就按五十万，最多按原价卖给她，已经是一笔横财了。”

小陶心有不甘：“可是这个数，加上咱已经攒的，也只够半套房子啊。咱俩早就盘算过，有了孩子得请我妈来带，房子怎么着也得两室两厅吧。咱们没车，房子不能太偏远。再加上装修，差不多得二百万。”她看看吕哲的脸色，连忙改口，“好，听你的听你的，咱们不贪心。先解决了首付，余下的慢慢还月供。”

小山在开车，方圆接到吕哲的电话：

“我和小山这会儿在去机场的路上，是去接我公爹，他刚刚从大洋洲回来……你的建议我没意见，小山肯定也没意见。你说得对，这是对双方都有利的交易。”她捂住话筒对丈夫说，“吕哲小两口儿想转让那枚复制的钻戒，这样咱家就拥有世上唯一的孪生钻石。”小山爽快地点头，小芳对着手机说：“当然我们得征求公爹的意见，如果买，反正得他出钱……要不你们这会儿就来吧，打个的赶到机场。”她笑着说，“透露个小秘密，我公爹登山后心情特别好，说不定当场就拍板了。”

电话中吕哲有些为难：“怎么好意思？石先生还没到家……”

方圆笑着说：“吕哲，请抛掉你祖师爷老子的教诲，我公爹最欣赏的不是守静退让，而是野性和不屈不挠的进攻，哪怕只是为了私利。”

“好的，我和小陶这就赶去。”

吕哲二人赶到机场时，石万山正好走出通道口，五十多岁，穿旅行装，胡子拉碴，脸晒得很黑。他的随行者正忙着从货运通道接收登山器材。道口立有他穿着登山服的真人照，站在白雪皑皑的绝顶。众多记者包围着他，争相提问，他淡然地说：

“我多次说过，真的不要把这事看得太重。世上每座高峰都有不下一千人攀登过，只是中国大陆的登山者相对少一些罢了。”

一个记者问：“问一个老问题：你为什么这么喜欢登山？”

“登山是人生的浓缩，是商战的浓缩。在登山中的很多感悟其实可以用到人生和商战中。比如，完成登顶时不能陶醉于胜利的喜悦，而是要趁天气好赶快安全下山；而在下山途中，你就得提前谋划下次登哪座山峰。”

小山夫妇挤过去与父亲拥抱。石万山的老搭档刘先生走过来，笑着同他握手，并同小山一起护送石万山冲出记者的包围。路上小山介绍了吕哲和小陶：

“爸，这是圆圆新结识的朋友，吕哲，小陶。”他低声对父亲说了几句，父亲注意地打量了两人一眼，笑着同他们握手。

小山继续低声说着孪生钻石的事。石万山听得非常认真：“我在国外时听你刘伯伯说过这档子事。这么说，那个七色花时间机器是真的？”

“嗯，完全真实，圆圆是亲历者。”

石万山停住脚，看看落在后边的吕哲和小陶，果断地说：

“他俩说得没错，这是笔双赢的交易。你这就去告诉他们，咱们同意买下。交易细节稍后在宴席中定——过几天我在长城饭店请他们。”

小山诧异地扬起眉毛：“是吗？爸，你从不请陌生人吃饭的。”

石万山看看旁边的老刘，笑着说：“是圆圆的朋友，我得给足面子嘛。”

队列后边，方圆向客人介绍着：“我公公旁边那个小个子是刘伯伯，我爸最信任的智囊，从白手起家打天下时俩人就是搭档。我爸说他足智多谋，虑事周全，称得上房地产界的刘伯温。”

小山匆匆过来，高兴地说：“爸已经同意了，具体细节稍后和你们面谈。他说，过几天请二位在长城饭店吃饭。”

小陶情不自禁地拍手：“太好了，谢谢石老伯！谢谢你们两口子！”

吕哲有点难为情：“老伯太客气了，俺俩这种小角色，哪好意思占用老伯的宝贵时间？”

方圆笑着说：“别客气。既然老爸定了，你们就别推托。”她对丈夫开玩笑，“我很感激的，爸这么给我面子。”又对吕哲夫妇说，

“那次我是偶然参加了《傻乐汇》节目，没想到结识了你们两位，还成就了一对孪生钻石。”

吕哲：“那是因为你的慷慨。你可以说是俺俩的幸运女神。”

石万山和刘先生坐在汽车后座，刘先生平静地说：“万山，从你眼睛的异常光彩里，我知道你又要攀登一座新山峰了，就像当年你决定投身房地产行业一样。”

石万山笑着：“知我者刘哥也。”

“你是想借用时间机器，做一笔和钻石有关的大生意？”

“没错。”

“至于细节我就猜不到了，你说说。”

“刘哥你先告诉我，目前世界上能够很快买到手的、最昂贵的钻石在哪儿？”

“在俄国。著名的西伯利亚和平钻石矿发现了一枚罕见的巨型白钻，重九百四十克拉。在它现身后，世界十大名钻已经重新排名。”

“价值多少？”

“已经送安特卫普加工成一枚圆钻，成品钻约为二百五十克拉，据说值三亿美元，约合二十亿人民币。俄方正在寻找买主。你想买下它？”

“对。”

刘先生沉吟着：“你是打算……”

“圆圆那位朋友吕哲很不简单，能想出那么巧妙的办法，弄出世上第一对孪生钻戒。可惜，他的财力有限，眼界和气魄也嫌不足，没把事情做到极致。这是老天把机会留给我了，天予不取，反受其咎！我准备买下那枚俄国巨钻，利用吕哲的办法复制一个，这样二十亿就要翻一番，四十亿。然后，它们就成了世界上唯有的孪生巨钻，那又该升值多少？”

刘先生摇摇头：“孪生钻石是世界上从未有过的事物，所以很难预估。”

“正因为世上独此一家，它的价值就由我们说了算，全看能否成功造势了。我给一个大胆的估计——它们应该能升值五倍，二百亿！比搞房地产的利润还高！我们能借此一举进军珠宝业——中国明天的朝阳产业。”他笑着说，“你大概对这个估价有疑虑。你是‘诸葛一生唯谨慎’，我最看重你这一点。但正如老人家那句名言：战术上重视敌人，战略上藐视敌人。一个企业在战略转型时，不妨胆大一点。回过头想想，二十几年前，当咱们决定投身房地产业时，谁能料到中国的房价竟然飙升到今天的水平？何况房子还是给老百姓用的大路货，而钻石本身就是奢侈品，奢侈品更容易炒作。”

刘先生思索后点头：“你说得对。这个计划虽然动作很大，其实不算冒险。最坏的结果也只是把二十亿现金沉淀成了不动产。”

“其实这样的沉淀同样是我的目的。知道为什么吗？”

“请讲。”

“你刚才说我想攀登一座新的山峰，说得不错但不完全，我同时也在想如何安全走下已经登顶的山峰。这些年我一直如履薄冰，因为房地产业的钱来得太容易了，看着年度财务报表，总有点使黑钱的感觉。古人云：‘兴之也勃，亡之也速。’不定哪天泡沫会‘砰’的一声炸破，只留下满手白沫。现在，咱把二十亿现金沉淀到钻石上，类似于把黑钱洗白。或者换个说法，这就像封建社会高官巨商赚钱后回家乡买房置地，一个样的。”

“不，不一样的。万山，我基本同意你的计划，但不同意计划的结尾。”

“请讲。”

“把二十亿变成两枚巨钻，这一步肯定是物有所值，但二十亿的升值前景却是一个大气泡。你莫忘了，孪生巨钻虽然极为难得，但既然世界上有了时间机器，肯定会有人利用它弄出新的一对，甚至弄出个三胞胎四胞胎，早早晚晚罢了，挡不住的。所以，应该抢在这个大气泡爆破之前把孪生巨钻卖出去，把二十亿现金变成你说的二百亿，哪怕只变成一百亿，八十亿，六十亿，都是一次大成功。”

石万山沉吟着：“能一掷百亿来买钻石的人不多……”

“事在人为。”

“对，事在人为！你说得对，就按你的意见办，努力争取第二种结局。但即使是第一种结局也算小成功。”

刘先生笑道：“成功的前提是：那个时间机器真的那么好用。”

在饭店的一个豪华雅间门口，石万山带着儿子儿媳亲自迎接吕哲小两口儿。他拉吕哲坐在自己身边，石太太把小陶拢在身边。石万山介绍了与席的太太和刘先生。吩咐侍者上菜，笑着说：

“听圆圆说，小吕在学校里主要研究老庄哲学？难怪你能想出这么一个凭空变出钻戒的妙法。这正符合老子的哲学观念：万物生于有，有生于无。”

“老伯，我听圆圆说了你对老子哲学的批判，觉得很深刻。”

“说不上批判，几句闲话罢了。不过我一向认为，一个民族要想生存，必须既有羊性又有狼性，但自宋朝以来，中国人羊性有余而狼性不足。”他笑着把话头拉到正题上，“商界惯例是等酒酣耳热时再谈生意，我想把这个习惯变一变，今天咱们先谈完正事再吃饭。小吕小陶，感谢你俩的好提议，我同意把那枚钻戒买下。至于价钱，我先提个数，你们若不同意咱们再商谈。我想拿一个整数，一百万，怎么样？”

吕哲和小陶既惊又喜，吕哲连连说：“我们同意。石伯伯你太慷慨了。”小陶拊掌笑着：“一百万，半套房子到手了！”

石万山同情地点点头：“小吕说你们属于蚁族，我非常理解蚁族的难处。小吕小陶，平时骂过房地产商没有？”

两人一愣，承认也不是，否认也不是，颇为尴尬。石太太、小山和圆圆也对当家人提起这个话头感到意外，相视而笑。石万山笑道：

“肯定骂过，不过我能理解。我这辈子就干了一件大事，创建了一个房地产公司，盖了几千万套房子。按说这是积福行善的好事，但结果呢，却害得一代年轻人，甚至连累他们的父辈，都成了房奴，所以我的确该挨骂。只请你们理解一点，在中国房价的飙升狂潮中，至少我这个房地产老总不是推波助澜者。我是骑在虎背身不由己。”

吕哲和小陶一时不知道该如何接口。石伯伯这段近似内心独白的话让他们感动，但从内心讲也不敢全信。石万山叹息一声：

“我这并不是鳄鱼的眼泪，时间长了，你们会理解的。小吕小陶，感谢你们让小山和圆圆拥有世界唯一的孪生钻戒，我想额外表示一点谢意。拿什么谢呢，我现在穷得只剩房子了，就拿房子来当礼物吧。”吕哲和小陶非常震惊，呆呆地看着他。“你们转让钻戒的一百万不要拿来买房，留着做其他开销吧。至于房子，你们可在天一公司的楼盘中任选一套三室两厅，我无偿奉送。圆圆，饭后你陪他俩去几家楼盘转转，挑一套满意的，带精装修的。”

吕哲和小陶惊得面面相觑。小陶想说话，吕哲急忙抢先说：“那怎么行！无功不受禄，石伯伯你用一百万的高价买下那枚钻戒，我们已经非常、非常感激了。三室两厅住房这样贵重的礼物，我们无论如何不能接受。”

他用眼色警告小陶。小陶懂得他的意思——天下没有白吃的午餐——但又舍不得放弃这么宝贵的送到手的礼物，只好保持沉默。石万山笑着说：

“不，不是无功受禄，我有一件大事要托你们帮忙。”他从口袋里掏出一个精致的首饰盒，打开，取出一枚巨型圆钻。钻石在明亮的灯光下闪着七彩光芒。

小陶失声惊呼：“哟，这么大个的钻石！如果是真钻，一定值几百万，”她想想又加一句，“说不定值一千万！”

对这个大大低估的估值，石万山只是淡淡一笑，简单地说了一句："它是真钻，俄国产的世界名钻。至于价格——恐怕你低估了。小吕，我非常眼红圆圆的幸运，想冒昧地请你如法炮制，把这枚俄罗斯白钻也复制一枚，复制品的所有权属于你。当然，如果你愿意把它以两亿元的价格转让给我，让我也拥有圆圆一样的幸运，我会感激不尽。"

小陶情不自禁地呻吟一声。如果刚才的房产馈赠让她震惊，这回要令她虚脱了，难道不经意间，他们也要一步跨入亿万富翁的行列吗？吕哲忙瞪她一眼，回头委婉地说：

"能为石伯伯做点事是我的荣幸。但七色花的主人小精怪曾说过，一个花瓣只能实现一个愿望。"

石万山笑道："你要做的事仍然没超出这个愿望啊，只不过是一枚超大的钻戒罢了。"

吕哲苦笑道："但这枚钻戒实在太大了！依我的直觉，凭空变出这么一枚价值连城的巨钻，肯定超出时空弹性极限。"

"对，我知道这个规则，圆圆说过。但小精怪还说过，即使超出时空弹性极限，也只会造成时间机器死机。时间旅行者并无任何危险，对不对？"

"对。"

"那就好，否则我不会觍颜请你干这件事。小吕，不管怎样请你勉力试一下如何？如果行动失败，甚至导致母本被毁，我认了，不要你们负任何责任。还有一点，不论结果如何，我赠你们的那套房子都不受影响。"他笑着说，"这正是我谈生意的原则——首先要设身处地为对方着想，保证对方的利益。"

吕哲仍然执拗地缓缓摇头，小陶急了，笑着说："石伯伯，这么大的事情，能让我和吕哲单独商量一下吗？"

"当然可以。"石万山唤来侍者吩咐一声，侍者把两人领到另外一个房间。小陶关上门，急急地说：

“吕哲你别傻！这是多好的机会，可以说是咱这辈子当亿万富翁的唯一机会，你要是白白放弃，这辈子我会骂死你！你看石伯伯开的条件多优惠，不论哪种结局，咱们都不会有任何损失。你别担心什么弹性极限，当初变出那枚价值七十万的钻戒时，你不也担心过？后来啥事也没有。这次兴许也是一样呢。再说，看在小芳面上，咱也不能拒绝呀。”

吕哲仍然摇头：“小陶，你说的都没错，可是依我的直觉，就是觉得不对劲儿，觉得发怵……”

小陶打断他：“你只用告诉我，做这件事，你本人会不会有危险？”

“那倒不会。小精怪确实说过，即使花瓣主人的愿望过分，最多只会造成机器死机，一切回零。”

“那你就大胆去做！吕哲你要再婆婆妈妈的，我决不会原谅你！”

吕哲沉思良久，屋里是沉重的死寂，最后他咬咬牙：“好吧，我答应。”

两人回到大房间，酒菜已经上齐。石万山请大家举起酒杯：“来，先干了第一杯，刘哥你来致辞。”

刘先生说：“庆贺小山、圆圆结识了一对好朋友。千年修得同船渡，这是难得的缘分，希望你们的友谊保持终生。”

众人杯盏交错，吕哲满饮后放下杯子，干脆地说：

“石伯伯，我和小陶商量过了。我们感激地接受那套房子的馈赠。我也答应用时间机器复制一枚巨钻。但我们会无偿赠给伯伯，不要那两亿元的转让费。”

小陶没想到丈夫会做出这样的决定，又惊又怒地瞪着吕哲。吕哲决绝地回她一眼，那意思是：“听我的！回头再解释。”小陶忍了忍，保持沉默。她熟知丈夫的脾气，虽然开朗随和，但大事很有主见。这肯定是他深思后的最终决定，说也没用的。吕哲继续说：

“我先把话说到前边——我有强烈的不祥预感，总觉得做这件事有违自然之道，不可能成功，甚至会出什么纰漏。我尽力去做，至于结局如何，听凭天意吧。”

石万山赞赏地说：“好！我很欣赏你的果断。就按你说的办。至于你自愿放弃的利益，我会用另外的办法补偿，这事你就甭管了。”

“谢谢石伯伯，但我们真的不需要什么补偿，有那套房子我们已经非常满意了。我答应这样做，只是想报答小芳当时的慷慨。”

石万山看看儿媳，点头说：“好的，依你。”

“择日不如撞日，那我现在就要做了。”吕哲说道。

石万山和刘先生交换一下目光，后者点点头。石万山说：“好的，谢谢！我该怎么做？”

在吕哲的指导下，石万山离席走到空处，把巨钻放到手心里。吕哲拿出那片紫色的花瓣，也走到一个比较空旷的地方。屋里一片森然肃然的气氛。虽然此前吕哲已经成功地做过一次，但毕竟这次是枚价值连城的巨钻，这足以让此次行动具有不同的分量；而且吕哲又做了不祥的预言，让大家不能不担心。方圆忽然说：

“吕哲，我还能再随你去一次吗？”她开着玩笑，“我说过的，我对时间旅行特别有瘾。”

吕哲干脆地拒绝了：“不，这次我一人去。”

方圆平静地问：“为什么？你觉得这次有危险？”

“不是的。小精怪说过，即使是过分的愿望最多只会导致死机……”

“那就不要拒绝我。”

小山听出了方圆的担心：“我陪吕哲去吧。”

方圆坚决地摇头：“不，我去。我去过一次，多少有点经验，万一……兴许还能帮吕哲出个主意。”她径直走近吕哲，轻轻揽住他的肩膀。吕哲不想让她去，但看来已经无法推托。他看看小陶，想征得小陶的同意，但小陶此刻完全沉浸在损失两亿元的痛苦中，精神恍惚，根本没在意他们在说什么。吕哲不免有些失落，摇头轻叹一声，不再拒绝小芳。

“好，咱们闭上眼。”两人像上次那样闭上眼睛等了一会儿，然后吕哲对花瓣说：“可以出发了。花儿花儿，请回到两分钟前。”

光球出现并消失，连同里面的吕哲和小芳。在场的人都不禁屏住呼吸，紧张地等着，屋内一片死寂。连处在恍惚中的小陶也感觉到了，困惑地想问什么……

在《傻乐汇》现场，小精怪指着屏幕对大伙儿说：“看，吕哲哥哥再次返回过去了。”但他的解说明显没有前次的热情。他顿了一下，有点勉强地为吕哲辩解，“吕哲哥哥答应去干这事，一点也不是因为贪心，只是磨不开面子罢了。”他低声咕哝着，“哼，那个石伯伯真是厚脸皮。”

场上观众也没有了前次的热情，场中涌动着不满的暗流。短发小伙子站起来问：“吕哲去复制第二枚钻石，算不算违犯了‘只能实现一个愿望’的规矩？”

小精怪勉强地说：“不算吧，这次仍可算作一个钻戒，不过是超大个儿的。”

屏幕上，返回过去的吕哲和方圆出现在宴会厅的角落。手托巨钻的石万山看到了他们，目光露出惊喜，但没有说话，只轻轻地点点头。“原来的”吕哲和方圆仍然闭着眼，没有觉察到时间旅行者的到来。

“后来的”吕哲先不去取钻石，轻轻叹息一声，低声对方圆说：“小芳，谢谢你。”

“谢什么呀。”

“谢谢你甘愿陪我冒险。我知道你内心深处的想法，你是想万一发生不幸时陪我赴难，让石家减轻道义上的责任。”

方圆没有反驳，低声说：“出发前我看出你心事很重，不过我不大相信你的预感。毕竟你已经成功过一次，这次只是钻石的个头大一些。”

吕哲摇摇头：“只是一种直觉罢了。用时间机器复制物质是技术上合理，哲理上不合理。如果仅仅复制一枚小钻戒，可以看作是打一个擦边球，上帝也许会懒得理它；但现在是复制一件稀世珍品，我觉得会惹恼上帝的。”他摇摇头，“只是我的胡思乱想罢了，也许一切都顺利呢。现在我要开始了。”

他走过去，与手托巨钻的石万山点头致意，轻轻从他手中取走钻石，然后走回小芳身边，揽住她的肩膀，对花瓣说：

“花儿花儿，带我回到现在。”

两人对面相视，平静中蕴含着极度的紧张，但光球顺利出现了。

宴会厅中，光球返回，随即隐去，吕哲手中托着一枚巨钻和小芳顺利现身，紧张转为喜悦。吕哲把巨钻放到石万山的手里，现在，两枚一模一样的巨钻熠熠发光。

长久的静场。成功来得太轻易了，众人甚至从心理上都不能接受这一切，很久才爆发出兴奋的欢呼。小山把妻子揽到怀里，兴奋地说：

“哪有什么弹性极限，吕哲你真会吓人！”

石万山和刘先生外表平静，但目光深处也是同样的兴奋。石万山过来拍拍吕哲的肩膀：

“小吕，谢谢你，让我此生能拥有一对孪生巨钻。”他突然提出一个建议，“你看，一切顺利。如果你还想再返回一次，为你自己取一枚，我很乐意提供帮助。”

小陶眼中立时闪出异光，恳求地看着吕哲。吕哲犹豫良久，苦笑着说：“面对这样的诱惑要说谁一点不动心，那是睁眼说瞎话。但我不想食言。”小陶一下子泪流满面，吕哲搂住她，继续对大家——实际主要是对小陶说，“我不是故作高尚。我这样做只是听从我的直觉。尽管这枚巨钻已经成功复制，但我的直觉中仍有一个不祥的声音在弱弱响着。我决心远离它。”

他为小陶擦泪。小陶重重地摇摇头，靠在丈夫怀里，这表示她彻底死心了，认命了。石万山说：

“人各有志，我尊重你的选择，也十分敬重你，这个世上能拒绝这样诱惑的人真的不多。”他转身向刘先生，“至于咱们，已经染上浑身铜臭，走上这条追金逐银的不归路，只能继续前行了。刘哥，请立即开始第二阶段的工作——全力为这对世上唯有的孪生巨钻在全世界造势。”

刘先生点点头，简洁地回应道：“全都筹划好了。”

石小山夫妇带吕哲夫妇去挑房子，小山开车，吕哲坐右位，后排的方圆和小陶亲密地依偎着。方圆说：

“喂，你们二位，走前我公公特意交代，不让你俩选三室两厅了，你们可以在天一公司所有楼盘中任选一套高档别墅。小吕，我劝你不要辜负了我公公的心意。”

小山回头笑着说：“对，不要白不要，老爷子不差钱。”

吕哲摇摇头：“我们不是住别墅的人，物业费都付不起。能有一套三室两厅就已经是超值享受了。”

方圆很惋惜：“小陶你劝劝他。”

小陶悻悻地说：“他能听我的？我家的门风是：小事听女人的，大事男人当家。”

吕哲笑着说：“小陶我是为你好。咱家又雇不起佣人，几百平方的别墅你一人去打扫？我怕累坏你。”

小陶不服气：“我傻呀，不会把别墅卖掉再换一套三室两厅？额外能落一千万呢。”她看看丈夫，气嘟嘟地说，“好啦好啦，听你的。”

三室两厅的房间装修一新，还没摆家具。房子面积很大，客厅尤其宽敞，比起原先的“蜗牛壳”绝对是天上地下。小陶赤着脚在锃亮的新地板上来回奔跑，忘情地喊：

“咱们终于有房子了！三室两厅，外加一百万的存款，咱们太幸运了！吕哲我不骂你了，虽然你白白扔掉了两个亿，但我想开了，认命了。老话说得对，平安是福，能有这套房子我已经满意了。”

吕哲同样兴奋，但比爱人要沉静一些，笑着说：“功劳归于我的幸运女神。不是你整天在我耳边叨咕着钻戒钻戒，咱也不会有今天。”

小陶抱着他的脖子撒娇：“不，我不贪功，完全是你的功劳。你是我的幸运阿宝，这辈子我要把你供在神龛上，可劲儿疼你。”

“搬家燎灶时一定请小芳夫妇来。咱们的幸运多亏了她。”

“好的，我去请。不过我警告你，和她来往不许过于密切。”

吕哲笑问：“为什么？”

“她太漂亮，心地又好。”

“咦，这就奇了怪了。怎么心地好反倒不能来往？”

“这样的女人亲和力太强，有潜在危险，我得防患于未然。”她想起前几天的“宿怨”，“哼，第一次时间旅行时我不在场，你不带我去没说的；第二次你还是只带她一人，把自己老婆撂在一边。在你心目中，她是不是摆在第一位？”

“呸，你这婆娘讲理不讲理？她是担心那趟时间旅行有危险，特意陪我一同去，视死如归，称得上女中丈夫。可你呢，只顾心疼那两个亿，根本不关心丈夫死活。”

小陶很理亏，她难为情地低声说：“我那时心疼得半休克了，不是不关心你……不管咋说，反正你不能和她过于亲近。”

吕哲只是摇头：“难怪人说饱暖思淫欲，这不，刚有一套房子，你就开始胡思乱想了。放心吧，你男人连两个亿的诱惑都不动心，还能有什么让他动心呢。”他想起什么似的忽然喊道，“哟，我忘了一件大事，小精怪嘱咐过的：咱们必须对时间机器说出结束语，愿望才算真正实现！”

小陶非常紧张，环视着新房：“你是说，已经实现的愿望可能还会黄？那你赶紧说结束语吧，快点说！”

吕哲取出那片花瓣后又犹豫了，“咱们还没乐够哩，等疯过这两天，静下心来，再来结束这件事。”

在《傻乐汇》现场的屏幕上，吕哲和小陶在新房里疯着，观众席也洋溢着兴奋和轻松。小精怪更是骄傲，满脸放光、顾盼自得的样子，比当事人还高兴。大家抛掉了不久前的不快，毕竟吕哲再次复制巨钻只是磨不开面子，并非缘自他本人的贪婪。现在他们得到了漂亮的住房，符合大家“好人有好报”的心理，所以都为他俩高兴。

屏幕上，吕哲抱着小陶说：“有了房子，咱们该要孩子了。”

“对，早该要了。”

“择日不如撞日，要不，今天就播种？”

小陶看看空荡荡的地板：“就在这儿？”

吕哲吻着小陶：“嗯，就这儿！”

小陶没有明确回答，但动作上开始迎合，眼神也开始迷离。观众们开始觉得难为情，不知道该不该闭上眼睛。一位大妈站起来，笑着说：

“小精怪你该换台啦……”

没等她说完，屏幕忽然黑屏。小精怪高兴地嚷了一声，自得地说：“看，我说过的，绿保软件自动启动了！”

场上笑作一团，欢乐气氛达到了顶点。小精怪忽然“咦”了一声：“咦，是这俩贼！他们又露面了！”

屏幕上显示出一个晦暗的房间，两个身穿黑衣的人在看报。一个是五十岁左右的干瘦老头儿，另一人三十岁左右，体形剽悍。

两人面前堆着好多报纸，各报头版都有显著的通栏标题：

“世界上唯有的孪生巨钻，价值连城！”

“世纪大展！”

小精怪问大家，“大家记得不？这两个贼曾在屏幕上露过面。我那时就说，他们的出现肯定和七色花有关。”

在那个晦暗的房间里，黑豹指着报上的大照片（一幢玻璃穹顶的大展馆）亢奋地说：“师父，这可是一票空前绝后的大生意！要能得手，下辈子都不愁吃喝啦！还有，‘天下第一贼’的名头就非咱爷俩莫属了，咱俩一定青史留名！”

贼王哼了一声：“只怕是狗咬刺猬无处下嘴。这样的天价珍宝，安保工作肯定做得滴水不漏。你去买两张参观券，咱们先踩踩点。”

黑豹：“我偷两张算了，三千元一张哪，这些房地产商真黑！”

玻璃穹顶的大展馆非常气派，阳光明亮，盆栽植物浓绿欲滴，伸向穹顶。大厅中央是一个银色的圆台，台上是扁圆柱形的水晶盒，盒中躺着的，自然就是那对孪生巨钻了。刘先生一边领着石万山视察，一边介绍着：

“我们特意选了这样的透明穹顶作展厅，因为欣赏钻石的最好环境是在自然光线下。装钻石的盒子选用透光性最好的天然水晶制成，又经过强化处理，可以防爆防砸。”他从工作人员手中接过一个铁锤，用力砸向盒子。“砰”的一声，铁锤被反弹回去，水晶盒安然无恙。“钻石放入后，盒盖已经固化，水晶盒本身又固定在基座上，无法移动。要想把里面的钻石取出来，只能使用激光切割。这是最笨但是最安全的‘蛮力守护法’。至于其他的防盗手段如红外报警、声音报警等应有尽有。我可以立下军令状，除非是黑帮势力武力强攻并带着激光切割机，否则它绝对安全。”

石万山笑着拍他的肩膀："刘哥，你办事我放心。"

水晶盒边是一个镀金托架，上边放着一个很大的金柄放大镜。刘先生取下交给石万山，石万山用它对准盒里的钻石，钻石纤毫毕现，光彩闪烁。刘先生说：

"为了控制参观人数，决定把票价定为三千元一张。这个票价是偏高一点，但购票者并不吃亏，我们规定，凡持参观券者，若在两年内购买天一公司商品房，房价在已有的优惠上再优惠两个点。那就至少相当于三四万元了，远远超过票价。参观者本人若不购房，也可把参观券转卖给购房者。我想，如此慷慨的优惠应该能堵住外人的批评。"

石万山笑着："我们也不吃亏呀，这两个点的优惠相当于省了促销费，省了给售楼业务员的提成，而且效果更好。"

刘先生笑道："对，这正是咱们公司在商战中的宗旨：追求双赢。"

"刘哥我给你通报一个好消息：国外已经有人看中这对巨钻了，近期要来参观和洽购。是一位阿拉伯富豪，迪拜世界塔的主人，艾马尔房地产集团的CEO。"

"咱们的同行啊。"

"据说他购买这对巨钻是用作世界塔的镇塔之宝，借此拉抬世界塔的行情，冲一冲这两年的晦气。你知道的，那个大气泡前些时候差一点就爆了。"

刘先生笑着说："同样是一次大手笔的炒作。"

参观大厅里人数不多，所有参观者都衣冠楚楚，连贼王和黑豹今天也穿得人模狗样的。他俩表面上是看钻石，实际在用机警的目光审视防盗设备。贼王用放大镜看钻石时，偷偷查看了水晶盒盖有没有缝隙，还不动声色地用手推推水晶盒，试试它与基座的连接。一番查验后，两人失望地交换了眼色。

两人离开展品，在无人处密语。黑豹担心地问：

“师父你有没有办法？你一定有法子的，没有你老人家攻不开的堡垒。”

贼王悻悻地说：“这回不行啦。这次的守方实在赖皮，竟然使用最笨的蛮力守护法，没一点技术含量——但这也让一切偷窃技巧失去用武之地。不行，这是一个没缝的铁蛋，没办法下手。”

黑豹不甘心：“咱就眼巴巴放过这块肥肉？”

贼王哼了一声，淡淡地说：“干吗在这棵树上吊死？”

“师父你有主意了？”

“偷不到这对孪生巨钻，咱们去偷吕哲手里那个花瓣嘛。只要把它弄到手，就有办法可想，比如，返回几天前，赶在巨钻还没放入水晶盒之前下手。”

“对！吕哲那小子家里肯定不会有严密保护。我知道他住哪儿——天一老板赠的那套住房里。”

“做好准备，今晚就去。”

展馆的贵宾室里，几个阿拉伯人坐在沙发上。为首的萨利赫年纪不大，目光精明，鹰眼钩鼻，眼窝深陷。石万山和刘先生亲自接待。石万山说：

“你们都是内行，观赏钻石最好是在明亮的阳光下。可惜今天天公不作美，”他指指穹顶，空中是晦暗的浓云，“但请你们不要着急，耐下心来稍等片刻，我保证十点之后这儿是艳阳普照。”

一位显然是翻译的中国人为客人做着翻译。客人们对主人的夸口很感兴趣，萨利赫笑着说：

“主人要为我们表演魔法吗？我们拭目以待。”

恰在这时，穹顶上的浓云开始退去，速度很快，转眼间一轮红日高悬天顶，强烈的阳光洒进室内。几个阿拉伯客人大为亢奋，萨利赫夸张地耸耸肩，说了一段话，翻译笑着转述：

“萨利赫先生在问，石先生是不是握有一千零一夜中的阿拉丁神灯，可以驱云消雨？难怪阿拉伯世界眼下流行一则新格言——先知说：有什么人力无法解决的困难，到中国去吧。”

石万山笑道：“过奖。小事一件，只是花了几十枚驱云弹的费用，动用了一点社会关系，我们谨以此表明东道主对远方贵客的诚意。现在请诸位去观赏钻石吧——在如此明亮的阳光下。”

他们来到大厅中央，萨利赫先生取下放大镜，仔细观看水晶盒里的孪生巨钻（这部分画面与小精怪曾在屏幕上展示的画面相同）。他端详了很久，然后把放大镜传给随团的珠宝专家，那人仔细检验后向萨利赫赞赏地点头。接着，放大镜又传给其他人，大家轮流观看着。馆内也有中国参观者，其中包括贼王和黑豹，但此刻他俩识相地避开了。阿拉伯人还未看完时，萨利赫先生已经揽着石万山的肩膀返回了贵宾室，翻译和刘先生跟在后边。萨利赫爽快地说了几句，翻译说：

“萨利赫先生说，他对这对孪生巨钻非常满意，决定购买。他还说，将把它们作为哈利法塔的镇塔之宝。”

石万山与刘先生相视一笑：“告诉萨利赫先生，我非常佩服他的果断。这样的大手笔大气魄，不愧为艾马尔的掌舵人。”

翻译说：“萨利赫先生说他也十分敬佩石先生，用中国话说是惺惺相惜。还说，天一集团和艾马尔应该算是傲立于世界房地产界的东西双雄吧。”翻译到这儿卡了壳，用阿拉伯语同萨利赫商量了一会儿才继续，“他刚刚说的是曹操夸刘备的一句话：天下英雄，惟使君与操耳。”他佩服地咕哝道，“这个阿拉伯人，岁数不大，肚里的中国典故真不少！”

石万山在表情上稍有一顿，笑着说：“萨利赫先生太客气了，他才是真正的商界英雄。常言道，惊涛骇浪方显英雄本色，在那次几乎冲溃哈利法塔的金融风暴中，先生最终能力挽狂澜，真正难得。我是不配与他并列的。”

翻译稍顿，笑着说："石先生，你的话中好像藏有一枚小小的钉子，你要我原文翻译吗？"

石不动声色地说："请翻译吧。"

这时，萨利赫忽然直接用汉语回答了："不，在我心目中石先生才是真英雄。你维持了中国房地产不败的神话，让一个超大的气泡近三十年不破！你是现实版的东方不败。"

他的汉语有点洋腔洋调，但相当流利。石万山和刘先生一愣，翻译也有些窘迫。石万山很机敏，大笑道："谢谢！萨利赫先生才是深藏不露的武林高手呢，我没想到你是一个中国通。"

萨利赫撇开翻译直接用汉语说："过奖过奖。家父目光如炬，早早命我学汉语，而且我一点都不后悔做这个决定。我学了很多有用的中国格言俗语，它们对我的事业大有裨益，比如：抢挖第一桶金，天予不取反受其咎，与天斗其乐无穷，人有多大胆地有多大产——最后这句俗语我没引用错吧。"

"没错，完全正确。"

"石先生，咱们言归正传，谈价钱吧。我事先打听到，孪生巨钻中那枚母本的购入价大致是二十亿元人民币。"

"没错，但两枚的价格可不是简单乘以二。你当然知道，它们是世界上唯有的一对孪生巨钻。"

"我知道这一点——截至目前。"他微微一笑，"既然世界上已经有了时间机器，谁敢说，明天不会再出来一对，甚至出来个三胞胎四胞胎呢？"他事先截住石的辩解，"不，不，我并不是否定这一对的价值，它是第一桶金嘛。我只是想说明，尽早完成这笔交易，对我们双方都有利。"

石万山也干脆地说："和您这样的爽快人做生意真是一种享受。请您开价吧。"

萨利赫走过来，握住石万山的手，两人像中国的牛经纪一样，在袖筒里讨价还价。最后石万山爽快地说：

“行！就以这个价钱成交。”

“条件是，双方对成交金额绝对保密。”萨利赫微微一笑，“咱们不妨放风说是三百亿。我想这对双方的企业形象都有好处。”

石万山对他的第二句话不置可否，笑着说：“我会对成交金额绝对保密，你尽管去放风，我决不会公开否认。”

“很好，继续进行吧，我带来了协议草稿，中文和阿拉伯文各一份，请石先生过目。协议签字后我方就转账。我想在明天乘飞机离开贵国时，手提箱中就有这对巨钻。”

“好！先生真正爽快。”

石万山喊过刘先生，刘接过协议仔细看过，说：“按照惯例，加一条不可抗力条款吧，虽然咱们肯定用不上。”

萨利赫爽快地表示同意，双方用手写方式增加了不可抗力条款。两人唰唰地签字，随后萨利赫安排手下用手提电脑转账。电脑上的阿拉伯数字急剧上升。

在大厅中央，水晶盒里躺着那对稀世巨钻。阿拉伯人看完离开后，放大镜没有放回托架，而是随便平放在水晶盒上。

他们知道双方老板正在秘密商谈，所以没有去贵宾室，而是站在水晶盒不远处闲聊。中国参观者仍守在远处，耐心地等他们离开。正午的阳光透过放大镜，汇聚成白亮的光束，在水晶盒底缓缓移动。此刻光束落在一枚巨钻上，瞬间转化为灿烂的七彩光。

天一公司的财务人员验证货款确已到账，对石总点点头。石万山满意地对客人说：

“现在请随我到大厅，我向你们交付那对钻石。我安排人用激光工具割开水晶盒，以便你们对钻石做最终认定。”

工人推着切割工具车向大厅中央走去。这边的一行人跟在后边，边走边轻松友好地交谈。他们走近水晶盒，忽然盒内射出一道强光，一团火焰“砰”地炸开。所有人都惊叫了一声，正要上前切割的工人吓呆了。工作人员急忙护住石万山和客人。

盒中一闪之后没了动静，只有若有若无的青烟。一个工作人员走上前去观看。他对看到的结果十分震惊，揉揉眼再次细看，然后回头呆瞪着老板，结结巴巴地说：

“石总，一枚巨钻……没了！烧光了，一定是因为……它！”

他手指抖颤着，指着水晶盒上平放的放大镜，此刻它仍把一束白光聚到石英材质的盒底，那儿应该有一枚钻石的，而此刻却空无一物。透过盒内青烟可以看到盒底另一侧有一枚钻石。石万山和萨利赫目瞪口呆，其他阿拉伯人还不知道是怎么回事，急步跑过来，七嘴八舌地问着。翻译满头是汗地解释：

“都怪你们，用完放大镜后随手平放在盒上，它正好把阳光聚焦在一枚钻石上，把它烧没了，变成了二氧化碳！要知道，钻石的本质就是碳元素！”

萨利赫惊定之后脸色转为狂怒。一向镇静的石刘二人也呆了，看看穹顶的太阳，看看水晶盒，再痛苦尴尬地对视——他俩实在想不到，这一系列精心安排的措施：透明穹顶、水晶盒子、大尺寸放大镜、人工驱云等，最后竟汇总成这样一个结果。不过刘先生反应很快，立即对石万山和萨利赫说：

“没关系。只要有这枚母本在，还能变出一个孪生兄弟。”

石万山恍然大悟，立即释然：“对！萨利赫先生不必担心，我们还会给你同样的孪生巨钻，你们只需多等一天。请你们去饭店耐心守候，或者我让手下安排一个短期的游玩。”

客人们神情不安，他们用阿拉伯语低声商量了一会儿，无奈地离开了，翻译也随他们同去。石万山说：“刘哥，咱们得马上联系吕哲！”

刘低声说：“但愿——吕哲还没对那片花瓣说结束语。”

两人对视，目光中忧虑重重。石万山用手机联系吕哲，电话很快接通，吕哲的声音夹着风声：

“是石老伯？等一下，我把车停下。石老伯，我们在山区，信号不好……对，我还没有说结束语……”

电话这边的两人如释重负。

山道上，吕哲开着一辆QQ，车顶绑着便携式帐篷、钓鱼竿等物品，小陶坐右座。吕哲停下车，一边下车一边打电话：

“什么？把那枚巨钻再复制一次？”他从耳边取下手机，看看小陶，表情十分不快。思索一会儿，他才勉强说，“好吧，我信得过石老伯，我相信复制的那枚巨钻确实意外焚毁了。那我就勉为其难，再用一次时间机器吧。”他略略盘算，“我们这就往回赶，到家肯定很晚了。我明天一早就去你那儿……不，你不用派人接我们，那样省不了时间……不用谢，也不用客气。但是石老伯，不论结果如何，这是最后一次了。”最后一句他加重了语气。

电话那边，石万山难为情地说：“当然，我肯定没脸再烦你们。小吕小陶，大恩不言谢，拜托了！”

吕哲挂断手机，对小陶解释：“那对巨钻已经卖给了阿拉伯人，货款已经到账，但恰在这时发生了谁也想不到的意外——展厅配的放大镜聚焦了阳光，正好落到一枚钻戒上，把它烧毁了。”

小陶张大嘴巴：“这么巧？这么倒霉？”

“应该是真事吧，我相信石老伯的为人。”

“那……你答应再为他复制一枚？”

吕哲阴郁地说：“只好再干一次。小芳和她一家都是好人，我不想让石老伯把脸丢到国外。”

小陶不情愿地咕哝：“早知今天，当时就该复制两次，说不定咱们还能落一枚呢。”

吕哲苦涩地说：“难说。也许这次的所谓意外，恰恰是因为咱们干的事超过了时空弹性极限。于是上帝行施了不露形迹的干涉。

如果真是这样，咱们就是再干一次，恐怕也照样不能成功。但不管结果如何，咱们再试一次吧，反正我已经事先把话说绝，这绝对是最后一次。”

两人上车，在山路上艰难地倒车，向来路飞驰而去。

深夜，贼王和黑豹穿上夜行衣。黑豹从墙洞里拿出一把手枪：

“师父，今天这票生意关系重大，把家伙带上吧。”

贼王略略踌躇后点头：“行，你带上吧。不过我要再说一遍，不到保命的时刻绝不能用它。咱们是贼，不是杀人放火的强盗。各行当有各行当的规矩，是各行当的祖师爷定下的，也是老天爷定下的。如今世道乱，根子在哪儿？就是人心乱了，各行当不讲职业道德：玩赌的出老千，贪官收钱不办事，窑子们勾着黑道敲诈嫖客，绑票的得了赎金还撕票。人心不古啊。”

黑豹对这番教诲不以为然，笑着把手枪掖到腰里：“知道啦，我听师父的。”

深夜，贼王和黑豹从楼顶沿长绳坠下，用专业工具打开玻璃窗（以上重复小精怪屏幕上曾展示过的画面）。他们踅进屋里，手持手枪，在各屋查看。屋里静寂无人。黑豹疑惑地说：

“这会儿是凌晨两点，这小两口儿跑哪儿了？总不成拿着那时间机器到隋唐五代旅游去了吧？”

正在这时，一辆汽车亮着大灯从远处开过来，停在楼下。贼王趴在窗户往下看。一男一女下了车，拎着大包小包进了楼门。贼王向黑豹示意，两人藏在沙发后偷偷看着，黑豹警惕地端着手枪。楼道上响起踢踢踏踏的脚步声，接着是开锁声。两人进屋后开灯，把大包小包随便撂在地上。小陶疲乏地说：

“赶紧洗洗，睡觉。”

吕哲的声音更疲惫：“今天开车跑了七八百公里，实在累坏了，我不洗了。”

“那我也不洗了。”

两人来到卧室，把那片花瓣放到床头柜抽屉里，匆匆脱衣睡觉。片刻工夫后两人就鼾声大作。

深夜，在石万山的卧室，电话突然响了。石万山拿起电话，不想惊动睡梦中的太太，低声说：

“刘哥？什么事？”

刘先生声音低沉地说：“老石，我这会儿感觉很不好。总觉得必须现在就去找吕哲，把那件事落实。夜长梦多，等到明天恐怕就晚了。”他苦笑道，“虽然没有什么理由，但这种感觉非常强烈。”

石万山不大相信这种神神道道的预感，委婉地说：“现在是凌晨两点……”

刘先生打断他：“我知道你出面不合适，让我去吧，我带上钻石，让圆圆陪我去。”

“好吧，我让司机送圆圆去你家。”

“不，我直接去展厅等她。”

在展厅里，工人用激光切割水晶盒，刘先生目光阴沉，紧盯着里面剩下的那枚钻石，激光映得他面色惨白。盒子割开了，刘先生小心地躲开切碴，取出剩下的那枚巨钻，又留恋地摸摸原来放着第二枚巨钻的地方。他走出大厅，小芳也来了，两人交谈着上了车。

等吕哲、小陶睡熟了，藏在客厅的贼王和黑豹就悄悄摸进来，俯在两人的头顶观看。吕哲翻过身，两个贼急忙立势以待，随即吕哲又沉入梦乡。

床头柜中发出微光，黑豹轻轻拉开抽屉，里面正是那片紫色的花瓣。黑豹大喜，取出紫花后向师父做了个手势，两人悄悄退到阳台上。

贼王："就是这玩意儿？"

"没错，肯定是它。师父，今晚真顺！祖师爷保佑啊。"

"你会用？"

"小精怪说它是傻瓜型的，好用得很。"

贼王不大相信："那咱先试试，小心无大差。"

"那就回到一小时前吧，那阵儿这屋里没一个人。"

他说了口令，那紫色的花瓣倏地闪了一下，但没有后续反应。黑豹很困惑，特意踅进屋看看："师父，咱们还是在现在，那小两口儿在屋内睡着哩。可我说的口令没错呀，莫非——每朵花只听主人的命令？"

贼王思忖良久，咬咬牙："既是这样，没说的，只好把这小两口儿弄走了。娘的，当贼的干绑票，咱也坏了行规。黑豹你给我听好了，不管这事干成干不成，咱们不撕票。"

黑豹嬉笑着说："行，老爷子，咱们不撕票，吓吓总可以吧。"

吕哲和小陶仍在熟睡。梦乡里吕哲正在山道上飞驰，小陶依偎着他。忽然小精怪从空中悠悠飘来，笑嘻嘻地指着前边：

"你要哪一套，快说出你的愿望！"

前边连绵不断的山岭原来都是一幢幢剖开的房子，切面暴露着屋内的设施和住户。密密麻麻的房子如同蚁巢，而不停蠕动着的住户就像蚁群。现在来到了一幢，这是他们原来那套拥挤的蚁居，几个室友仍像往常那样来来往往，居家的穿着轻松而随意，还不知道已经被"对外展示"了。吕哲踩了刹车，想和他们打招呼，但来不及停下的汽车径直开了过去。再前边是石万山赠送的那套三室两厅，装修已毕但还没有摆家具。吕哲打算停下，小陶指着前边，央求他：

“不不，要那套别墅，石老伯应许过的！”

那是一幢豪华别墅。梦中的吕哲犹豫着，但拗不过小陶的央求，只好朝着别墅开过去。小陶跳下车，欢呼着进了门，门在她身后关上了。

吕哲迟疑地拉开门，站在门后的美女不是小陶而是小芳，她穿着性感的丝绸睡衣，胸前挂着那枚巨钻，脸上浮着梦游般的微笑。她迎上来，搂紧吕哲，给了他一个甜蜜的吻。吕哲忘情地回吻，时间在热吻中静止。他忽然惊醒：

“不对呀，我老婆不是小芳，是小陶！”

梦境倏然变换，怀中人变成了小陶，住所也变回刚才的三室两厅。小陶仍在央求，隔着车窗指着前边那套别墅。……屋门在刹那间变得透明，显出站在门那边的小芳，她仍穿着睡衣，神情幽怨，胸前的巨钻放射着强烈的光芒。小精怪也忽然现身，立在吕哲身边，面无表情地说：

“吕哲哥哥，你究竟想要哪位做妻子？请说出你的愿望。”

门外的小芳连同那枚巨钻是一个强烈的诱惑。身边的小陶又在使劲儿推他，指着前面的豪宅。身处夹攻中的吕哲在矛盾中煎熬，最后咬咬牙，取出紫色的花瓣说：

“我要就此止步了。愿望实现，谢谢。”

贼王和黑豹从阳台返回吕哲的卧室，半俯着身体，手枪指着床上的小两口儿。两人睡得正熟，贼王示意黑豹取出手绢和麻醉剂。黑豹正要敲碎玻璃瓶，忽听吕哲喃喃地说：

“愿望实现，谢谢。”

贼王手中紫色的花瓣忽然放出强光，一闪之后倏然熄灭。贼王和黑豹十分吃惊，一时不知所措。小陶似乎受到了惊动，喃喃着翻身，把胳膊搭在了吕哲的身上。恰在这时敲门声响起，门外传来甜美的女声：

“吕哲、小陶，我是方圆。请开门。”

贼王和黑豹反应敏捷，立即伏下身，蛇一样钻到床下。小陶醒了，用力推吕哲：

“醒醒，我听见是小芳的声音。咋深更半夜跑来了？多半是为了那枚钻石。”

吕哲迷迷糊糊地跳下床，穿着三角裤打开门。门外果然是小芳，她手中小心地托着那枚巨钻，身后是刘先生。吕哲揉揉眼，眼前的小芳忽然变成穿着睡衣的性感形象，他不禁面红耳赤，窘迫地请两人到客厅，自己退回卧室。少顷，小两口儿穿好衣服来到客厅，小芳难为情地说：

“真不好意思，深更半夜打扰你们。刘伯伯等不及天明，非要这时候赶来。”

吕哲已经走出窘迫，恢复了往日的豁达，笑着说：“别客气，我家大门随时为朋友敞开。”他看看小芳手中的钻石，“是不是现在就复制？”

刘先生替小芳回答：“对，买主催得很紧，麻烦你了。”

卧室中，黑豹从床下钻出来，透过门缝偷听。那边刘先生正说着什么，黑豹听了一会儿，回头吃惊地低声说：

“师父，他们马上就要用那个花瓣！”

贼王略为思索：“快，先把它放回原处！”

黑豹赶紧照做，缩到床下。小陶几乎同时走进来。她取出花瓣，惊慌地叫了一声：“吕哲，这花怎么不对劲儿？”她小跑回客厅，声音从门外传来，“它像是死了，没有灵气了！”

两个贼赶紧回到门缝上偷听。只听得吕哲的声音：“真的，它没有往常的光晕了！来，我赶紧试试。花儿花儿，送我回到十分钟前。”

卧室里的贼王大惊：“十分钟前？那是要回到这间卧室，咱们快躲起来！”两人连忙钻到床下。贼王这时省悟过来，“十分钟前！那他撞上的是十分钟前的咱俩，咱现在再躲也没用啊！”

“师父那咋办？”

“没办法。只有等吧。”

客厅里，吕哲说完口令后没有任何动静。他不死心，重复一次，仍旧如此。旁边三人都极度紧张地看着他，吕哲苦苦思索着，忽然脸上变了颜色：

“我知道原因了！”其他三人眼巴巴地看着他，“你们来时我正在做梦，梦见……”

他看看小芳，面红耳赤，一时噤口。小陶急急地追问：

“梦见啥了？梦见啥了？”

小芳和刘先生也紧盯着他，吕哲只好说下去，“梦见我在这套三室两厅里，小陶不满意，逼我换一套别墅。我只好弄出一套别墅，进了门，里面的女主人却不是小陶。”

小陶敏感地看了一眼小芳，恼怒地问：“肯定比我漂亮，对不对？说不定还揣着一枚巨钻当嫁妆哩。”

吕哲此时只能破罐破摔了：“没错。比你漂亮也比你富有，胸前还悬挂着一枚巨钻。”说到这儿，吕哲嬉笑自如起来，“试想面对如此强大的诱惑，世上有哪个男人能抵挡？但你家吕哲是何许人也？我屏住心神，赶紧退回原来的屋子，搂住糟糠之妻。为了自断后路，我立即对花瓣说了一声：愿望实现，谢谢。”

小陶说：“没错！小芳敲门时，我好像听你在说梦话。对，说的就是这句。”

“我是在梦中把结束语说出口了，而这个傻机器分不清梦话还是真话，就这么结束了使命。”

小陶想了想，相信了丈夫的话：“对，应该是这样。你说完梦话时，我好像看见一道闪光，肯定是花瓣在发出最后的光芒。”

刘先生脸如死灰，同小芳面面相觑。

卧室里，黑豹气急败坏地说：“可不是真的！师父你记得不，就是他说了那句梦话后，花瓣猛地闪亮一下，然后就死了！”

贼王示意他噤声，然后无奈地摇头。

吕哲走出了尴尬，更重要的是他的梦话歪打正着，正好让他避开了他不愿干的事，因而卸下了心灵的重负。他歉然地看着小芳和刘先生，但表情中更多的是轻松。小陶虽然免不了吃醋，但最终还是想开了，嫣然一笑，在吕哲脸上猛亲了一下：

“虽然你在梦中动过歪念头，好在能幡然悔悟，属于犯罪自动中止。本法官决定不予追究了。”

她紧紧挽着丈夫，颇为得意地看着小芳。小芳心中也如明镜一般——吕哲的梦中情人多半是自己。但她大度地一笑，过来搂住小陶的肩膀：

“祝贺你小陶。能有这样一个忠诚的老公，你太幸运啦。假如我是吕哲梦中的那个女人，也会大方地接受这个结局。你说呢，吕哲？”她戏谑地看着吕哲。

吕哲免不了尴尬，却仍豁达地笑着点头。小芳回头对刘先生说：

“刘伯伯，你看……”

刘先生长叹一声：“时也，命也。”

他没有与主人告辞，断然离去。小芳歉然地向主人点头，急急地追出去。

小两口儿相对摇头，回屋重新睡觉。

小陶用力搂着丈夫：

“吕哲我好感动！你能自行中止犯罪，已经很难得了。我真的想开了，不再想那套失去的别墅、不想那两个亿、不想那枚巨钻了。”

吕哲笑她："真的不想？"

她实话实说："说不想是假的，但为了得到那些，说不定就会失去你，最后落个人财两空呢。……喂，你梦中情人是不是小芳？你给我坦白，我保证不和你生气，也不对小芳说破。"

吕哲两眼望天："做人要厚道。"

床下两人听着上面的腻语，不敢稍有响动。直到床上响起了平稳的鼾声，两人才悄悄从床下退出，从房间来到阳台。黑豹愠怒地说："就这么走了？我不甘心！"

贼王瞪他一眼，低声说："小不忍则乱大谋。紫色花瓣死了，还有李乐那瓣红花呢。"

黑豹亢奋起来："对，咱们找李乐那小子去！"

两人正要离开，贼王说："慢！你在这儿等着。"说完，他就从窗户返回到了屋里。黑豹不知道他要干什么，疑惑地等着。很快贼王返回，手里拿着一支挠痒的老头乐，说，"老规矩，贼不空回。"

他把老头乐插到身后，攀绳而上，黑豹随后跟着。

仍在展厅贵宾室里的萨利赫怒气冲冲地宣泄着心中的不满，翻译快速翻译着：

"萨利赫先生说他非常生气，那些粗话我就不翻译了。他说按照合约，贵方应双倍赔偿他的损失。"

刘先生冷冷地说："麻烦他重读一遍合约，那上面有不可抗力条款。眼下的情况当然属不可抗力。"

萨利赫又愤怒地说了一通，翻译说："他说钻石被毁并非不可抗力，他说不要忘了，昨天的云层是你们用人力驱走的，阳光是你们用人力唤来的！"

这是公然耍赖了，但这个理由并非完全不合逻辑。刘先生为之一时气结语塞。石万山也不耐烦了：

“算了，刘哥你甭和他争辩了，没意思。翻译你告诉他，造成现在的局面，都怪他的手下用完放大镜后不放回托架，而是放到了水晶盒上。当然，从法律上讲，这只能怪主办方在技术上考虑不周，怨不得参观者。但我是一个很迷信的人，在我心目中，技术原因只是表面的，深层原因是某人把晦气带到了中国，带给了我们。那些晦气早就跟定他了，前些时几乎毁了哈利法塔。他如此迫切想弄到孪生巨钻，为的就是冲走晦气。如今眼看到手的镇塔之宝又飞了，看来他的晦气一时半刻还难以驱走呢。”

这番“道理”同样近乎耍赖，也相当刻毒，不是外交场上的语言。但那位翻译显然在感情上更倾向于同胞而不是他的雇主，他痛快淋漓地翻译着，频频做着有力的手势，指着大厅中央已经残破的水晶盒子。他的阐述肯定非常有说服力，萨利赫的脸色由狂怒渐转成气结，又渐转为无奈。石万山适时地说：

“请他不要闹啦，再闹对双方的公众形象都没有好处，反正那枚失去的钻石是不能复生了。我把他的货款如数归还，请他打道回府吧。”

萨利赫脸色稍霁，他走过来，同石万山握手言和。双方都变回绅士，彬彬有礼地拥别。

阿拉伯人走了，石万山、刘先生、小芳三人立在基座前，黯然地看着水晶盒的残片。小芳手中托着那枚巨钻，轻声问：

“爸爸，往下该怎么办？”

刘先生说：“事情并非完全绝望。还有其他六片花瓣。”他的口吻完全是就事论事，不带一点感情。

石万山摇摇头，决然说：“天意不可违！到此为止吧。至于这枚巨钻——干脆捐给国家吧。”

刘先生叹息一声，简单地说了一句：“我料到你会到此止步的。”

方圆目光闪动，真诚地说：“爸爸，今天我可以说，我真心敬佩你。”

石万山苦笑：“那你的敬意也太昂贵啦。虽然我很乐意听，但还是希望仅听一次。”

刘先生突兀地说：“老石，我已经六十岁，决定退出江湖了。”他黯然说，“三十年来我为公司出谋划策，屡有成功而未有大错，我也一直以此为傲。可惜……”他摇摇头。

石万山不快地说：“刘哥你咋啦？追究责任也只能算到我头上。我既是决策者，主意也是我最先提的。”

刘先生挥挥手，表示那不是根本原因，简单地说了几个字：“我意已决。”

石万山想了想，说：“也好，你就离开这片铜臭之地，回去享清福吧。我赶紧把事情安排一下，也打算退下来了。”他摇摇头，“可惜我那小子坚决不接我的班。人各有志，我不想勉强他。”

方圆嫣然一笑：“爸爸，你是个思想开明的好爸爸。”

石万山突然说：“其实我心里已经有了一个接班人的候选，至少是当副总的苗子。”刘先生和方圆疑惑地看着他，“这人我认识不久，了解还不深，但至少可以肯定，他有足够的毅力来拒绝诱惑，可以在公司扮演踩刹车的角色。”

方圆轻声问：“吕哲？”

石万山没有直接回答，对老刘说：“记得不？几天前我曾说过这人的眼界和气魄稍嫌不足，没把事情做到极致。看来是我错了，他这种拒绝诱惑的眼界和气度才是处世的极致。我自叹不如。”

两年后。

吕哲夫妇开着QQ来到超市，抱着婴儿下车。对面，方圆夫妇刚好推着婴儿车从超市中出来。双方相遇后热情地寒暄，逗弄着对方的孩子。方圆和丈夫手上各有一枚钻戒在熠熠发光，显然就是那对单价七十万的孪生钻石。吕哲夫妇也戴着婚戒，吕哲是白金戒，小陶是钻戒，质量都不错，当然比那对孪生钻石要差多了。

方圆问道："洋洋满周岁了吧？"

小陶回应："对，前天过的生日。你家格格应该是十天以后，对不对？"

"十一天后。洋洋抓周没？抓的啥？"

"抓了一把小计算器，抓住后半天都不丢手！我看长大是经商的料，比他爹强。"

小山对吕哲说："吕哲，别忘了咱们定下的娃娃亲！"

吕哲笑道："俺俩肯定不会忘啊，就怕洋洋长大后高攀不上石家公主。"

小山也说笑道："哼，你小子是正话反说吧。格格她爸只是个落魄穷画家，洋洋他爸可是天一公司未来的副总。"

吕哲面露难色："小山你就饶了我吧，别寒碜我了。我绝对清楚自己碗里有多少水，所以才不敢答应你爸的盛情相邀。"

方圆真心地说："我和小山很佩服你。不是每个人都能像你那样拒绝诱惑。"

小山笑着说："你要做好心理准备，我爸认准的人，可不会轻易放弃。"

双方告别。方圆夫妇开车走了，吕哲仍出神地站在那里。小陶用手在他眼前挥了挥，讥讽地说："喂，眼珠子掉出来了！看什么，再漂亮也是人家老婆。"

吕哲收回眼神，怅然道："小陶，有时候想想那幢差点到手的别墅，想想那笔差点到手的两亿巨款，难免有点惋惜。"

小陶似笑非笑地："更惋惜没到手的别墅女主人，是不是？"

吕哲付之一笑："心理学家说，女人时不时吃点小干醋正是爱情充沛的标志，就如青春痘是青春蓬勃的标志。所以——感谢你对我的充沛爱情。"

"哼，厚脸皮。"

他俩进入超市时，贼王和黑豹迎面走过来，贼王边走边用老头乐挠着背。吕哲夫妇不认识他们，但贼王则自来熟地过来搭讪：

“多漂亮的小家伙。过没过周岁？”

小陶高兴地说：“刚过周岁。”

“看这双黑眼珠虎灵灵的，多有神！”他笑着对两人说，“我能不能抱抱？我这人一向喜欢小孩子。”

贼王抱过孩子后，就和黑豹走了。小陶顿生疑惑：“吕哲，咱家这把老头乐不是一直找不到吗，咋在儿子手里？”

孩子胖乎乎的小手里确实攥着一把老头乐。吕哲也纳闷：

“我不知道。刚才和小芳闲聊时，洋洋还是空手的啊。”

这些场景逐渐缩小，缩到屏幕内，然后定格。屏幕外，小精怪得意地说：“看，吕哲哥哥的愿望已经顺利实现了。他得到一枚钻戒，用它换来一幢三室两厅外加一百万存款，还有可能当上天一公司的副总。我真替他高兴。”

短发小伙子笑着喊：“还差点得到一次艳遇！”

众人哄笑，小精怪不满地说：“不许胡说，吕哲哥哥和小芳姐姐之间那是纯洁的友情，不像你，一张嘴就没好话！”

“好，我不胡说了。往下咋进行？”

“下边还有红色花瓣的故事，你们还想不想继续看下去？”

“当然想！”

小精怪沉吟着，“我的周末作业铁定要耽误啦，就不说它了。喂，”他问工作人员，“能不能给大家发点饮料？还得事先准备夜宵，时间肯定拖很久的，说不定要熬通宵。”

自打李乐走后，《傻乐汇》的工作人员正闲得没事干，这时立即兴奋地说：“行！不过只能提供盒饭和饮料。”

大伙儿高兴地说：“盒饭就行！谢谢啦，先发饮料吧。”

饮料很快就发到了大伙儿手中。工作人员说：“小精怪你快点往下进行吧，我们都急着看乐哥的故事呢，也盼着他实现愿望后回来当主持。”

“好的，我这就来。”

屏幕上，红色光标游动着，逐渐放大为李乐。他正往家走，身后跟着两个诡秘的身影，那是贼王和黑豹。

昔日玫瑰 / 长　铁

我用希腊文与希伯来文仓促记录这些文字，赶在热那亚人潘恩离港前，委托他将这些手稿妥善保管在他所认为安全的地方。

——卢浮宫纸莎草文件，E5591，托勒密城主教辛奈西斯（Synesius），A.D.463

三　界

迪奥多西一世第五次担任罗马执政官的那年，罗马学者杰罗姆来到亚历山大港，没有人知晓他此行的使命，亚历山大港总督俄瑞斯忒斯也没有派人接待他。

杰罗姆在罗马享有盛誉，但在这儿，他又算什么？罗马皇帝雇用了一艘热那亚商船专程为他送行，那艘吃水很深的商船载有杰罗姆私家藏书数千卷，奴仆五名，私人医生一名，木匠一名，外加修辞学教师一名，却载不来他在罗马建立起来的学术声誉。亚历山大人自豪地宣称，这儿不缺伊壁鸠鲁的花园，也不差斯多葛的门廊，更兼诸多怀疑学派、新柏拉图学派、不敬神学派、炼金术士、雄辩家们麇集于此各领风骚，谁还有兴趣听一个罗马人的指手画脚。

一位学识渊博的阿拉伯人告诉我，杰罗姆对亚历山大知识界抱有野心。此话不假，杰罗姆那双地中海般深邃的鹰眼中所透出的火焰，就像马其顿皇帝对东方疆土无休止的渴欲那般炽烈。我是在俄瑞斯忒斯的家庭晚宴上第一次见到杰罗姆的，了解到他与提阿非罗主教的私人关系，我礼貌性请他代我向提阿非罗主教问好。杰罗姆并没有显露出传说中的傲慢，像每一位深藏不露的博学家一样，他友好地回应了我，声音如蜂蜜般温润。这不免令人失望，因为那时我还年轻，心底充满好奇，并不怀好意地期待罗马学者与本地那些自命非凡的大人物来一次激烈的正面交锋。

大概是出于与我类似的心理，我的朋友热那亚人潘恩凑上前来，向杰罗姆敬了一杯无花果酿造的美酒：“尊贵的客人，可否向您请教一道难题？”

潘恩是一名海员，也是一位见多识广的博学家，如果是连他也解决不了的难题，那么可以相信这个问题的难度不会亚于斯芬克斯之谜。因而许多人都簇拥过来，饶有兴致地看着热闹。

杰罗姆微笑着，脸上写着“请便”二字。

潘恩在桌面上摆上九枚银币，排成三行三列：“这个该死的问题让我在船上输掉了九枚金币，我不知道那些目不识丁的海盗也懂数学！”人群里爆发出几个短促的笑声。潘恩环顾众人一圈，目光驻停在杰罗姆的脸上：“同样，今天谁能移动这些银币，把它们从原来的八行，每行三枚，变为十行，每行三枚，这九枚银币便属于它。”

说完，他便扭头走出喧闹的人群，用一枚小银勺从蜜罐里舀起金灿灿的蜂蜜，放进酒杯里，缓缓地搅动起来。蜂蜜是不容易与酒调在一起的，显然，这也是个不太可能在短时间内解决的问题。

“这个问题可以由我的木匠来解决，因为这需要用到弹墨线。”杰罗姆慢条斯理地说，说话的时候他没有朝向潘恩的方向，而是侧着脸庞，他漂亮的短髯修得笔直，比女人后颈上的茸毛还要精致细密。

酒杯里的漩涡陡然乱了，稍稍地溅出杯沿。潘恩像喝醉了似的，红着脸走过来。

当然，这儿没有什么木匠。杰罗姆闭着一只眼，脸贴近桌面，瞄准前方，手指推动着银币缓缓前进，那专注的神情看起来就像是海伦[①] 在丈量尼罗河三角洲的土地。

每当杰罗姆排好一行三枚银币，人群中就会响起怀疑的声音：“这样可不行。就好比一个拙劣的裁缝，左边袖子短了，往左边扯扯，但右边又短了。”

---

① 海伦：古希腊数学家、测量学家，约公元62年活跃于亚历山大，教授数学、物理学等课程，提出了著名的已知三角形三边，求三角形面积的“海伦公式”。

每一个埃及人都是测量术的专家，他们对平面几何的直觉极为精确，就像对尼罗河泛滥期的到来那样敏感。

但是这一次，围观者们错了。当杰罗姆排好他最后一枚银币，人们甚至还没有在第一时间内意识到问题已经解决了。因为银币的排列实在是太违背直觉了，几乎每一个具有数学常识的人都会认为最可能的排法应该是几何图形的，像平方数、三角数或是正多面体那样和谐优美。[①] 而杰罗姆的排列却是混乱的，甚至是非对称的，就好比夜空里的繁星，被寥寥几笔线条连接起来，突然构成了直观化的星座。

人群中爆发的第一个掌声来自潘恩，他输掉了九枚金币——第一次，他从海盗那儿获得了这个有趣的问题，第二次，他得到了答案。后来这九枚金币被永久地镶在樱桃木桌面上，并被悬挂于亚历山大图书馆的地下藏库，与希波克拉底医学著作、古代悲剧作家的手稿真迹、阿基米德螺旋抽水机陈列在一起，像是一个示威，又像是罗马皇帝的诏书，似在向亚历山大人宣布：我们来了！

杰罗姆的表演还没有结束，他俨然把这庄重的场所当成了闹哄哄的罗马集市，甚至没有征得总督大人的允许便向在场五十五位饱学之士发表了一段即兴演说。如果这儿有一只酒桶的话，他说不定还会站在上面。

他的发言里有一些有意思的观点，比如他说，阿基米德是个虚张声势的骗子，他绝无可能设计出铁爪起重机把敌人的军舰吊起来；阿波罗尼奥斯[②] 也不过是一位沽名钓誉之徒，他的传世名作《圆锥曲线》无非是在重复前人的工作；还有亚历山大人所敬重的埃拉托色尼[③]，其实就是个什么都只懂一点的半桶水。

---

① 可以用帕普斯定理来解决九币谜题。

② 阿波罗尼奥斯（约公元前 262 年—约公元前 190 年）：与欧几里得、阿基米德齐名的古希腊数学家。

③ 埃拉托色尼（公元前 275 年—公元前 193 年）：古希腊天文学家、地理学家，曾任亚历山大图书馆馆长。

不消说这些耸人听闻的论点在与会诸公听来会有多刺耳，这不啻是在向整个亚历山大学派宣战。不过杰罗姆富有个人魅力的地方在于，他每叙述一个论点都列举了充分的证据。比如在怀疑阿基米德时，他亲手用微缩模型做了示范——这大概是为什么他的随从中会有木匠的缘故吧。在批评阿波罗尼奥斯时，他列举了《圆锥曲线》中欧几里得、梅内克缪斯[①]的一些研究成果。在揶揄埃拉托色尼时，他开玩笑说埃拉托色尼计算的地球子午线长度的误差大到可以装下整个地中海。

“数学是一门精密的学问，不容任何自作聪明的头脑擅做改动。”他说，“在罗马时，我从一位威尼斯商人那得到一部希腊文抄本《算术》[②]，用漂亮的安色尔字体[③]书写在一部金线装订的羊皮纸卷上，每一个字就像印刷字体那样精确、严密。我第一眼看到它就决定用三枚金币买下它，虽然威尼斯商人喜悦的眼神告诉我他赚到了，但我觉得收藏它是划算的。可当我翻到书的第三章后却又改变了主意，一种粗鄙的靛蓝墨水书写的批注映入眼帘，就像是田野里的金龟子那样耀眼刺目。威尼斯商人告诉我，伟大的亚历山大学者修订了丢番图的原著，以使它显得更完美精确，全地中海人都以使用这样的修订本为荣。我把那本书扔到他的脸上，告诉他，那些敢对先贤的著作擅做更改的人都得挨这一巴掌！而这正是我来到这儿的原因。”

刚才还热闹非凡的宴会变得静悄悄的，所有人的目光都落在席昂[④]的女儿希帕提娅[⑤]的身上。几乎所有人都在第一时间内露出恍然大悟的神情——这才是罗马人的重点。

---

① 梅内克缪斯：古希腊柏拉图学派数学家，圆锥曲线的发明者。

② 《算术》：古希腊数学家丢番图的代数学名作。

③ 安色尔字体：一种曲线状的手写体。

④ 席昂：古希腊哲学家，亚历山大图书馆研究员。

⑤ 希帕提娅（370年—415年）：古希腊哲学家、数学家、天文学家。

我的老师希帕提娅是一位美丽的女子，但她借以闻名的不是她的美貌，而是她的学识。正是她修订了丢番图与阿波罗尼奥斯的著作，以使它们变得更通俗易懂。

我不是历史学家，作为希帕提娅的学生，我在书写这些文字之时难免带有某种倾向。但是对于希帕提娅在亚历山大人中所享有的声望，无须任何修辞学的夸张与溢美。读者们可以从同时代的文学家、艺术家的作品中读得浮光掠影的片章，他们形容希帕提娅具有雅典娜般的美貌。

我理解罗马人的感受，在几个世纪前，亚历山大人拥有泽诺多托斯[①]、埃拉托色尼、卡利马科斯[②]，那都是百科全书式的大学者，人们信服他们的智慧。自最后一位全能数学家帕普斯[③]辞世以来，人们悲观地以为科学已经终结了。而如今，罗马人惊奇地发现，拥有骄傲历史的亚历山大人竟然拜倒在一个女人的脚下，他们像不谙世事的儿童般簇拥在希帕提娅的身旁，聆听她娓娓动听的教诲。希帕提娅的门下车水马龙，冠盖云集，权贵名流们不远千里前来倾听她的讲学，时人均以成为希帕提娅的学生为荣。

我们多么渴望希帕提娅与罗马人展开一场阿喀琉斯对战赫克托式的辩论！可是，我的老师只是披着她那件缀满补丁的长袍静静坐在人群中，就像牧羊人坐在心爱的羊群里，只有牧笛声在她耳中飘荡。

她说："尊敬的客人，您所苦苦寻觅的，蕴藏在您对先贤们精彩的评价里。"

在座诸宾先是一愣，旋即哄然大笑。罗马人的宏词雄辩就像回旋镖，全部飞向了自己——如果后人没有资格对先贤们的著作进

① 泽诺多托斯：古希腊文学家，亚历山大图书馆第一任馆长，《伊利亚特》和《奥德赛》的第一个校注者，并将其编为24卷。

② 卡利马科斯（约公元前305年—公元前240年）：古希腊诗人、目录学家。

③ 帕普斯：古希腊数学家，亚历山大学派最后一位伟大的几何学家，著有《数学汇编》等大量著作。

行修订诠释，那么他刚才在评价阿基米德时为什么不闭上自己的嘴巴呢？

杰罗姆粗大的喉结颤抖一下，说不出话来，也许下一次他还应带上他的修辞学教师。

可是作为罗马皇帝钦定的使者，亚里士多德第三十一世嫡传弟子，杰罗姆在亚历山大的使命才刚刚开始。“亚里士多德嫡传弟子”的说法来自他漂亮的花体签名，在清理亚历山大图书馆的目录系统后，在核查总督大人的土地税收账簿后，他都会留下这个令人怀疑的签名。就像马其顿皇帝每攻下一座城池，都要无比自豪地向投降的异族们宣告：“腓力之子，亚里士多德的学生亚历山大宣布此谕……”杰罗姆继承了亚历山大的野心，但他的所谓亚里士多德嫡传弟子的说法已是无史可稽。

为此，有人曾向我的老师请教：“杰罗姆自称是亚里士多德的传人，这种说法可有依据？以及，先生您的学问又是出自何源？”

希帕提娅微微一笑，说：“对于山涧的涓涓细流，人们可以很清晰地追溯它的源流。对于浩渺汪洋，却很难穷尽它的源头。”

杰罗姆为什么要对亚历山大图书馆的目录系统进行清理？人们对此议论纷纷莫衷一是。自卡利马科斯建立起亚历山大的目录系统以来，图书馆的藏书就像一棵枝繁叶茂的参天大树一样生长起来。

每天，托勒密王朝的国王们、执政长官们从全世界收集来不同语言的图书、手稿、符号图谱；缮写室里上百个希腊文、阿拉伯文、腓尼基文、拉丁文、科普特文书法家们在烛影清灯下日夜不停地抄写，沿长长的铜尺画出平行等距的横线，保证每一个字母都排列得严密工整；插画家们为繁密的文字缀上斑斓的颜色，圣女、天使、怪兽的形象在书页上惟妙惟肖地舞动；熟练的装订员用砂纸、鹅卵石打磨上等的羊皮纸，用白垩软化它，用铁尺压平纸面，最后用结实的牛筋、亚麻线装订成册。那些纯手工制作的羊皮纸卷因其孕育于充满迷迭香、薰衣草、东方檀香的缮写室、装订室里，生来便散发一种令人眩晕的气息，让每一位远道而来的借阅者都沉醉于它的厚重与玄奥。

托勒密王家图书馆到底收藏了多少图书？这大概是个“阿基米德的牛”[①] 式的谜题。伟大的目录学家谦虚地宣称有藏书四十九万卷，在拉丁文诗人格利乌斯浪漫的想象中，这个数字扩大到了七十万卷。即便是埃拉托色尼，也没有勇气对如此庞大的图书系统进行整理。而一个初来乍到的罗马人却把自己当成了园丁，妄图对这图腾柱般神圣的大树动剪刀！

在洪水到来的季节，一位炼金师拜访了我的老师，忧心忡忡地提到杰罗姆把佐西默斯[②] 的著作清理出了图书馆。不久，一位阿拉伯学者告诉老师，他在亚历山大藏书库里已无法找到萨尔恭二世[③] 的楔形文编年史。后来，一位多那图斯教徒向老师声泪俱下地控诉杰罗姆销毁了提科尼乌斯[④] 的作品。

“我应该去拜访他。”希帕提娅吩咐仆人准备马车。

我却挡在了马车的前面：“先生，您不能去。”

希帕提娅露出略为讶异的神情：“这不是你的风格，我的学生。一个富有同情心的人怎么会对他人的痛苦熟视无睹？”

“先生您了解外界的传闻吗？罗马人的野心路人皆知，他今天的所作所为无非是在向您示威，如果您去拜访他，那正中了他的圈套。”

“那又如何？”

“可是，因为有您的存在，我们才拥有六翼天使神庙[⑤]，如果连您也被牵扯进这场风波，亚历山大人连六翼天使神庙也要失去了。”

---

① 又称群牛问题，含八个未知数的二次不定方程，最小解的位数超过 20 万。相传是阿基米德用来向阿波罗尼奥斯挑战的数学难题。

② 佐西默斯：古希腊炼金术士。

③ 萨尔恭二世：古闪族人国王。

④ 提科尼乌斯：非洲多纳图派作家，著有《自由教规》一书。

⑤ 六翼天使神庙：亚历山大图书馆的分馆。

希帕提娅回望了一眼神庙那巍峨的爱奥尼亚大理石柱[①]，当她转过头来，石阶下满目是期待的焦灼面孔。她挽起雪白的亚麻长袍，赤裸着光洁如玉的脚踝，登上了马车。

杰罗姆把亚历山大图书馆当成了他的私人官邸，图书陈列室变成了娱乐场馆，里面正上演着时下流行的自动傀儡剧[②]，台下看客们正为木偶们笨拙滑稽的演出笑得前俯后仰，而杰罗姆本人则一面观看着演出，一面与一位印度盲人棋手下着象棋，手里还把玩着一个埃特卢斯卡十二面体智力玩具。

见到希帕提娅，他殷勤地过来迎接："我本应先拜访您的，美丽的女士。"他谦卑地欠了欠身，亲吻了她的手背，然后邀请她一起观看木偶剧。

"在希腊人的传说中，第一代人类是黄金锻造的，他们拥有神一般的体魄与智力。"杰罗姆口若悬河地向我的老师谈起他对文明的见解，"第二代人类是白银所铸造的，他们在体形与精神上都略逊于第一代人类。而到了我们这一代——第三代人类，无论是在体魄与智力上都已远逊于古人。据说在几百年前，人们可以轻易地把十二面体魔方复原，就像这样。"他似乎是漫不经心地把已经恢复秩序的完美几何体递到希帕提娅的面前，"而今天的人们，甚至连立方体的魔方都无法拼好。亚历山大人所敬仰的女士，您觉得呢？"

我的老师希帕提娅微微含笑："今人不能领悟古人的玩具，是因为古代的智者已证明，任何一个复杂的魔方，都可以在有限步内恢复其原有秩序，所以今人不再对古人的玩具感兴趣，而未必是智力上逊于古人。同样，一位古代人生活在今天，也会为灯塔与长堤所拱卫的亚历山大城而赞叹。"当她侧过脸庞答话时，彩色

① 爱奥尼亚柱的柱顶两端有向下的涡卷装饰向中心靠拢，体现女性形体之美，又被称为女性柱。

② 由亚历山大工程师赫戎所发明。

玻璃透下的光线正好映在她的脸庞上，就好像阳光穿透琥珀，那凝固的线条悄然融化，脸上的茸毛变得几近透明。不可一世的罗马人也不敢正视她的美丽，只好稍稍偏转视线，假装去看舞台上的木偶。

“哈哈，好一个可以在有限步内恢复其原有秩序！”杰罗姆放声大笑。舞台上被宙斯化成了小母牛的伊娥被她的父亲认了出来，观众们正沉浸在感动与忧伤之中，这爽朗的笑声未免显得不合时宜，许多人都朝这边看过来。

“我喜欢这个命题。万物皆数，一而二，二而三，无限渐次递归……世上万物莫不如此，人生如戏，所有发生的一切也许只不过是预先写好的剧本的重演。”很意外，他似乎赞同希帕提娅的论点，可是反过来未必如此。

希帕提娅严肃地说：“万物皆数，而数并非万物。”

杰罗姆皱了皱眉头：“此话怎讲？”

“古代的智者芝诺曾提出，一支飞驰的羽箭在每一个时刻点都是静止的，但是一支飞驰的羽箭并不等于每一个静止时刻的相加①，就好比一根数轴并不等于数轴上每一个长度为零的数的相加。”

杰罗姆陷入了沉思，他的额头上渗出了细密的汗珠，幸好他的头低垂在棋盘之上，让人以为他只是沉浸在棋局当中，巧妙地掩饰了他内心的慌乱。

一支飞驰的羽箭并不等于每一个静止时刻的相加，这是多么朴素的论证。当时我与在场的许多智士一样，以为希帕提娅只是在转述芝诺的论断。她的叙述谦虚地略掉了这一论证的主语，直到许多年后我回忆整理老师的学说之时，这才领悟到那些隐晦的智慧。

“哗”的一声，盲棋手推枰认负了，这真是一个来得及时的鼓舞。

① 用现代数学语言可以表述为，一个时间段为连续统，为不可数无穷，不能分割为可数无穷个静止时刻。

杰罗姆谦虚地说："先生，您为何认输呢？棋盘的空格子还有那么多，我们所剩棋子兵力也不相上下，难道您现在就能预见最终的结果吗？"

盲棋手恭敬地躬下身子："大人，让您见笑了。如果说棋局刚刚开始便能洞知胜负也许过于夸张，但是作为一名以下棋为生的棋手，在棋局过半并少一兵的情况下，还不能预知自己的失利，那就未免太自大了，尤其是在大人您这样的高超的对手面前。"

杰罗姆露出颇为自得的神情，似问非问道："先生，我听说在古代没有规则的年代，执黑先行的棋手是必胜的是吗？"

"是的。大人，正是由于先行有利，人们这才制定一些有利于白棋的规则让棋局实现天平般的精密平衡。"

"但是不管多么精密的天平，在这种微妙的平衡当中，也必然会有一方稍稍地沉下去而另一方稍稍地上翘。"

"是的，大人。"盲棋手口中称是，脸上却浮出迷茫的神色，确实，他已跟不上杰罗姆的思绪，罗马人的话早已意不在此。

"那么，"杰罗姆起身拍拍膝盖，转过身子面对观众们，他的动作潇洒又优雅，几乎本能地找回了面向公众演说时的固有姿态，"正因如此，不管棋局的情形多么复杂惊险，对于一名具有理想智力的棋手而言，棋局事实上在一开始便已结束了。"

像是已经预料到人们难以理解这个论断，他稍作停顿，继续用不容置疑的语气说道："理论上，导向胜利的途径有无数种，可是胜利的归属却是棋盘规则所率先决定了的。这是因为对于高超的棋手而言，每一手棋都是建立在严密的运算之上，这里面并没有运气的立足之地，企望幸运女神的眷顾乃赌徒式的心理，那样的棋手注定成不了真正的智者。真正的棋手每下一手棋，与其说是在破解头脑里储存的残局、定式，不如说是在解丢番图方程，以求得最优解。棋局的每一步，都是建立在对己方最有利的上一步之上，这都是确定性的结果，而上一步，又是建立在上上步之上，如此递归，我们可以回到第一步，棋盘上放下的第一颗子。”

棋盘响起一个清脆的声音，杰罗姆夹起一枚皇后放在空旷的棋盘上，这是多么骄傲的宣告：棋局在第一步就已经结束了。可这昭然若揭的挑衅却又如此令人诚服，以至于在场的亚历山大人没有一个敢站出来挑战他的论断，更没有人敢站在他面前的棋盘前。

杰罗姆的目光落在希帕提娅的头顶上：“美丽的女士，您也这样看吗？”

我的老师淡淡地回答道：“我已经说过了，人生不是棋局，世间万物的复杂变化更不能归为确定性的简单递加。”

“哦？”杰罗姆扬了扬眉头，用一个很有力道的手势指向舞台，“那么为什么不把目光投向这些可爱的木偶们呢？这些上了发条的小东西，他们上演的悲剧令我们黯然神伤，上演的滑稽剧让我们捧腹大笑。除了喝的不是水而是润滑油，除了小小的工艺瑕疵让他们偶尔显得笨拙之外，与我们人类又有何区别？！这些宙斯与人间女子偷情的故事难道不是一开始就已经设计好的吗？又有什么证据可以排除我们人类也可能是上帝排演的一台木偶剧呢？”

像是对他的回应，伊娥来到尼罗河岸边无比哀戚地向天帝求助时，“咔”的一声，木偶似被小小的工艺瑕疵卡住了。这关键时候的卡壳真是大煞风景，观众中响起懊恼的声音。

激动的演说者显然也为粗鲁的打断而恼火，但他旋即恢复了神态：“这并不构成我们对数学递归性质的怀疑。机械的掉链子再正常不过，就连人类也时常犯失心疯呢。再者，我们为什么不构建一种新的机器用来检验这些尽职的木偶演员们呢？这正如远古的星象师们用星盘、象限仪、水时计来推算日月星辰运转的规律。我想，这在本质上没有什么不可行。”

希帕提娅微微颔首，眼睛一眨不眨地望向他，似在说：“洗耳恭听。”

这期待的目光令得罗马人红光满面，他完全沉浸到那个雄心勃勃的理性世界中去了："如果把木偶们拆离开来，我们不难发现，它们是皮带牵引轴承、齿轮相互衔合的机器。而齿轮每一刻齿的啮合与每一步逻辑推理的过程并无本质的区别，它们都是确定性的，输出建立在输入之上，而下一级输出又是建立在上级运算结果与新的输入之上。如此一来，我们完全可以设计出一种新的机械，当木偶卡壳时，我们规定这种情形作为输入，且输出为真，也就是说它能提前运算出一个木偶是否会出岔子，并让它自动点燃一盏松油灯，以提示主人事先检修木偶。"

博学的亚历山大人立刻意识到这又是一种新的递归。发明了第一台自动化机器，这意味着同样可以发明第二台，可保证第一台不掉链子，同样也可以发明第三台机器来保证第二台机器不掉链子。推而广之，可以发明无数台机器来保证这个世界的正常运转，如果世界真的是一台木偶戏的话。亚历山大人诚服地啧叹着，罗马人的确带来了崭新的思想。

"诸位有所不知，皇帝派我来接管亚历山大图书馆，是因为英明的圣上已经意识到科学的根基正在受到异端学说的侵蚀，我们的科学是建立在伟大的先知所制造的每一块牢固的砖块之上：欧几里得公设、丢番图代数……而现在，异教徒邪说就像是蛀虫啃噬着先贤们的成果。馆藏里充斥着伪托赫拉克利特之名的炼金手稿、记录异教徒之神的文字、各种画有裸女怪兽的巫鬼之书。如果说赫戎的木偶机械们可以用高明的机械来检验，那么同样应该有伟大的头脑来检验人类的智慧，把那些引诱人走入歧途的邪恶学说扫地出门，而只留下那些如黄金般璀璨成熟的文字！"杰罗姆的演说有如洪钟般雄浑有力，却又久久撩拨你耳孔里的绒毛，令人不那么舒服。

看客们都拧着眉头，脸上浮出便秘般的痛苦表情。他们就像是金字塔下瞻仰的游客，久久在巨大的阴影下徘徊，企图在严密咬合的石墙中寻找到一个突破口。罗马人的话一定有什么问题！是大前提的选择不恰当？还是玩弄技巧的狡辩术？我看到有人张嘴欲言，当杰罗姆的目光瞟了过来，他又怯懦地垂下了头。我愤怒于罗马人的狂妄，不齿于他大言不惭的“伟大的头脑”，可是我作为一个初出茅庐的见习僧，甚至没有实力像盲棋手那样在他手下走数十个回合。

这时我的老师站了起来，她的身子裹在长且厚的袍子里，像风中的柳枝一样摇曳生姿。当她行走，所有人的目光都随之荡漾起来。她来到舞台前，抚摸着那个饰演伊娥的木偶，说：“如果真的存在一台可以洞知木偶们一切运转的机器，我想那一定是上帝。”

“是的。”杰罗姆露出得意的神情，“那一定是全知全能的主。”

“可是，当上帝的机器被逻辑所推导出来，撒旦的机器也在同一时间被制造了。”希帕提娅平静地说。

什么？杰罗姆愣在那儿。

“我们不妨假设‘撒旦机器’用‘上帝机器’的输出作为输入，如果‘上帝机器’的输出为假，那么‘撒旦机器’则停机；如果‘上帝机器’的输出为真，那么‘撒旦机器’将无限循环，就像西西弗斯推动巨石滚上山顶，刚到山巅便又滚落下来，这是一个死循环。那么反过来‘撒旦机器’的输出作为‘上帝机器’的输入又会怎样呢？”

就像一个象棋新手，面对那些只通过凭空想象便可对整个棋局了然于心的伟大盲棋手，都会发出由衷的赞叹，当我们孱弱的头脑面对这些根本不存在的“撒旦机器”与“上帝机器”的推理游戏时，也只能徒生喟叹了。

很快，有人从迷茫中惊醒，露出先是错愕继而会心一笑的表情。渐渐地，越来越多的人明白了问题的关键：不存在万能的“上帝机器”。因为既然“上帝机器”对所有木偶的运转都洞悉幽微，那么它的输出为真，可是当它输出为真，“撒旦机器”就要陷入死循环，也就是说“上帝机器”将无法判断“撒旦机器”将在何时停下来，这时它只能输出为假，这是个难以回避的矛盾！当我领悟到了这个绝妙的悖论之后不由得挥舞了一下拳头，却又马上难堪地收敛激动的神色，因为这只不过是个迟钝的发现，几乎所有人都起立为这虚构的思想机器而鼓起掌来。

当希帕提娅轻嚅嘴唇的时候，掌声又立刻停息了。亚历山大人自觉地安静下来，倾听她那比天国泉水还要动听的声音。

她说："在不甚久远的年代，亚历山大形形色色的学派林立纷呈，有伊壁鸠鲁学派的轻灵，也有亚里士多德学派的严谨，有斯多葛学派的沉思，也有柏拉图学派的遐想……那个时候，操各国语言的匠人、手工业者在亚历山大切磋技艺，发明创造。来自世界各地的学者们在壮丽的喷泉与林荫间探讨宇宙的奥妙，在阁楼窄小的天窗下苦苦验证星空的变幻。没有人在乎他们的身份与来历；没有'异教徒'的定义在词典里出现，因为上帝并不会偏爱任何一个民族；没有哪一种学派压倒性地战胜另一种思想，更不会把源自另一学派的思想纳入自己的评价体系，来批判、抨击，甚至消灭。当我们拥有奉若神明的科学，当技术家与数学家称雄于世的时候，那种源于恐怖与直觉的知识就显得尤为重要，而这，正是我们需要佐西默斯、赫尔墨斯[①] 的原因。"

迦勒底占星家的传人们、佐西默斯的弟子们、多纳图教徒们眼里闪烁着激动的泪花，就连来自欧洲的学者们都心悦诚服地点着头。对了，我忘了描绘杰罗姆彼时的神态，懊丧的失败者在那会儿并不重要，也没有人会在意骄傲的罗马人内心复杂的情绪。但从后面的情形来看，杰罗姆受伤不轻，就像一匹受过重伤的野狼，一旦恢复体力就展开对绵羊、农人甚至无辜者的疯狂报复。

罗马皇帝一纸诏书，让杰罗姆获得了核查亚历山大田垦税收账簿的权力。同是这一年，狄奥多西一世颁布禁令，禁止各种类

① 赫尔墨斯：古埃及哲学家，神智学创始人。

型的异教崇拜。在亚历山大主教提阿非罗的指示下，科普特教徒们冲击了塞拉皮雍神庙。从昔兰尼加到努比亚，天空似乎被一种令人惴惴不安的尘霾所笼罩。

如果你在半个世纪前曾经生活在尼罗河流域，可能会对那几年的饥荒记忆犹新。农人的收成锐减过半，罗马人还加重了他们的税赋，还有传闻说杰罗姆呈给罗马皇帝的调查报告里有对总督大人俄瑞斯忒斯不利的指控。雪上加霜的是，德尔斐的阿波罗神庙传出诡异的神谕：把阿波罗立方神坛体积扩大一倍。否则，血光与大火将映红天空。

把神坛体积扩大一倍，人们起初并没有意识到这是个魔鬼难题。直到训练有素的埃及人操起他们的皮尺、水准仪、三角板时，才惊奇地发现这是难于登天的工程。

当时亚历山大城中有一个叫作梅纳斯的几何学家，据说是阿波罗尼奥斯的传人，被认为是时下最聪明的人，他曾经证明过所有阿拉伯对称图案不会超过十七种。当伟大的几何学家被亚历山大人邀请来解决神坛倍立方问题时，他私下口夸豪言，称将在一日内设计好所有施工方案。可疑的是杰罗姆不知从哪儿得知这个消息，专程去对梅纳斯的智慧表示敬仰，并愿意与城中富豪下注一百个金币，赌梅纳斯将成功解决这个问题。这次赌注下得很大，城中到处都贴有公示，一时间满城风雨，人尽皆知。

后来的事便是大家所知道的了，梅纳斯被他的门生发现死在铺满几何工具的案头，大口大口的血印染了莎草纸，他的桌上、墙上、榻上都画满了美丽的几何图案：正十三边形、蔓叶线、尼科梅德斯蚌线、阿基米德螺线……在几何学家的葬礼上，人们看到了杰罗姆的身影，愤怒的弟子们驱赶杰罗姆，让他滚出亚历山大，正是他的阴谋让梅纳斯耗尽脑力咯血身亡。可是，有强壮的士兵保卫着这位罗马皇帝的红人。杰罗姆似乎很享受与整个亚历山大城为敌的感觉，他还没有忘记站在高处发表一段演说。

我没有亲临他演说的现场，但即使从第三方的转述中也不难领略他当时的气势。潘恩告诉我，杰罗姆虽没有承认但也没有否认梅纳斯之死是他的阴谋，他自鸣得意的夸耀中甚至还暗示阿波罗神谕与他的某种关联。最后他用先知般的口吻警告亚历山大人说，如果神庙没有按神谕的指示得以扩建，恐怖天神将从天而降，而他，将充当神的得力助手。

罗马学者将审判整个亚历山大城！即使总督大人俄瑞斯忒斯也不能幸免。在杰罗姆的调查报告中，亚历山大总督府上报罗马皇帝的农田面积与真实的统计存在较大的出入，也就是说俄瑞斯忒斯可能犯有欺君漏税之罪。

总督大人首先想要求助的便是我的老师希帕提娅，所有人都在期待席昂的女儿作为亚历山大的代言人来申诉自己的冤屈，六翼天使神庙的台阶下，拥挤着翘首以待的市民。这令人感动的情形不由得让人联想到罗马军队围攻叙拉古时，包括国王在内的全城人民祈求阿基米德来拯救他们的故事。

埃及人特别是亚历山大人在测量术上拥有骄傲的传统。每当天狼星在尼罗河上空闪烁时，大河便迎来它一年一度的泛滥。洪水会给三角洲带来农作物所需要的养分，同时，也会推平那些在上一年度刚刚被划分测量过的土地。这样，开春季节的土地勘测便成为执政官们、土著首领、大祭司们每年一度的工作，世界上最古老的大地测量术诞生于此也就不以为怪了，起初人们把它叫作黑土科学。后来托勒密① 与他的追随者把这门学问推向极致，据说使用托勒密的球体投射平面术，可以把对整个尼罗河两岸的土地测量精确到五百肘尺② 以内。到过埃及的旅行家莫不啧叹于尼罗河谷风光的奇特性：河谷中遍布着被运河分割成块状并被棕榈树镶边

① 托勒密（约 90 年—168 年）：古希腊地理学家、天文学家、数学家，平生著述甚多，创立了地心说。

② 肘尺：古代尺度单位，等于从中指指尖到肘的前臂长度，相当于 43 厘米～ 56 厘米。

的绿色田地，一条条仿佛犁沟一样的线把这些田地分割成棋盘格，如果旅行家们有足够的耐心去田野里看个究竟，就会发现棋盘格里还嵌套着更小尺度的方格。正是基于测量员、制图员、会计员的精确工作，杰罗姆才有可能对全部垦田进行统计核算。

数以百计的市民们涌进亚历山大图书馆，簇拥着我的老师、总督大人，还有三十位智力超群的亚历山大学者，就像是涌进罗马斗兽场的观众一样激昂。

杰罗姆坐在金字塔一般高的账簿之上，他的傲慢正如法老。不同的是法老是用一台精密的天平来衡量子民的良心，杰罗姆所倚重的却是一台用四头牛拉动的机械，机械的内部据说由十个大小不一的齿轮所构成，刻齿运转到哪个位置，由会计员输入的数字而决定，这样可以执行十个数字的加法运算。

我的老师已经证明过，机器是不完备的，不可能发明一种机器可以预知其不掉链子。其实逻辑上同样可证，不可能存在一种完美机器，它的运算永远不会出现差错。当时一个亚历山大学者率先向杰罗姆提出这样的质疑。

杰罗姆只是不屑地挥挥手，让质疑者与他的机器当场进行一次速算比赛，那么是机器更为准确还是会计员更为准确便是显而易见的事了。很遗憾，那个人输了，赫戎、赫尔墨斯的子孙们输了。

总督大人上报罗马皇帝的数字与杰罗姆的核算存在一个大约五百哩[①] 的差值，于是一个斯特雷渡学者提出这可能只是测量的自身误差。杰罗姆似乎不需要思考，鼻子像他那四头累坏了的牛一样朝天翻着，喘着冷气，讥笑斯特雷渡派不知道托勒密的角距仪的每一度有六十分，每一分有六十秒。确实，角距仪的一秒投影到水平面上不过几百肘尺。

杰罗姆睥睨着垂头丧气的亚历山大人，他漂亮的上翘胡须上

① 哩：英制长度单位，1 哩等于 1.609 公里。

挂着嘲讽、同情又像是其他什么含义。他头上的天蓝色穹顶镶嵌有四百七十五颗红绿宝石，构成四十四个由埃拉托色尼所标注的星座，穿梭其间的七十九个托勒密圆周[①]，隐藏着斗转星移、农时节令、航海与贸易风的秘密；他的背后是象征着宇宙结构的正十二面体青铜雕塑，雄心勃勃的罗马人用《蒂迈欧篇》[②]的宇宙观重新打造了图书馆，长宽比符合黄金分割的窗户、正八边形的大理石柱、阿基米德螺线的吊灯、希皮阿斯割圆曲线的拱梁，无不在诠释万物即数的理念；一座无形的巨塔在他的背后巍然屹立，它的基础正是建立在《几何原本》《算术》《圆锥曲线》这些不可撼动的砖块之上。新的砖块仍在不停地加盖其上，看起来这座用几何、代数、逻辑公设所堆砌的巨塔还将继续、一直、永远生长下去，这是一座真正的通天塔！

无疑，挑战这座威严耸峙的巨塔需要勇气。亚历山大人的自尊心正经受着噬咬，在场的学者们都意识到一个逻辑学困境：杰罗姆的巨塔是建立在公设的砖块之上，砖块之间像金字塔的巨石一样严密咬合，不容置喙。我们企图撼动这巨塔的根基无异于蚍蜉撼树，即便成功了，我们自己的立足之地也在同一时间被掏空了，因为我们同样使用的是逻辑的语言。用托勒密的语言击败不了他，因为骄傲的罗马人的确是当世最接近于黄金时代那些伟大头脑的领悟者；欧几里得的语言也无法击败他，罗马人能计算十位数加法的机械装置让赫戎、赫尔墨斯的子孙们自惭形秽；佐西摩斯的语言更不能作为投枪，因为那种翻滚着塞浦路斯硫酸盐的蓖麻油锅能炼出什么物质根本就是个未知数。

当我的老师站起来时，四周鸦雀无声。而我却似乎听到了万众一声的有节拍的低沉号子，就像最后一位角斗士出场时观众台所

① 托勒密圆周：托勒密在《大综合论》中用来解释天体运动的曲线。
② 《蒂迈欧篇》：古希腊哲学家柏拉图的晚年著作。

发生的那样。不同的是，希帕提娅从未在任何场合企图用力量与气势压倒对手，她皎皎的脸庞永远都是波澜不惊的，在她的语言里，鲜有“伟大”“必须”“一切”之类的词汇出现。

她说：“我们应该注意到总督大人送呈罗马皇帝的账簿与杰罗姆大人核算时所使用的账簿是基于不同的比例尺，前者是大比例尺的地形图，后者是小比例尺的地理图。”

那些歪坐着的学者们马上坐正了身子，假寐的杰罗姆像眉头被烧着了一样猛地把头抬起。

“在小比例尺的地理图上，测量员们使用托勒密的球体投射平面术，以保证球形地表投影到平面的地图上不至于失真。而在大比例尺的地区图中，测量员是假定每一块有限面积的田地是平面的。”

希帕提娅只是叙述一个事实，而这平实的语言就像是一个跌宕起伏的剧本的闭幕戏，突然发生峰回路转的变化，令如坠云雾的观众们猛地惊醒：原来这就是结局。

在计算一块小的田地时，我们当然可以简略地认为它是平面的。可是在进行小比例尺的大地测量时，水手们、地理先贤们都会告诉你，大地表面其实是一个巨大的球面。托勒密学派们早就意识到将球状表面投影到一张扁平的地图上会产生扭曲与误差，所以他们发明了球体投射平面术，微不可察的误差正是在这两种不同的制图术中产生了。

“其实，借用杰罗姆大人的计算机器，我们不难验证这一点。”希帕提娅微笑着，向杰罗姆请示使用他的机器。杰罗姆铁青着脸点点头。

“参考先贤们计算的子午线的长度，我们可以得知亚历山大总督大人的田地在球面上大约对应多大一个圆心角。从而我们可推断出一块经过球体投射平面术修正的土地与一块没有经修正过的土地之间的面积差大约是多少。不出意外的话，把总督大人送呈账簿上土地的总面积乘以一个曲率比，就会得到杰罗姆大人所核算的总值。”

罗马人的机器确实笨重，它计算乘法的原理是把一个加法重复若干遍。当杰罗姆的牛绕机器转了十四圈后，会计员读出了刻齿所对应的数字，与杰罗姆所核算的分厘不差。雷鸣般的掌声响了起来，狂喜的人们与总督大人拥抱，庆祝罗马人的阴谋破产。如果希帕提娅是个男人，我们一定会把她抛向天空。可是，她是女神般圣洁的女子，我们爱戴她，却只敢远远地用目光笼罩她。

意外的是，杰罗姆从他的座位上站了起来，微笑着旁观庆祝的人群，大概只有外交官才能如此自然地切换表情。但这嘴唇弯成完美角度的微笑令人不寒而栗，人们安静下来不解地望着他。

杰罗姆说：“这位令人仰慕的女士，为什么不担任扩建阿波罗神坛的设计师呢？”

人们刚刚释放的心弦又紧绷了起来，罗马人在暗示亚历山大人仍然无法逃脱神谕的惩罚。

我的老师淡淡地回答道：“神不会去制造一块自己也举不起来的石头。”

“神当然可以……”杰罗姆打断了希帕提娅，话出一半却又红着脸停了下来，似乎意识到自己陷入了一个克利特人的悖论[①]：神是万能的，故他能制造一块自己也举不起的石头，但他举不起那块石头，同时也证明他不是万能的。

希帕提娅无意嘲弄罗马人的困窘，接着解释道：“把神坛的体积扩建为二倍，正如制造一块神也举不起来的石头，是个不可能完成的任务，因为我们不可能用尺规的方法求得 2 的立方根，杰罗姆大人的计算机械也不行。”

杰罗姆颓唐地坐了下去。要驳倒希帕提娅其实很简单，用他

① 又称“说谎者悖论”，由公元前 6 世纪哲学家艾皮米尼地斯（Epimenides）提出：所有克利特人都说谎，他们中间的一个诗人这么说。

的计算机械试一试便行了。可是罗马人心知肚晓，就算把他的木头机器的齿轮磨秃，也不可能得到一个精确解。显然，所谓阿波罗神谕，只是罗马人处心积虑的捏造。

梅纳斯的弟子们欢呼着从座位上跳起，激动地涌到希帕提娅的身边，亲吻她的裙角、手背、脚踝。梅纳斯没能解决神坛的倍立方问题，但这并不构成这位伟大几何学家的耻辱，因为，这根本就是个神也不能解决的问题，更别提那位自以为是的罗马人了。

此情此景，我禁不住赞叹道："她真像沉沉夜色中的亚历山大灯塔啊！"

"不。"来自昔兰尼的叙内修斯[①] 转过头来对我说，"她不是灯塔，她是比光永远更早到一步的黑暗。"

哲学家的话令我一激灵，时隔五十年如仍在昨。多么睿智的见解啊，知识好比夜空中被星光所照亮的空间。杰罗姆们就像秉烛而行的夜行者，他们相信星光最终会充满宇宙的每一处，就像钻石般晶莹剔透没有盲点；希帕提娅就像深邃的夜空，她指出计算机器的不完备性、递归计算的非万能性、倍立方问题的不可解性……星光所照亮的区域相对于无穷广袤的夜空，终究是微不足道的。

那个冬天，亚历山大人享有了短暂的安宁。

当"亚里士多德第三十一世嫡传弟子"的大名出现在六翼天使神庙讲堂的签到册时，所有人都惊呆了。杰罗姆坐在听希帕提娅讲学的人群中，没有带上他的木匠和修辞学教师。与每一个求知若渴的年轻学子一样，他或是安静地聆听，或是轻声与旁人交谈，或是谦卑地站起来提问。罗马人的葫芦里卖的是什么酒？大家都警惕地注视着杰罗姆的表演，私底下暗自嘀咕。

第一天，杰罗姆给希帕提娅献上了橄榄与曼陀罗编织的花篮；第二天，杰罗姆当场朗诵了他最近创作的一首诗；第三天，杰罗姆

① 叙内修斯（370 年—415 年）：新柏拉图派的哲学家。

向在场所有人许诺，将向迪奥多西一世为六翼天使神庙申请经费资助……到后来，罗马人的意图简直是昭然若揭了，亚历山大人震惊于这一事实：曾经无数次被羞辱的杰罗姆正在向席昂的女儿发动爱情攻势。

那个时候我二十岁出头，希帕提娅不过大我们十岁，但我们爱她就像爱戴自己的母亲，罗马人对希帕提娅的骚扰激起了我们心底无穷的敌意。平心而论，罗马人的确是地中海最般配希帕提娅的男人，他英俊潇洒，学识渊博，与希帕提娅年龄相当，智慧难分伯仲，堪比所罗门与示巴女王式的佳缘。希帕提娅已经三十多岁了，难道我们真的希望她像贞洁的圣女那样孤独一身吗？这种矛盾的心理噬咬着我的心。

很多次，我按压住杰罗姆请我转交给希帕提娅的信，忍不住想要拆开它，但最终还是把它完整地交给了老师。很多次，我不远不近地跟在杰罗姆与希帕提娅的背后，偷听到的并非令人脸红耳烧的情话，而是一些普通哲学问题的讨论，事后又不免为这种行为而感到羞耻悔恨。有时，我产生一种向希帕提娅揭露罗马人不怀好心的冲动，可又担心这种没有根据的怀疑被他人诠释为嫉妒。还有一次，我禁不住跑到席昂老头儿那，词不达意地告诉他罗马人打着他女儿的主意，可是面对席昂老头儿淡然的表情，我才意识到之前不知已有多少与我一样幼稚可笑的年轻人向他通报了这一消息。

时常，我注意到杰罗姆亲吻希帕提娅手背的时间过长，注意到在杰罗姆讲了一个笑话后，希帕提娅的嘴角泛起微皱的细纹……终于有一天，我鼓起勇气站起来向杰罗姆发难，指出他对海伦公式的一个证明是错误的。但后来的讨论表明错的是我，杰罗姆使用了一种我不太理解的高明方法。这次不自量力的挑战经历让我无地自容，以至于后来很长时间不想在讨论中发表任何言论。

在那一年的冬天与第二年的夏天，一切你所能想到的离奇怪诞之事都能在亚历山大城上演。杰罗姆雇用了上千名波斯艺术家，在难以计数的羊皮纸上夜以继日地工作，花了整整一个冬天把亚历山大图书馆的最大一间展览室变成了由细密画构成的拼图。每一张羊皮纸上都画有栩栩如生的宗教、人物、风俗画，画上圣母的发丝、婴儿皮肤的肌理历历可见，骑士刀剑上的寒光几可瘆人。博物院的门倌告诉访客们，光是费掉的颜料就足足让总督大人的一只骆驼商队忙活大半年。这些细密画或挂在墙壁上，或铺在地板上，就像是零乱的马赛克，五彩斑斓，乱花迷眼，看起来并不比一张波斯地毯更吸引人。在上百位亚历山大名流的见证下，杰罗姆优雅地邀请希帕提娅掀开高大的垂地窗帷，让清晨的第一缕阳光穿透澄净的玻璃窗，以一定角度倾泻在细密画上，那些由珍珠粉、蓝宝石粉、孔雀石粉、赭铁粉凝成的图案熠熠闪烁，似在融化，似在颤动，似被天堂的圣音唤醒。斜射的阳光在墙壁上缓缓流动，带动看客们的目光由远而近。嗬！当蜜糖色的阳光把展览室大厅的每一处角落照亮，人们惊奇地发现这些细密画竟然组成了一个美丽女子的肖像。纵然这个肖像没有标上名字，人们的目光也都默契地落在我的老师飞满红晕的脸上——罗马人的拼图游戏规模如此庞大，不仅仅是为了展现他的奢华，更是为了纤毫毕现地描绘希帕提娅的美丽。更令人意想不到的是，片顷之后，这光影的胜景便不复存在。罗马人骄傲地宣布，这所有以几何学原则创作的细密画，都只能在此时此刻展现，即便是明天的同一时间大家出现在这儿，这些细密画原封不动，亦不能重现刚才的一幕。因为，每一天的阳光都不是以同一角度入射的，只有通过精确的计算，才能让光影展现这美丽的一瞬。而越是短暂的美丽，就越能长驻心灵，罗马人意味深长地说。

这还不够疯狂。五月的时候，杰罗姆大张声势地集合了全城的历法家、天文学家，在亚历山大灯塔下宣布他将对古代的历法进行修正，这一狂妄之举自然遭到了学者们的集体反对。在长达七天的穷极无聊的争论与谩骂之后，杰罗姆得意扬扬地宣布，下午三点的时候神将证明他的推算是正确的。得益于他的杰出宣传，到了下午三点的时候，全城人都聚集到耸入云霄的灯塔之下，好奇地等待奇迹的发生，而我的老师与其他学者们被邀请到灯塔的顶部共品佳酿。那一天我也站在人群里，只不过是在灯塔的阴影之下，仰望着快要刺破苍穹的灯塔和上面那些远且缥缈的身影，顿觉自己渺小卑微。那一刻，我痛恨自己，也痛恨杰罗姆，但对他更多的是敬畏与恐惧，正如当黑暗陡然袭来时，惊慌失措的人们对罗马人的感情一样——日食发生了，几乎所有的亚历山大学者都漏算了这次日食，而骄傲的罗马人却做到了。当灯塔巨大的鲸油灯亮起来时，惊慌的人们渐渐平静下来。突然有人指向天空，似乎有什么东西飘了下来，当耀眼的灯柱照亮它时，人们认出那是一个风筝，上面印着一个拉丁字母。紧接着第二个风筝又飘了下来，同样印着一个字母。后来，越来越多的风筝飘了下来，在场的人们禁不住把这些字母一个一个念出声来，并屏住呼吸期待下一个展露的字母，当这神启般的奇迹全部展露时，人们才惊讶地发现这些字母竟构成了希帕提娅的名字。

我没有等到这些字母全部展露便离开了喧闹的人群，因为在字母才显现一半时我就已经猜到了罗马人的诡计。那一刻我下定决心要逃离亚历山大，离开我的老师。在我之前，叙内修斯和潘恩都已经离开了，虽然我不知道他们离开的原因，但是我猜测那个“希帕提娅的学生”——罗马人与之难逃干系。

希帕提娅的学生？这一名号听起来真够讽刺的。没错，杰罗姆是旁听过希帕提娅的几堂课，但是他的年龄、他的身份实在是与这一头衔不相称。罗马人对此倒毫不介意，甚至还四处张扬，生怕别人不知道他也是希帕提娅的学生似的。这一名号的广为人知还是在席昂的葬礼上，亚历山大人所敬仰的席昂先生仙逝本与罗马人毫不相干，杰罗姆却越俎代庖对葬礼大操大办，用一篇长达三个小时的祭文高度颂扬了席昂的一生，无愧于一个饱经沙场的演说家。他那经过修辞学家调教的油腔滑调，堪比职业演员的声泪俱下，感染得在场所有人潸然泪下……正是在这祭文的结尾，杰罗姆署上了“席昂的徒孙、希帕提娅的学生”这一名号，与“亚里士多德第三十一世嫡传弟子”那一奇怪的头衔并列。

葬礼结束后的那个晚上，我正在收拾行李，准备不辞而别。背后却传来一个沙哑的声音：“你也准备离开我了吗？”

希帕提娅站在我的房门口，脸上还挂着尚未干涸的泪痕，平时绾得很庄重的发髻散落开来，垂在双肩上，这使她显得很瘦弱。我陡然意识到席昂死后，希帕提娅便是无依无靠的一个人了。她没有家人亲属，没有丈夫孩子，亚历山大人都说席昂的女儿嫁给了真理。是的，她还有许多学生，但并没有一个真正的关门弟子，大多都是流水席的听众，有的甚至纯粹是冲着她的美貌与名望来的。这让我的脚步变得沉重，但我还是背过脸去说：“对不起，老师，圣安东尼修道院将提供给我一个见习僧的职务，这对我来说是个机会。”

“可是，辛奈西斯，上一个月，你还说要潜心研究《蒂迈欧篇》。”她急切的声音令我心碎，我的老师可以洞彻宇宙最精微的奥秘，却辨不明一个简单的借口。

“老师，我是您最愚钝的学生，学习那些高深的知识很吃力。尤其是相对于最聪明的那个人……”我的话里不无酸意。

希帕提娅微弱地“哦”了一声，怔怔地立在那儿，默默看我把几部课堂笔记、她曾经赠送给我的手稿放进包袱中，再用亚麻绳一捆，扔在肩上。在我路过她时，她稍稍地侧过身子。我瞟见她消瘦的脸庞，与平时的饱满红润判若两人。

“辛奈西斯，你认为我应与罗马人在一起吗？”当我走出几步，她叫住了我。

“老师……”

“叫我希帕提娅。”她的眼神很严厉，但不知为何，这个时候我突然不怕她了。

“希……我，我认为你们应该在一起。”我违心地说。

“为什么？”她的双唇紧紧地合在一起，亮晶晶的眸子深陷在眼窝里。

“他是当世罕有的人物，而您也是。他是罗马皇帝钦定的亚历山大博物院的首席科学家，而您也是六翼天使神庙之执牛耳者，天底下还有比这更般配的姻缘吗？而且，全亚历山大人都知道，罗马人爱您爱得发狂……”我在叙述这每一个字时心都刀绞一般地痛，可我又残忍地想不停地说下去。

“辛奈西斯，你会肤浅地以为那就是爱吗？”希帕提娅打断了我，来到窗前，望着外面幽幽地说，“也许罗马人只是想征服他的一个城堡而已。”

“可是，罗马人对您的关爱有目共睹，在任何时候他都不忘赞美您的美丽；在普通人面前他几乎是不可驳倒之人，而只有您才能让罗马人的智慧臣服；他甚至甘愿降尊纡贵，当您的学生……”

“人们都说苏格拉底是非凡的男子，他面对悍妻的挑衅从不回应，可他是真心臣服于妻子吗？”

我迷茫了。

“苏格拉底微笑不语地面对咆哮的妻子，那只是因为，在他眼里妻子不是一个配与他沟通的对象。每一个标榜为‘同情’与‘宽容’的绅士行为，都是对那些独立自强的女子的侮辱。每一个极尽修辞技巧来赞美女子美貌的诗篇，都是对那些姿色平平的女子的侮辱。每一个女子都是平等地降临人间的天使，是男人们世俗的目光不公平地区分了她们，以及她们与他们。”

我默默地望着我的老师，不，希帕提娅，她真是人间奇女子，那些感天动地的示爱行为在她眼里一文不值。

我的心蓦地软了，但嘴上还是说：“可是，既然您不爱他，却又不公开地回绝他，在很多场合都与他出双入对，这对于公众是个误导……”说到此我的话戛然而止，脸不由自主地红了起来。

“那只是一些公共场合的礼节性应酬。更何况……”她略作停顿，窗外传来杰罗姆男主人式的迎送来宾的声音，她轻轻地说，“与他保持友善，这对于六翼天使神庙没坏处。”

我瞪大了眼睛，心底突然涌出一股说不出来的味道：我的老师，在为人处世上，您怎么这么幼稚！她被我严厉的眼神刺得一愣，似乎意识到自己的荒谬。

不知从哪儿冒出来的勇气，我握住了她的手，说：“希帕提娅，那种受伤的男人所激起的反应是您所不能想象的，正如您所说，罗马人这段时间极尽温柔、谦卑的举止，只是为了满足他的征服欲。一旦骄傲的罗马人的野心落空，这一段时间的殷勤付出一定会加倍索偿！他一定会的！”

我感受到了她纤掌的微微颤抖与手心里的湿润。那一刻，我决定留下来。

事实正如我所料，高调的罗马人为他的自信付出了代价——不多久后，整座亚历山大城都在恶趣味地传播、调侃“希帕提娅的学生”求爱失败的消息，那一段时间罗马人深居简出，几乎销声匿迹，就像一匹身受重伤的狼在黑暗中默默舔舐着伤口。那段不长的日子也是我一生中最快乐的时光……

希帕提娅教我《等周论》，似乎比从前更严厉了，每当我证明一道数学难题时卡壳，脑袋就要挨一顿爆栗。她教我制作天体观测仪，当我磨制玻璃片时，她会恶作剧地一吹，让玻璃细粉扑我一脸，而我也会报复性地用涂满白灰的手去涂她。有一次，我悄悄地画她的素描像，却又远逊于罗马人的拼图游戏，正要沮丧地撕碎它时，她却抢了过去，还说画得不错……

正是在这一段朝夕相处的日子里，希帕提娅的思想在我的头脑里渐渐有了模糊的轮廓：希帕提娅终生述而不作，没有留下一部系统阐述她的思想的著作。她就像一位隐士，毫不介意自己的思想像声音一般消失在旷野里。她构建“撒旦机器”的方法与欧几里得证明质数有无穷个的方法有异曲同工之妙，可见她深受几何之父的影响；她注解过《圆锥曲线》与《算术》，暗示她与阿波罗尼奥斯、丢番图的师承关系；她精通科学仪器的设计制作，表明她还是一位出色的机械发明家。与杰罗姆们不同的是，希帕提娅对那种“黑暗”的知识同样持宽容态度，在六翼天使神庙的保护下，许多被杰罗姆所驱除的著作学说都得以保存，持异见的学者们得到庇佑，后世的占星师、炼金术士、神秘学家把我的老师奉为宗师也就不为怪了。

迪奥多西一世第六次担任罗马执政官的那年，希里尔接任亚历山大城主教。小道消息很快传播开来：希里尔将彻底清除亚历山大城内偶像崇拜的余毒。亚历山大城人人自危，连总督大人俄瑞斯忒斯也变得寝食不安。他托人悄悄告诉希帕提娅，她的学生中有人向主教指控她私藏一些“未经修订”的图书。我听到这个消息后很快意识到这个人是谁，有一位叫彼得的礼拜朗诵士，是与我同时来到亚历山大聆听希帕提娅讲学的。沉默的彼得从未显露出他对希帕提娅的爱，但我能感觉出来他对我的敌意，至少，他的兴趣并不在科学之内。我不知道有多少人对希帕提娅怀着像我一样的感情，杰罗姆、彼得、叙内修斯、潘恩，也许还有更多。有的因爱近乎绝望而选择逃离，有的因爱近乎懦弱而选择留下，还有的因爱过于强烈而滑向了另一个极端。

当我请求希帕提娅把彼得清理出门时，她拒绝了。我向她发誓那个人一定是彼得，绝没有错。她却反问我：“那么多人恨我，难道不是我自身的过错吗？”

“只是因为你信仰其他的神。”我凝视着她善良的眸子。

“不，不完全是这样。”她摇摇头，“我与基督徒关系亲密，总督大人是我的朋友，还有你，辛奈西斯。”

“因为你过于美丽。美丽得令人绝望，绝望使人发狂。”我叹息道。

“丹内阿人攻陷特洛伊后，他们屠城劫掠，却没有一个士兵去伤害海伦。美丽也能带来宽容。”她眸子变得晶莹。

“还因为您拥有过人的才华，这既令人仰慕，当然也招致妒忌。”

“帕普斯、埃拉托色尼、托勒密，包括我的父亲都是知识渊博的学者，可他们无论在生前还是死后都拥有所有人的爱戴。”

“这……”我陷入了龃龉。

“父亲的光环不能保护我，连总督大人也不能保护我，难道不是因为我犯有不可原谅的错吗？”她转过身去，双肩止不住地颤抖，月光从窗外倾洒过来，为她披上一层清冷的薄纱。

“那又是为什么？”我喃喃道。

“为何苏格拉底被毒死？而普罗提诺[①]却人人爱戴，连国王都尊敬他？”

我没有想过这个问题，只好保持沉默。

“苏格拉底被毒死，并不是因为他创造了新的真理和新的神，而是因为他带着自己的真理和神去征服普罗大众。当柏拉图带着自己的思想觐见僭主时，他也险些被抓。普罗提诺享有世人的尊敬，因为他完全不热衷传播自己的哲学。苏格拉底一死，所有人都开始赞扬他，他已经不再搅人安宁了——沉默的真理是不会使人害怕的。明白了吗，我的孩子？”

我的心底陡然被照得透亮，原来希帕提娅早就洞彻了这些。她不但传播自己的思想，而且，是那些非亚里士多德的，非欧几里得的，甚至是“黑暗”的学说。

“更重要的是，”她转过身来，泪光闪闪地望着我，咬着嘴唇一字一顿地说，“我是个女人，一个逾越定义的女人，性别中的‘异

① 普罗提诺（205年—270年）：新柏拉图主义奠基人，罗马帝国时代最伟大的哲学家。

教徒’……”

是的，她是个女人，一个需要照顾与保护的女人，一个同样需要爱与被爱的女人。我走过去拥抱了她颤抖的身子。她环住我的脖子，亲吻我的额头、耳垂、下巴。

她突然捧住我的脸，说：“你相信柏拉图笔下描绘的那个世界吗，辛奈西斯？一位常年在外漂泊的老水手告诉我，在地中海内有一些不知名的小岛，上面有波塞冬神庙、圆形剧场的远古遗址，就像人们传说的那样排成同心圆状。”

我不知道她为什么给我说这些，兀自迷茫着。

“辛奈西斯，你向往那自由自在的理想国吗？也许，我们可以……”她的手指滑过我的脸庞，却又迟疑地停住了。她注意到我脸上稍纵即逝的犹豫神色，我正在想着修道院给我提供的那个很有诱惑力的岗位，不可否认，在事业上我富有野心，并深信自己的前途光明。另一方面，我从未萌生过漂泊海外这种不切实际的浪漫，这让我有一会儿的发呆，我发誓，只有一瞬间。如果希帕提娅给我更多考虑的时间，如果她不那么突然地提出这个设想，如果……可惜，世上本无“如果”。

因为她是希帕提娅。也许，那是我的老师一生中唯一一次向父亲之外的男人提出请求。这让她的情绪变得很敏感，近乎脆弱，她的手指从我的脸上滑下，就像一颗珠圆玉润的泪滴那样决然。她再也没提出那个设想，也没有等待我的回复，便离开了。

不久，杰罗姆开始大张旗鼓地清理亚历山大城的知识界。在他召集的三百人公众集会上，那些“未经修订”的书籍被大火焚毁，不相信“上帝可证”的学说被公开销毁，具有讽刺意味的是，“希帕提娅的学生”不遗余力地批判着他的老师，驱逐与她相关的一切学说与学者，六翼天使神庙也不能幸免。彼得带领一群暴徒冲入了神庙，轻车熟路地翻出了希帕提娅的罪证：一些她注解、修订过的科学、哲学著作、神秘主义的“黑暗学说”，一些精妙的化学实验设备、天文观测仪器……神庙的大理石柱正在簌簌战栗，那曾经冠盖云集的热闹场面已荡然无存。希帕提娅关闭了她的学堂，主动断绝了与总督大人的交往，以免引起基督徒们不必要的联想。我时常想，如果我的老师闭门研修自己的学问，就能回避那复杂的人群、喧嚣的声音该多好。

四旬斋的三月里，越来越多的迹象在暗示希帕提娅危险的处境，起初是叙内修斯潜回亚历山大，劝说希帕提娅皈依基督教。而他本人，已经在罗马受洗入教了。希帕提娅委婉地拒绝了他的好意，她没有解释原因；到了三月中旬，基督徒们的愤怒愈演愈烈，有谣言说是她阻挠了总督大人与主教大人之间的关系；再后来，总督大人又一次托人转告她，劝导她离开亚历山大，我也无数次哀求她逃离这混乱之城，她均拒绝了。我无法理解她的逻辑，不久前还是她请求与我一同逃亡海外，而此时，她却怀着一个殉道者一样的执着与平静——我的老师似乎已经预知了她的生命轨迹，正如她对日月星辰运行轨道的了然于心。

三月下旬的一天深夜，希帕提娅站在空荡荡的石阶上，月光的清辉把大理石柱照得雪白。我坐在平时讲堂上习惯的位置，用星盘观测着星辰的角度。她读着表盘上的数字，对比着往年的记录，忧心忡忡地说："如果托勒密是对的，为何金星和木星均有一年周期呢？"

那个时候的我已经无心思索深奥的天文问题，只是愣愣地看她喃喃自语："认为地球是宇宙的中心是可笑的，托勒密的错误并不难纠正，就算我们记录的证据全部被销毁，后人也还是很容易观测到本轮均轮模型[①]的漏洞，'地球中心论'并不可怕，那种'思想中心论'才是可怕的。"

我虽然不能理解她关于"本轮均轮模型"的那些说法，但她

① 托勒密"地心说"推测行星位置所使用的模型。

的最后一句话还是让我触动不已。我刚想在纸上做些笔记，却被她制止了。

“这些话对于你将来的前途是不利的，辛奈西斯。”

“可是……”我刚要说什么，嘴却又被她的手指按住了。

她从怀里掏出一部手稿，上面的字迹很潦草，显然是连夜写就的成果。她把它郑重地交到我手上：“辛奈西斯，带上这部手稿，今天晚上就乘船离开亚历山大，去往雅典。到港口找一个叫菲洛尼底的老水手，他是我的一位故友，他会带你离开这儿。”

可我钉在原地。

她的目光陡然变得严厉，令人不敢正视，声调也尖锐起来：“辛奈西斯，按我说的去做！这是一部非常重要的手稿，而现在，能帮我的只有你！”

“可是……”

她按了按我的肩膀，微笑说：“我明白你的好意。但是，总督大人会保护我。”

“总督大人？”我犹豫了一下，大声说：“他凭什么保护你？多纳图派被迫害时，他没有站出来；塞拉皮雍神庙被毁坏时，他也没有站出来。这一次他同样不会！”

她只是摇摇头，背过身去，冷冷地说：“你不了解。”

我愣在那儿，待她转过身来，却又恢复了一副课堂上才有的神情，说：“你知道吗？总督大人也相信地中海上那些关于古国遗址的传说。”

“哦。”我霎时明白了，有些负气地说，“原来是这样，看来我的担心是多余的。”

然后我轻轻地吻了她的手背，含着泪离开了。当我登上去往雅典的船时，回看亚历山大已是火光满天。

可惜，我辜负了她的遗愿。那部名叫《丢番图天文学说》[1]的手稿，我并没有安全带到雅典，罗马教会没收了那部手稿，我甚至还没来得及抄写一个副件，里面的内容也就不为人知了。

就在我离开后的那个晚上，希帕提娅遇难了。就像我当初断言的那样，总督大人没有保护她。或者，总督大人只不过是希帕提娅打发我离开的借口。此时，我用颤抖的文字记录下这些，我的朋友潘恩，当你看到这些漫漶不清的字迹时，不妨宽容地一笑。这并非是伪善者的事后作态，而是可怜虫痛苦自责的真实心声。我永远都不想记录希帕提娅遇害时的情景，但是五十多年来，这些通过施暴者的得意转述而镌刻在我脑海中的记忆却越发地清晰起来，就像我当时亲临了现场一般。

有五百名身穿黑色长袍、头戴黑色头巾的科普特教徒们在彼得的带领下袭击了希帕提娅的马车，把我的老师拖进了西赛隆教堂。暴徒们剥光了她的衣服，让她娇若夏花的处子之身暴露在疯狂的人群中。

“彼得。”我的老师认出了她的学生。

虽然起初是彼得自告奋勇率领基督徒们去拦截希帕提娅的马车，可这儿，告密者却失去了直面希帕提娅的勇气。他远远躲在疯狂的人群背后，希帕提娅的呼喊让他的头垂得更低了。

希帕提娅似乎意识到彼得内心的虚怯，便把目光投往别处。她是个不愿给人带来麻烦的人，哪怕这个人是告密者。可是基督徒们却警觉地停止了他们的口号，炽烈的目光笼罩在彼得的身上。

“孬种！你怕什么？”人们朝彼得吼道。

“上帝只有一个。”暴徒们叫喊着口号，向希帕提娅投掷石块。彼得攥紧了拳头，迟疑地喊道：“上帝只有一个。”有人递给他一块石头，彼得不再犹豫，举起石头朝希帕提娅砸去。最后，人们一

① 《丢番图天文学说》(*On the Astronomical Canon of Diophantus*)，15世纪时梵蒂冈图书馆还保管有此书残篇。

拥而上，用锋利的牡蛎壳一片一片去剐希帕提娅身上的肉。这还不够，还把她血肉模糊的身体投入烈火之中。“她的乳房就像割圆曲线一般完美。”彼得在给希里尔主教的邀功信中如此写道。

这一暴行发生在希里尔担任主教教职的第四年、迪奥多西一世第六次担任罗马执政官的那年。直到今天，希帕提娅还被教会定义为“蛊惑人心的女巫”,施暴者却被赞为“完美的信徒”。所幸，那些疯狂之徒终遭受了神明的惩罚。

在临死前，希帕提娅平静地向审判她的暴徒们宣布:“神将证明她的清白，让真理与正义以七星联珠的奇迹呈现。”当七星联珠的奇观真的呈现在亚历山大城的夜空时，那些愚昧的心灵们震惊了。他们惊慌失措地涌进亚历山大图书馆，寻求知识的庇护。可是杰罗姆们也无法给出解释，无论他们怎样摆弄托勒密的本轮、均轮，也不能让太阳、月亮、金星、木星、水星、火星、土星排列在一条直线之上，哪怕是粗略地位于一个三十度大的天区内也不行。杰罗姆因此失去了罗马皇帝的信任，他很快失势，郁郁不得志直到终老。彼得疯了，神启般的七星联珠让他惶惶不可终日，恐惧压碎了他那颗本已扭曲变形的心脏。希里尔主教面对愤怒的亚历山大人的质问，竟无耻地谎称希帕提娅并没有死，而只是去了雅典或是别的什么地方。谎言并不能掩饰他的罪恶，他最终也被轰走了。

然而这些，并不能带给我些许安慰，没有一日我不是在忏悔与自责中度过——如果，那晚我不离开亚历山大，或许我会挡在彼得的面前，为我的老师辩护。虽如此亦不能让希帕提娅免于灾难，我也可能被暴徒们定义为“犹大”，甚至有性命之虞，但至少，我会享有后世的平静。

如今，我垂垂老矣，整理这支离破碎的记忆仍止不住地老泪纵横。我有必要让后人了解曾经有过这样一位女子，一个性别的“异教徒”，在她流星般的生命中，用绚烂的轨迹划过黑暗的天空，却又遁于寂冷的虚空。